道で拾ったイケメン社長が
極上のスパダリになりました

人生、七転び八起き。

いい時もあれば悪い時もあるし、気の持ちようで自己肯定感も幸福度も上下する。

そういった意味で言えば、野元風花《のもとふうか》はポジティブでむやみに過去を引きずったりしない。常に前を向いていれば、辛かったり苦しかったりした事に囚《とら》われずにいられる。

けれど、ものには限度があるし、時折心が折れそうになる時もあった。

「はぁ……今月も赤字か……」

極寒の冬の日、風花は取引先との仕事を終えて一人帰途についていた。

風花はインテリアコーディネート会社「ＦＵＫＡ《フウカ》」の社長兼インテリアコーディネーターであり、会社は都内の下町のど真ん中にある。

比較的治安もよく住みやすい町だが、駅から自宅まで徒歩二十分と微妙に遠い。駅の反対側は開発が進んでかなり賑《にぎ》やかだけれど、風花の住む地域は昔ながらの風景が未だ保たれている。

時刻は午後十一時五十三分。

駅の外に出ると、朝から続いている雪で道路は真っ白になっていた。

「うう……寒い……」

思わず声が出て、コートを着た肩を窄《すぼ》めた。天気予報では夜になったら晴れると言っていたが、雪は一向にやむ気配がない。

視界が悪い上に風もある。まさか、こんなに帰宅が遅くなるとは思わなかったし、一月下旬の寒さがこれほど厳しいなんて予想外だ。駅からまっすぐ続く商店街はすべてシャッターが下ろされており、周りには誰一人おらずシンとしている。

(レインブーツを履いてきてよかった～)

道の両側に立ち並ぶ店の軒先《のきさき》テントが白くなり、道路の轍《わだち》も雪で隠れつつある。

風花は転ばないよう慎重に歩を進め、通りすがりにある地蔵尊《じぞうそん》に手を合わせた。ほんの少し立ち止まっていただけなのに、寒さで凍えそうになる。

自宅兼会社の事務所まで、あと五分。

商店街が終わり、雪道を照らす街灯の数が減ったせいか、辺りが薄暗くなった。治安がいいとはいえ、夜道の一人歩きは物騒だ。こんな雪の夜にうろつく不審者はいないだろうが、歩く足は自然と速くなっていく。

自宅の近くには大きめの公園があり、その入り口にある時計塔を見ると、もう午前零時二十分になっていた。

(雪道め……本当ならもう家に着いているはずなのに)

風花は心の中で文句を言いながら、公園の前を通り過ぎようとした。その時、視線の端に何か黒い塊《かたまり》のようなものが映り、なんの気なしに振り返る。

その物体は公園入り口の石碑《せきひ》に寄りかかっており、はじめは大きなゴミ袋でも落ちているのかと思った。けれど、ところどころ雪で白くなっているそれは、よく見ると人の形をしている。

「えっ⁉」

びっくりして後ずさり、改めて目を凝《こ》らしてそれを見る。

やはり、間違いなく人だ！

風花は咄嗟《とっさ》にその人に近づき、横向きになっている顔を覗き込んだ。

「大丈夫ですか？」

明らかに大丈夫ではないその人物は男性で、ロングコートの襟《えり》元からは白いワイシャツとネクタイが覗いている。いったいどれくらいの時間ここにいたのか、髪の毛はもとより目を閉じた睫《まつ》毛《げ》にもうっすらと雪が降り積もっている。

「どうされました？　生きてますか？　私の声、聞こえますか？」

話しかけながら肩をトントンと叩くと、男性の眉間に微《かす》かな皺《しわ》が寄った。見たところ怪我はしていないようだが、明らかに緊急事態だ。

「どこか痛いところはありますか？　こんなところに座ってちゃ風邪をひきますよ」

いや、風邪をひくどころか、このまま放置しておけば命を落としかねない。

少し強めに肩を揺すると、男性が低く呻《うめ》いた。

微《かす》かにアルコールの匂いがしているから、おそらく酔っぱらった状態で歩いているうちにここに倒れ込んでしまったのだろう。

だんだんと風が強くなってきているし、雪に雨がまじり始めた。辺りを見回してみるも、こんな悪天候の夜に通りかかる者など誰一人いない。近くにある民家はどれも灯りが消えているし、一一〇番通報をしようにもスマートフォンのバッテリーは電車の中で切れてしまっている。

（どうしよう！）

困り果てて男性の顔を見ると、心なしかさっきよりも顔色が悪くなっている気がする。

自分が助けなければ、この人は間違いなく死んでしまう！

そう思った風花は、男性の頬を何度か軽く叩いて、今一度反応を見た。彼は眉間の縦皺《たてじわ》をさらに深くして、風花の手をうるさそうに払う仕草をする。

「起きてください！　このままだと死んじゃいますよ！　ほら、立って！」

男性の肩を石碑《せきひ》から引き剥《は》がすと、風花は彼の左腕を担ぐようにして自分の左肩の上にのせた。

自宅まで、あと二十メートルほどだ。

とにかく今は、ここを離れて彼を自宅に避難させなければならない。身長百六十三センチの風花と比べると、男性はかなりの長身だ。風花が男性の左手をグッと引っ張ると、彼の上体がぐらりと揺れてずっしりとした重さが頭の上にのしかかってきた。

「ちょっ……しっかりしてください！　いくらなんでも私一人の力じゃ立ち上がれませんよ！」

風花は彼の頬や肩を掌《てのひら》で容赦なく叩きながら、繰り返し「起きて！」と声を掛けた。

「わかっ……た……」

ごく小さな声だが、男性が頷きながら反応した。

風花は叩くのをやめて、男性のコートの上から彼の腰のベルトを掴んだ。

「じゃあ、せーの、で立ち上がりますよ。いいですか？　せーのっ！」

掛け声とともに、男性がよろめきながらも腰かけていた石垣から立ち上がった。

風花は彼を背負うような格好で、一歩一歩自宅に向かって進む。ただでさえ雪道を歩くのは苦労するのに、成人男性に肩を貸してその体重を支えねばならないのだ。

男性の身長は少なくとも百八十センチ以上ある。普通なら途中でへたばってしまうところだが、日頃からインテリアを持ち運んだりしているからか、風花はこう見えて結構な力持ちだった。

たとえ見知らぬ酔っ払いであっても、このまま見捨てるわけにはいかないし共倒れもまっぴら御免だ。

意地でも彼を自宅に避難させてみせる！

ただ一心にそう思いながら前進して、ようやく自宅兼会社に辿《たど》り着いた。建物は鉄骨造りの三階建てで、入り口と正面の壁はガラス張りになっている。

男性を入り口横の壁に寄りかからせている間に鍵を開け、彼の身体を押し込むようにして中に入った。

「まだ倒れないで！　上っ……とりあえず、そこの階段を上《のぼ》って！」

建物の一階は事務所、二階は物置で、最上階がプライベートスペースになっている。

とりあえず、彼を三階まで連れていかなければならない。

幸いにも男性は風花が言った事を理解してくれたようで、二人して壁をこするようにして一段ずつ階段を上《のぼ》り、踊り場を経てどうにか三階まで辿《たど》り着いた。

ドアを開けるなり、男性がよろめきながら部屋の入り口に倒れ込んだ。仰向けになっている男性の靴を脱がせ、うしろから両脇を抱きかかえるようにして部屋の奥に引きずっていく。

入居時に自らコーディネートして改装した部屋は、広さが二十五平米で、間取りは１ＤＫだ。

厚さ一・八ミリのクッションフロアは、フローリングよりも柔らかで一見本物に見える木目模様だ。部屋の奥まで進むと、床にびっしょりと濡れた道筋ができている。

撥水性があり掃除が楽な床はさておき、とにかく男性を介抱しなければ――

「ちょっと待っててくださいね。今、部屋を暖めますから」

男性を壁際のベッドに寄りかからせたあと、エアコンと電気ストーブをつける。こまめに声を掛け、様子を窺いながら大急ぎでワンピース型の部屋着に着替えた。

それからすぐに冷蔵庫からペットボトルの水を取り出し、介助しながら彼に水を飲ませる。

男性が少し咳《せき》込み、唇から水が零れた。

それを袖《そで》口で拭きながら、風花は彼の顔をじっと見つめた。

(ちょっ……この人、ものすごいイケメンじゃないの!?)

秀でた眉にスッと伸びた鼻筋。酔っているせいで口元は緩んでいるが、唇は適度に薄く綺麗な形をしている。

職業柄か、風花はフォルムの美しいものを見ると無意識に見入ってしまう癖があった。助けるのに夢中で気づかなかったが、男性の顔はびっくりするほど整っている。

男性の目蓋《まぶた》がピクリと痙攣《けいれん》し、一瞬目が開きそうになった。風花はあわてて目を逸らし、軽く咳《せき》払いをする。

「そ、そうだ。コート、濡れているので、とりあえず脱がせますね」

雪と雨で濡れたコートはずっしりと重く、身体から引き剥《は》がすのに苦労した。コートと一緒にスーツのジャケットも脱げてしまい、それぞれにハンガーにかけて窓枠に引っかける。

バスルームから戻ると、男性が床の上で仰向けになっていた。

(わっ……やっぱり、大きい)

大の字になっている男性は思っていた以上に手足が長く、見たところ三十歳前後だろう。

髪の毛が多少乱れてはいるが、コートは海外の有名ブランドのものだったし、スーツの生地《きじ》は上質で高級な品に違いない。身なりはきちんとしているし怪しい人ではなさそうだが、見ず知らずの若い男性という事に変わりはない。

家に連れ込んでしまったけれど、これからどうしたらいいのだろう?

「う……ん……」

男性が、ふいに苦しそうに顔を顰《しか》め、手で胸元を引っ掻くようなしぐさをする。おそらく、濡れたワイシャツが肌にくっついて首元が窮屈《きゅうくつ》なのだろう。

そう思った風花は、再び彼に近づいてネクタイを緩め、首元のボタンを二つ外した。

男性が大きく深呼吸をする。胸元がゆっくりと上下し、それと同時に表情も穏やかになった。

それを見た風花は、ホッとして一息つく。

部屋は急速に温まりつつあり、もう凍え死ぬ心配はない。しかし、まだ濡れた衣類を着ている事に変わりはなく、雨を含んだ雪のせいで彼が穿いているスラックスの下半分と靴下は絞れるほど水分を含んでいる。

本当なら今すぐにでも着替えてもらいたいくらいだ。引き続き男性を見守っていると、時折微《かす》かに頭を動かすようなそぶりをしている。酩酊《めいてい》状態ではあるけれど多少意識はあるし、言っている事は理解してくれているようだが……

しばらくの間、部屋の中をうろうろしたあと、風花は三人掛けのソファに掛けていたブランケットで男性の胸元から膝下までを覆った。少し迷ったあと、彼の足元に跪《ひざまず》いて濡れた靴下をそっと脱がせ始める。スラックスなど、着ているものを脱がすのは憚《はばか》られるが、これくらいなら差し支えないだろう。

思っていたとおり、男性の足は冷え切っており、つま先が赤くなっている。

見かねた風花は、急いでタオルを持ってきて彼の足を丁寧に拭いた。そして、別に持ってきていたバスタオルで両足を覆い隠す。

床から立ち上がった風花は、無意識に身震いをした。男性の面倒ばかり見ていて自分の事は後回しになっていたが、風花だって芯から身体が冷え切っているのだ。

キッチンに向かい、電気ケトルでお湯を沸かす。マグカップに熱々のココアを淹《い》れると、立ったままふうふう息を吹きかけてひと口飲む。

「あぁ……あったまる……」

思わず声を出して流し台に寄りかかる。飲みながら男性を見ると、彼はまだ大の字になったままだ。

風花は、今一度男性の全体像をじっくりと観察した。行き倒れの酔っ払いにもかかわらず、男性からはどこかセレブでハイソサエティな雰囲気が漂《ただよ》っている。

少なくとも、いきなり起き上がって襲い掛かられる心配はなさそうだ。

ココアを飲みながら壁に掛けてある鏡を見て、髪の毛がボサボサになっているのに気づいた。しかも、少々寝不足気味だからか、目の下にうっすらとクマができている。

前髪ありのミディアムヘアを掌《てのひら》で撫でつけながら、顔を鏡に近づけてみた。

卵型の輪郭に、ちんまりと納まった目鼻立ち。色白ではあるが、どこかひと昔前に流行《はや》った抱き人形を思わせる顔だ。

暖房が部屋の隅々にまで行き渡り、風花自身もようやく身体の芯から温まってきた。そうなると、改めて男性が濡れた洋服を着たままなのが気になり始める。

せめて、スラックスだけでも脱がせたほうがいいのではないだろうか？

確か、クローゼットの中にビッグサイズのスウェットの上下があったはずだ。丈《たけ》は足りないにしろ濡れた洋服を着ているよりはマシだろう。

いずれにせよ、彼が起きた時に着られるように準備を整えておいたほうがいい。

キッチンを離れ、なるべく音を立てないようにしながらクローゼットの中を探った。目当てのスウェットを見つけ出し、ソファの背もたれの上に置く。

男性は一向に起きる気配がないが、もう呼吸は安定しているし、いつの間にか眉間の縦皺《たてじわ》も消えている。

(よかった。とりあえず一安心ってとこかな)

部屋の照明を消し、フロアランプを点《つ》けた。もしかすると、このまま朝まで目を覚まさないかもしれないが、幸いにも今日は土曜日で明日は休みだ。

ソファに腰を下ろし、男性を見守りながらこれからどうするか考えを巡《めぐ》らせる。すると、男性が突然ぶるりと身を震わせてくしゃみをした。

(やっぱり、まだ寒いのかな?)

スラックスの裾《すそ》はタオルで押さえて水気を取ったけれど、膝から脛《すね》の辺りはまだじっとりと湿っている。ソファから下りると、風花は指先で男性の足首に触ってみた。案の定、足はまだ冷たいままだ。

(下だけでも脱がそう!)

風花はそう決めて、男性に掛けたブランケットを少しだけめくり上げた。腰のベルトを手探りで見つけ出し、バックルの金具とスラックスのボタンを恐る恐る外していく。

いったい自分は何をやっているのだろう?

そう考えて途中で手を止めそうになったが、やり始めたからには最後までやり通すのが風花のポリシーのひとつだ。震える手でスラックスのジッパーを下ろし、ベルトに両手をかける。そろそろと引き下ろしてみると、案外簡単に膝まで脱がせる事ができた。

（あれ？　今、ちょっとだけ腰を上げてくれたような……）

しかし、男性はまだ目を閉じたままだ。

どうにか無事スラックスを脱がし終え、彼の首から下をすっぽりとブランケットで覆った。

これでもう足が冷える事はなくなるはずだ。やれるだけはやったし、あとは濡れたコートとスラックスが乾くのを待つだけ。

こんな寒い夜はバスタブにお湯を張ってゆっくりと浸《つ》かりたい――

けれど、さすがにこんな状況で風呂に入るわけにもいかないし、疲れてはいるけれど誰とも知れない男性がいる部屋で気を抜くわけにはいかなかった。

（あ～あ……、なんでこんな事になっちゃってるのかなぁ？）

男性をチラリと見てから、キッチンに戻り飲み終えたココアのカップを洗った。

気詰まりなままここで朝を迎えるより、一階に下りて仕事をしていたほうがマシかもしれない。

そうするにしても、今の状況がわかるようなメモを書き残しておかないと、男性が起きた時に驚いてしまうだろう。

そう考えた風花は、壁際にある本棚からスケッチブックを取り出した。開いた紙面に男性がここに連れてこられた経緯を簡単に書き置いて、一階に向かう。

階段の全面は縦長の大きな窓になっており、日中は十分に日が差し込んでくる。二階まで下りて縦型のブラインドをめくり外を覗くと、いつの間にか雪はだいぶ小降りになっていた。

（朝まではやむといいけど……）

建物の斜め前には街灯があり、辺りを薄く照らしている。前の道は狭くはないが、この時間ともなると通りすがる人など一人もいない。

一階に下りる前に少しだけ二階の片付けをしようと思い立ち、三十分ばかりそれに没頭する。

一段落ついてふと窓から下を見ると、車のヘッドライトがこちらに近づいてくるところだった。

そのまま通り過ぎるかと思いきや、やってきた赤い車が建物の真ん前に停まった。

（あれっ？　あの車は――）

運転席のドアが開き、やや小太りの男性が出てくる。

間違いない。

あれは先月事務所の改装に伴うインテリアコーディネートを依頼してくれた、脇本《わきもと》という中小企業の社長だ。すでに仕事は完了しているが、彼は未だ壁紙や床のタイルについて質問があると言い、やたらと会社の電話に連絡を寄越してくるのだ。

はじめはアフターフォローの一環として丁寧に対応していたが、そのうち個人的に食事に誘われたりセクハラまがいの言動を取られたりするようになった。

脇本には妻子がおり、会社には大勢の社員が働いている。なるべくなら事を荒立てたくなくて、これまでずっとやんわりとかわし続けてきた。

最近は連絡が来なくなって安心していたのに、こんな夜中に訪ねてくるなんて、いったいなんの用があるというのだろう？

車から降りた脇本が、一階の窓の外から会社の中を窺っている。

もっと近くで様子を見ようとして、風花は階段を下りて一階に続く踊り場まで進んだ。すると、突然入り口のドアをトントンとノックする音が聞こえてくる。驚いて身がすくんだが、営業時間外だから、当然真っ暗だし入り口にも鍵がかかっているはず——

そう思った時、ハタと気がついて「あっ」と声を上げそうになった。

（入り口の鍵……閉めたっけ？）

男性を連れて帰宅した時、必死になって鍵を開けたはいいが、そのあと施錠《せじょう》した記憶がない。

風花は必死になって、その時の記憶を手繰《たぐ》った。

三階に上がった時、確かに鍵は手に持っていた。けれど、よくよく思い返してみると、男性を支えるのに必死で鍵をかけるのを忘れてしまっていた。

今ドアノブに手をかけられでもしたら——

青くなって窓辺に立ち尽くしていると、脇本がふいに上を見上げた。咄嗟《とっさ》に対応できず、彼とバッチリ目が合ってしまう。あわてて隠れたが、いるのはもうバレてしまっている。

こうなったら、下りて対応すべきだろうか？

けれど、こんな時間にやってくるなんて、ぜったいにおかしい。

どうしたものかと思い悩んでいるうちに、一階から電話の鳴る音が聞こえてきた。

すぐに留守番電話に切り替わり、営業時間外である事を知らせるメッセージが流れる。ピーという発信音がしたあと、脇本が話す声が辺りに鳴り響いた。

『もしもーし、野元さ〜ん。脇本で〜す。いるのはわかってるし、せっかく来たんだから、ちょっとだけでも顔を見せてくれないかなぁ。「クリーム専科」のシュークリーム、好きだって言ってたよね？　お土産《みやげ》に買ってきたんだ。だから中入れて――あれ、ドアが開いてるぞ？』

ガチャリとドアが開く音が聞こえてきて、入り口から入ってきた冷たい外気が一気に二階にまで上がってきた。足音が建物の中に入ってきて、バタンとドアが閉まる。留守番電話が切れた音がして、辺りがシンと静まり返った。

まさか、このまま上に上がってきたりしないよね？

そう思っている矢先に、一階の廊下を歩く音とともに気味の悪い猫なで声が聞こえてきた。

「野元さ〜ん。ちょっとお邪魔させてもらってもいいよねぇ？」

声が廊下の奥に移動し、足音が階段をゆっくりと上《のぼ》り始める。よもや、こちらの了承なしに上がってくるとは思ってもみなかった。いくら鍵が開いていたからとはいえ、これは不法侵入だ。

「ダ……ダメですっ！　もうこんな時間ですし、今は営業時間外ですから！」

風花はできるだけ声を大きくして、脇本をこれ以上来させまいとした。恐怖のせいか明らかに声が震えている。

「なんで？　一緒にシュークリームを食べるだけだし、そんなに警戒しなくてもいいよ。それとも、何か特別な事が起こるんじゃないかって期待してる？　もしそうなら、喜んで応《こた》えるけど……」

脇本がスイッチを入れたのか、階段の電気が灯った。足音が一段一段近づいてくる。

「野元さん、俺の気持ちに気づいてたよね？　だってほら、いつも俺を見るとニコニコしてくれてたし、あれってつまり、たまにこっそりこんなふうに会って、俺ともっと親しい関係になりたいなぁって思ってるって事でいいんだよね？」

「はあ？」

勘違いも甚《はなは》だしい！

しかし、今それを説明している暇はなさそうだ。

こうなったらダッシュで三階に駆け上り、中から鍵を掛けて締め出すしかない――

風花は急いで二階の踊り場から離れ、階段を駆け上がろうとした。しかし、五段目に足をかけた直後何かにぶつかって、うしろに倒れそうになる。

「わっ……わわ……」

咄嗟《とっさ》に伸びてきた腕に助けられ、そのまま横を向いた格好で脇に抱え込まれた。びっくりして顔を上げると、三階で横になっているはずの男性が風花を見下ろしている。

「え？」

わけもわからず彼の顔に見入っていると、小さな声で「しーっ」と言われた。呆気に取られているうちに、脇本が階段を上《のぼ》り切って踊り場までやってきた。

「風花さ～ん。何も逃げなくてもいいでしょうに――え……だ、誰だ？」

まさか男がいるとは思わなかったのか、脇本のニヤニヤ顔が一瞬にして引き攣《つ》る。男性がふっと笑い声を漏らし、風花を抱えている腕にグッと力を込めた。

「誰って、風花の恋人ですよ。見ればわかるでしょう？」

男性の胸元は大きく開いており、その下は黒いボクサーパンツのみだ。そんな乱れた格好をしているのに、彼は威風堂々《いふうどうどう》としており、いかにも屈強そうだ。

彼は風花の肩をそっと撫でたあと、手を離し大股で脇本のすぐそばまで近づいていった。

「そういうあなたは、どなたですか？」

男性が慇懃《いんぎん》にそう訊《たず》ね、鷹揚《おうよう》に微笑みを浮かべた。及び腰になった脇本が、膝を震わせながら手すりにもたれかかる。

「お……俺はその人と仕事で関わりがあった者で……」

「ああ、取引先の方でしたか。〝あった〟という事は、もう過去の話なんですよね。そんな方が、こんな時間になんの用です？　事と次第によっては、警察に連絡させてもらいますが」

「い……いや、その……。ちょっと近くを通りかかったもので……」

しどろもどろになっている脇本が、じりじりと後ずさる。彼は蛇《へび》に睨《にら》まれた蛙《かえる》よろしく、思うように身動きが取れなくなっている様子だ。

「近くを通りかかっただけで、夜中に若い女性の家に押しかけるとは、あまりよろしくない行動ですね。見たところ既婚者のようですが、奥様はこの事をご存じなんでしょうか」

男性が脇本の左手薬指につけられた指輪を見た。そして、いかにも不愉快だといったふうに深くため息をつく。

「あなたの今後の出方次第で、こちらの対応も変わってきます。とりあえず、今のような形で風花に関わるのはやめてもらえますね？」

男性の声が壁に反響して、迫力ある雰囲気が倍増する。脇本が、たじろいだ様子でその場にへたり込みそうになった。しかし、そうなる前に男性が脇本の腕を掴んで立ったままにさせる。

「返事、聞かせてもらえますか」

スーツ姿の脇本が、ワイシャツとボクサーパンツ姿の男性に押され、びびっている。

普通なら笑ってもおかしくないシュールさだ。けれど、不思議と男性の雄々《おお》しさが際立っており、気がつけば彼の気迫に圧倒されて口を開けたまま男性に見入っていた。

「は、はい。もう関わりませんっ……！」

「そうですか。では、速やかにお帰り願います。おっと、一応これはいただいておきますね。『脇本会計事務所』の脇本さん」

男性が脇本の胸ポケットから覗いていた名刺を指先で摘《つま》んだ。紙片を見る彼の顔には、氷のように冷たい笑みが浮かんでいる。

男性が手を離すと、途端に脇本の膝が折れて尻もちをついた。彼は両方の踵《かかと》を蹴るようにして男性から離れると、よろよろと立ち上がって壁の向こうに走り去る。

バタバタと階段を下りる音を追うように、男性が一階に向かう。入り口のドアが開き、再び外気が階段を駆け上がってきた。

ほどなくして車のエンジン音が響き、バタンとドアが閉まる音がした。寒さに身体を縮こまらせていると、いつの間にか男性が踊り場に戻ってきている。

一時はどうなる事かと思ったし、いろいろと危なかった。

とりあえず、助けてくれた礼を言わなければ――

そう思うものの、顎《あご》がガクガクするばかりで声が出ない。そうこうしているうちに、男性が階段に足をかけ、風花の目前まで近づいてきた。

「鍵、かけておいたよ。寒いから上に行こうか」

男性に誘導され、風花は彼とともに三階に戻った。出た時はフロアランプのみだったが、今はそれが消え天井《てんじょう》のシーリングライトが煌々《こうこう》と点《つ》いている。

ソファに並んで腰かけ、ようやくホッとして脱力した。けれど、短時間の間にいろいろと起こりすぎて、頭がついていっていない感じだ。

「大丈夫か？」

そっと顔を覗き込まれ、ハッとして息を呑んだ。

鼻先三十センチの距離に男性の顔がある――

これほど間近に異性を感じたのは、いつぶりだろうか？

少なくとも元カレと別れて三年以上経っているし、それは別にしても、彼ほどのイケメンには生まれてこの方お目にかかった事がなかった。

「だ、大丈夫です。……あなたこそ、大丈夫ですか？」

「ああ……大丈夫だが、実はちょっと混乱してて――」

男性は風花が書いたメモ書きを読む間もなく助けに来てくれたようで、自分がどうしてここにいるのかわかっていない様子だった。

風花はメモ書きを彼に見せ、言葉でも彼を見つけてここに連れてくるまでの経緯をかい摘《つま》んで話した。

「そうだったのか。迷惑をかけて申し訳なかった。頭がぼんやりしていたし、歩いているうちに途中で座り込んでしまったんだろうな」

男性が、表情を曇らせて額にかかった前髪を指先で掻き上げる。そのしぐさがびっくりするほどセクシーで、いきなり心臓が跳ね上がった。

「危ないところを助けてくれて、本当にありがとう。何か、お礼をさせてもらわないといけないな」

男性が優しく微笑み、風花を見る目を細くする。顔のパーツも位置も完璧だし、血行のよくなった肌は色艶《つや》もよく手入れが行き届いている。

うっかり見惚れてしまいそうになり、風花はあわてて平静を装《よそお》いながら首を横に振った。

「お礼なんか……私は当然の事をしたまでです。それより、さっきは助けていただいて、どうもありがとうございました！　私一人だったら、どうなっていたか……」

「いや、礼には及ばないよ。それこそ当然の事をしたまでだし。そもそも俺があんなところで行き倒れていなかったら、あの男が中に入ってくる事もなかっただろうからね。本当に悪かった」

彼が話してくれた事には、男性は風花が下に行ってから酩酊《めいてい》状態から脱して、だんだんと意識がはっきりしてきたらしい。そんなところに、何か揉めている声が聞こえてきて、何事かと思い一階に続く踊り場に向かったのだ、と。

「とりあえず状況を把握しようと思ってたんだが、会話を聞いて、あいつがろくでもない男だとわかった。だから、恋人のふりをして撃退すべきだと判断したんだ」

「そうだったんですね。ご迷惑をおかけしてしまって、すみませんでした。あの、気分はどうですか？　どこか痛いところとかありませんか？」

訊《たず》ねられ、男性が自分の身体にザッと目を通した。彼の動きにつられて、うっかり同じように男性の身体に視線を巡《めぐ》らせる。ただでさえ胸元が開いており、下半身は下着姿だ。

風花はたちまち頬を紅潮させて彼から目を逸らし、天井《てんじょう》から吊り下げている星形のミラーオーナメントに視線を移した。

自分でも首から上が赤くなっているのがわかるし、もしかすると彼もそれに気づいているかもしれない。そう思うと、余計恥ずかしくなってくる。どうしたものかと考え込んでいると、ふいに上向けたままの顎《あご》を緩く掴まれ、男性のほうに引き寄せられた。

「えっ⁉」

驚いて声を上げ、一気にソファの隅まで飛びすさる。

「ん？　どうかしたか？」

風花の様子に驚いた様子の男性が、不思議そうに首を傾げた。

「ど、どうかしたかって……。あの、もしかしてですけど、今何かしようとしましたか？」

例えば、キスとか――

これほどのイケメンが、自分相手にキスなどするはずがない。そうとわかっているが、いきなり顎《あご》を掴むなんて、どう考えても普通ではなかった。

風花が眉間に縦皺《たてじわ》を寄せて身構えていると、男性がやや戸惑ったような表情をしてふっと笑った。

「何って、ただキスをしようとしただけだが？」

事もなげにそう言われ、風花は目を剥《む》いて口をあんぐりと開けた。

「なっ……なんでキスなんか……。どうしてそんな事――あ、あり得ないわよ！」

強い憤《いきどお》りを感じて、その分口調が乱れきつくなる。

助け助けられた間柄とはいえ、彼は名前も知らない赤の他人だ。そんな人と、なんの理由があってキスをする必要があるというのか――

「俺は、ただ君がキスをしてほしそうにしてたから、期待に応《こた》えようとしたまでだ」

「はあ？　わ、私、キスしてほしそうになんかしてませんけど――」

「じゃあさっき、赤くなりながら俺に向かって顔を上げたのは、なんだったんだ？」

男性が、風花を見て訝《いぶか》しそうな顔をする。

それは、大きな勘違いだ！

風花は口をパクパクさせながら大きく首を横に振った。

「違います！　あ、あれはあなたがそんな格好をしているから、目のやり場に困っただけで――」

「まさにそれだよ。俺がこんな格好をしているのは、君がその気だって事の表れなんじゃないのか？　つまり――」

男性が、自分の掌《てのひら》を自身の胸筋の上に置いた。

掌《てのひら》が割れた腹筋のほうに移り、そこでピタリと止まる。うっかり彼の手の動きを目で追ってしまい、誘導されるままあやうくボクサーパンツまで行きそうになった。

「じょ、冗談でしょう？　確かに私はあなたのコートとジャケットとスラックスを脱がせたわ。でも、それはあくまでも風邪をひかせないようにするためであって、邪《よこしま》な気持ちなんていっさいなかった。だいたい、見ず知らずの酔っ払い相手に欲情なんかするわけないでしょ！」

まさかの勘違いに、風花はむかっ腹《ぱら》を立てて鼻息を荒くする。その様子をじっと見ていた男性が、曖昧《あいまい》な微笑みを浮かべた。

「あっ、まだ疑ってるでしょ？　ほんっと失礼しちゃう！　言っとくけど、拾い食いするほど飢《う》えてないから！」

足でドンと床を踏み鳴らすと、風花は肩で息をしながら男性を睨《にら》みつけた。

ようやく自分が誤解していたと納得したのか、彼がすまなそうに眉尻を下げる。

「そうか……それは重ね重ね申し訳なかった。完全に俺の勘違いだ。本当にすまない」

素直に謝って頭を下げられ、拍子抜けする。謝罪は迅速かつ丁寧だし、そんなふうにされたらこれ以上怒れなくなってしまう。

本当なら、今すぐにでも追い出してやりたい。しかし、まだ洋服は乾いていないし、行き倒れていた人を再び寒空に追いやるのはためらわれた。

「わかってくれたのなら、いいけど……」

怒りの矛《ほこ》を収めると、風花はソファの背もたれに置いていたスウェットの上下を手にした。

「はい。よかったらこれに着替えて。ゆったりサイズだから、着れなくはないと思うから」

風花がスウェットを手渡すと、男性がキョトンとした表情を浮かべる。

「泊めてくれるのか？」

「だって、仕方ないでしょ。一応あんな場所で行き倒れていたわけだし、追い出して何かあったら困るもの。もうこんな時間だし、外は極寒だし。それに、セクハラ社長から助けてくれた恩もあるから」

「それは、ありがたいな」

「言っとくけど、別にそれ以上でも以下でもないから！　今夜はここに泊めてあげる——ただ、それだけ。だから、名前とか教えてくれなくてもいいわ。私のほうは住所とか名前とか思いっきりバレてるけど、これ以上は詮索《せんさく》しないで」

脇本にフルネームを呼ばれたし、ここが会社の事務所兼自宅なのもわかってしまっているだろう。

それは致し方ないが、これ以上お互いの素性を知っても何もならない。

「わかった。じゃあ、さっそく着替えさせてもらうよ」

男性が立ち上がり、シャツを脱いでボクサーパンツだけの格好になる。

風花はあわてて目を逸らし、男性とは別方向に立ち上がった。

「何か温かいものでも、飲む？　コーヒーか紅茶、あとココアと日本茶と……一応お抹茶とハーブティーもあるけど。あ、コーヒーならノンカフェインのもあるわ」

「ありがとう。じゃあ、ノンカフェインのコーヒーをもらおうかな」

風花は頷き、男性から目を背《そむ》けたままキッチンに向かった。再び電気ケトルでお湯を沸かし、二人分のコーヒーを淹《い》れる。

「本当に、どこか痛いところとかない？　あと、なくなっているものとかは？」

「どこも痛いところはないな。バッグは持ってなかったし、財布は――」

着替えを済ませた男性が窓際に近寄り、スーツの内ポケットを探る。思ったとおりスウェットの丈《たけ》はぜんぜん足りていない。けれど、ゆとりある作りのおかげで、着られないほど窮屈《きゅうくつ》ではなさそうだ。

「あった。特になくなっているものはないな」

「そう。よかったわ」

コーヒーを淹《い》れ終えると、男性がキッチンに来てカップを載せたトレイを持って、ソファの前にあるテーブルの上に置いてくれた。正方形のそれはラタン製で、もとはスツールとして売られていたものだから作りがしっかりしている。

「ありがとう」

風花は礼を言ってソファに腰かけ、男性に隣に座るよう促《うなが》した。

「こちらこそ、いろいろとありがとう」

男性が風花の隣に座り、カップを手に取る。彼の指は長く、少しゴツゴツしているけれど造形が綺麗だ。口元にカップを近づけて、中に息を吹きかける様子は、まるでコーヒーのコマーシャルフィルムのように様《さま》になっている。

またしても見惚れそうになり、風花は急いで視線を自分の手元に移動させた。

「どういたしまして」

いろいろと面倒をかけられたし、とんでもない誤解をされたけれど、男性は礼儀正しいし、信用できる人物であるような気がする。

何はともあれ、危ないところを助けてくれたし、悪い人ではないのは確かだ。

風花はそんな事を思いながら、男性と二人で黙ったままコーヒーを啜《すす》った。

「あぁ……美味《おい》しい。おかげで芯から温まったよ」

コーヒーを半分ほど飲み干すと、男性がソファの背もたれに上体を預けた。

「それはよかったわ。……ところで、どうしてこんな雪の夜に、あんなところに座り込んでたの？」

風花が訊《たず》ねると、男性は首をひねりながら、少しの間考え込む。

「今日は取引先が主催するイベントがあって、そのアフターパーティが始まったのが午後十一時だったんだが――」

男性が言うには、彼は体質的にお酒を受け付けず、日頃アルコールを口にする事はないらしい。

当然会場でも一滴も飲んでいなかったのに、途中で飲酒をした時のように頭がぼんやりとし始め、急遽会場を出て一人で帰宅すべくタクシーに乗り込んだようだ。

「タクシーに乗ってからの事は、正直あまり覚えてないんだ。運転手に行き先はちゃんと告げたつもりだったが、もしかしてろれつが回っていなくて聞き間違いをされたのかもしれない」

さらに話を聞くと、イベントを主催した会社はアルコールを扱う企業だったようで、会場には当たり前のようにお酒が置かれていたらしい。

「もしかして、間違って飲んでしまったのかもしれないが……。その辺りは、記憶が曖昧《あいまい》でよくわからない」

「そうだったの……。いずれにせよ、飲めないのにお酒の席に出るのって、辛いわよね。私も、お酒は得意じゃないから気持ちはよくわかるわ」

風花は、まったく飲めないわけではないが、酔うとすぐに頭がぼんやりする。そのため、よほど親しい間柄でなければ外で飲酒はしない事にしていた。

「仕事をしていると、流れで食事に行ったりする事ってあるでしょ。その時、軽くお酒でも――ってなるたびに、断って気まずくなるのが申し訳なくて。そのせいで場が白《しら》けて、結局それ以降仕事をもらえなくなった事もあったわ」

「君の気持ちは、俺もよくわかるよ。だけど、酒が飲める飲めないは体質だからどうしようもないし、それが理由でなくなる仕事なんて遅かれ早かれ切れてしまうだろうな」

「私も、そう思う。でも、うちは今そんなに余裕があるわけじゃないし、なんでもいいから仕事が欲しいって状況なの。新規の仕事が欲しいけど、なかなか依頼が来ない。昔取引があった縁で仕事を得られても、馴染みが深ければ深いほど料金を安くしたり、いろいろオマケする事になったりして」

風花は、自分でも気づかないうちに男性に仕事上の悩みを打ち明けていた。

今日知り合ったばかりの人に、どうして――

そう思いつつも、なぜか一度話し始めたら止まらなくなってしまった。

「ごめん、普段言えないような愚痴を、見ず知らずの人に話すなんて変よね」

風花が苦笑すると、男性がカップをテーブルに置いて身体ごと風花に向き直った。

「いや、見ず知らずの相手だからこそ言えるんじゃないか？　恩返しにもならないけど、俺でよかったら愚痴でもなんでも言ってくれていいよ」

「ほんと？　……じゃあ、聞いてもらおうかな」

詳細は明かさなくても、愚痴は吐ける。

男性の言葉に後押しされて、風花はためらいつつも今日完了したばかりの仕事の件を話し始める。

それは東京郊外にある昔ながらの喫茶店の改装で、着工から完工までおよそ一カ月かかった。

依頼主は昔から付き合いがある人の親戚にあたる若年夫婦で、家業を継ぐにあたり店舗をリフォームする事にしたのだそうだ。

コーディネート料金は、規模や提案内容の合計によって多少違ってくるものの、だいたいの金額は決まっている。そのほかに打ち合わせにかかる時間や交通費、諸々《もろもろ》の事務手数料などもあるけれど、紹介という事もあり諸費用込みで、かなり格安料金で済ませた。

「全体の何パーセントくらい値引いたんだ？」

「だいたい十パーセントくらいかな」

「もともとの価格設定がどうなっているのかは知らないが、それは値引きしすぎじゃないか？」

「やっぱりそう思う？　だけど、紹介してもらう時に『ご両親とは長く懇意にさせてもらっていたのよ』とか言われちゃったし『知り合い価格でお願いします』なんて手を合わせられたら、断り切れなくって」

「ふむ……仕事はご両親から引き継いだもののようだが、そこはきっちり線引きをしておかないとダメだ」

「だよね……。わかってる。わかってるんだけど、つい……」

風花は幼い頃に両親を亡くしており、西日本の田舎《いなか》に住む母方の祖父母に育てられた。

亡き両親はかつてこの場所でインテリアショップを営んでおり、父母の死後は父方の叔母が引き継いでくれていた。

両親の記憶がほとんどないまま育った風花だったが、誰に言われるでもなくインテリアに興味を持つようになり、高校卒業後は地元の大学で環境デザインを学んだ。その後上京して都内のインテリア会社に就職。それから三年のちに叔母が結婚して海外に移住する事になり、それを機にここを引き継いでインテリアコーディネート会社「ＦＵＫＡ」をオープンさせた。

しかし、現実は甘くない。

それなりに広告を出して宣伝をしたけれど、入ってくる仕事のほとんどが両親や叔母の縁があってのもので、規模も小さなものばかり。それだけにクライアントの要望重視で、あまり思い切ったコーディネートはできず、金額もできる限り抑えたものになりがちだ。

この物件は、もとは賃貸だったのを叔母が仕事を引き継いだ時点で買い上げ、現在は彼女の好意で格安の賃料で貸してもらっている。ゆくゆくは稼いだお金でここを買い取りたいと思っているが、今の状態では普通に生活する事さえ難しい状態だった。

「それでやっていけてるのか？」

「ううん。やっていけてないから、仕事がない時は友達のやっている派遣会社から短期の仕事を紹介してもらってるの」

「なるほど……。今の話だと、来る仕事はほぼ昔の顧客からの依頼か、そこからの紹介のようだな。つまり、仕事のほとんどは十パーセント引きで請け負っているという事か？」

「まあ、だいたいそんな感じ」

「派遣先では、どんな仕事をしているんだ？」

「なるべく本業と関連のある仕事先を紹介してもらってるんだけど、結局は事務か雑用が多いかな。せっかくだからいろいろと学びたいんだけど、そう上手くはいかなくて」

風花が答えると、男性が渋い顔をする。

「問題が山積みだな。とにかく、本業に関しては今の仕事の仕方はやめないと、しまいには会社を畳む事になるぞ」

情に訴えられてオマケすると、次に依頼してくれてもまた同じ待遇を求められる。そこから紹介された仕事をするにしても同じだ。男性の指摘に、風花はひと言も反論できなかった。

「仕事をする上で、君はもっとシビアになったほうがいい。ここを買い取れるほどの利益を出したいと思うなら、そうすべきだ」

自分の甘さを指摘されて、耳が痛い。けれど、第三者からの意見は貴重だし、ありがたかった。

「君は自分の仕事に誇りを持っていないのか？」

「もちろん、誇りは持っているわ。引き受けた仕事はすべて全力で取り組んでいるし、クライアントからの要望は、すべてクリアしてるつもりよ」

「だったら、なおさら言われたとおりの値引きなんかすべきじゃない」

見た目や話しぶりからして彼はきっと優秀なビジネスパーソンに違いない。そう思うと、彼ともっと話をしたい気持ちがムクムクと湧き上がってきた。

「私、強く出られると、つい引いてしまうの。値引き以前に、もっとコストを下げたいってお願いされると、依頼に基づいたイメージが壊れるのを承知で受け入れてしまって。それで、やっぱり微妙に違う感じになって、結局は納得がいかなくて自腹を切る事になって――」

ここに来るクライアントは資金が潤沢《じゅんたく》にある人はおらず、少しでも安価に仕上げたいと望んでいる。その気持ちはわかるが、望みが高ければ高いほど相応のコストがかかるのは当前だった。

そのすり合わせをするのも仕事のうちだが、風花自身にも譲れない部分があり、結局足が出た部分を自分で負担したり値引いたりする事になるのだ。

「なるほどな。君は押しに弱く、要領が悪い傾向にある。だから、さっきみたいな男に勘違いされてつけ込まれたり、コストに見合った仕事をすれば済むところを、どうしても妥協できず自腹を切ったりする」

「ぐうの音も出ないわ」

風花は自虐的《じぎゃくてき》に笑い、ため息をつきながらソファの背もたれに身を預けた。

「それにお人好《よ》しすぎる。私生活でならそれでいいだろうが、ビジネスでそれをすべきじゃない」

ズバリと指摘され、風花は男性の顔をまじまじと眺めながら大きく頷いた。

「本当にそうだわ。あなたって、すごいのね。すべてお見通しって感じ」

こうして第三者と話していると、自身の考え方や現状がよくわかる。

きっと男性には、風花が理想を追い求める甘ちゃんに見えているのだろう。

そして、風花自身もちゃんとそれに気づいているのだ。

「もっとバリバリ仕事ができるようになりたいな。せめて派遣の仕事なしでも生活できるようにならなきゃ。でも、今の仕事量だと金銭的にも厳しいのよね……」

せめてもと思い、派遣の仕事を紹介してもらう時は極力インテリア関係のものにしてもらっている。そのため、風花の主な派遣先は小さな工務店やインテリアショップなどが多い。そうはいっても、与えられる仕事は事務や雑用が多く、コーディネーターとして職務履歴に書ける実績ではなかった。

「あ〜あ、辛いっ！　でも、頑張らなきゃいけないし、ぜったいに諦めたくないの。だけど仕事はないし、あっても利益は生活費と家賃にぜんぶ消えちゃって、この頃じゃ好きなインテリアショップ巡《めぐ》りをしても見るだけでひとつも買えないんだよね」

「へえ、君はインテリアショップ巡《めぐ》りが好きなのか」

男性に問われ、風花はようやく自分が少し喋《しゃべ》りすぎた事に気づいた。

けれど、名前とここの住所を知られている以上、もう変にボカして話す意味はない。それに、調べたらすぐにこちらの職業がなんなのかわかってしまう。

話す内容からして彼はどうやらそれなりの地位について余裕ある生活を送っている人のようだし、ビジネスパーソンとして優秀である事は間違いない。

どうせここまで話したのだから、もっと突っ込んだ話をしたり聞いたりしてみたくなった。

「実は私、インテリア関係の仕事をしてるの。この部屋も自分でコーディネートしたし、シーズンごとに模様替えもしてるのよ。あそこにある棚はよく行くアンティークショップで買ったもので、上に載ってるのは蚤《のみ》の市に通ってゲットした小物達なの」

「なるほど。手をかけて作り上げた部屋だから、こんなに居心地がいいんだな」

たとえお世辞であろうと、そんなふうに言われて嬉しくないはずがない。

好きなものの話は尽きないし、男性は時折相槌《あいづち》を打って興味深そうに聞いてくれる。

気持ちよくペラペラと喋《しゃべ》り続け、気がつけば一時間近く経っていた。

「ごめん。私ばっかり喋《しゃべ》っちゃって……」

「構わないよ。興味深いし、君の話はとても面白い」

どこの誰とも知れない人だが、話してみて彼が心根の優しい人である事は伝わってきた。

「そうだ。お腹空《す》いてない？　私、今日は仕事で遅くなっちゃって晩ご飯食べ損ねてるの」

ソファから立ち上がり、キッチンに向かう。すると、空《から》のコーヒーカップを載せたトレイを持った男性が、風花のあとを追ってきた。

「何を作るんだ？　よかったら手伝おうか？」

「ううん、大丈夫。作るって言っても、今できるのはうどんくらいだから」

礼を言ってトレイを受け取ると、風花は男性の申し出を辞退した。話が弾んで気が緩んだのか、彼に対する警戒心が薄らいでいるのを感じる。

「寝る前だけど、一緒にどう？」

「ああ、喜んでいただくよ」

「わかった。じゃあ、二人分作るね」

気軽な感じで会話をしたあと、ふと思いついてコップを洗う手が止まる。

(そうだ……私、今夜この人を泊めるんだよね)

遅ればせながら今の状況に気づき、風花は密かにあわてて始める。

外は大雪で泊める理由はあるし、言い出したのは自分だ。ほんの数時間だが、一緒にいて彼が常識のあるビジネスパーソンである事はわかった。しかし、勘違いにせよキスをされそうになったのも事実であり、泊めるにしてもなんの対策も講じずに寝てしまうのはさすがに不用心すぎるだろう。

少なくとも、自分だけは朝まで起きているべきだ。

そんな事を考えつつ冷蔵庫から冷凍のうどんを出し、鍋に水を入れる。

ほぼ毎日キッチンに立つけれど、料理が得意と言えるほどの腕ではない。今作ろうとしているうどんだって、スープは専用の粉末だしを使って作るつもりだ。

あんな高そうな洋服を着ているのだから、普段食べるものも相応に高級なものなのでは？

そんな人に自分が普段食べている手抜き料理を出してもいいものだろうか。

風花は美味《おい》しいと思って食べているが、果たして彼の口に合うかどうか……

考え込んでいるうちに鍋の中でうどんがグツグツと煮え始め、風花はそこに粉末だしと、あらかじめ切って冷凍しておいたネギを入れた。

（ええい、もう作ってしまったんだから出すしかないっ！）

どうせ、すぐに食べられるものはこれくらいしかないのだし、こんな寒い夜は温かいだけでもご馳走だと割り切る。用意したどんぶりに麺を移し、スープを取り分けた。そこに卵を割り入れて、天かすを振りかける。

「おまちどうさま。こんなものしかなくて悪いけど」

運んできたトレイには、冷たい麦茶のほかにすりごまと七味も載せてある。

「ありがとう。実は俺も、かなり腹ペコだったみたいだ」

男性が笑い、用意した割り箸《ばし》を割る。テーブルはさほど大きくないから、トレイを挟んでどんぶりを二個置くだけでいっぱいになってしまう。

向かい合わせになった男性との距離は、手を伸ばせば顔に指先が届く近さだ。なんでもないふうに話しているけれど内心ドキドキで、さっきキスをされそうになった時くらい動揺していた。

そうなると、今まで気にならなかった男性の一挙手一投足が、いちいち目に留まる。

「いただきます」と言って手を合わせた時の指先や、箸《はし》を持つ手の甲に浮かぶ太い血管。サラサラした黒髪に、首の真ん中で膨らんでいる喉仏などなど……

見れば見るほど彼のパーツの美しさに目を奪われてしまう。

「美味《うま》い……！　このうどん、すごくコシがあるな。スープもすっきりとした甘みがあって、胃袋に染みるよ」

男性が唸《うな》りながらうどんを食べ、スープを飲む。

まさかこんなに喜んでもらえるとは思わず、風花は自分でも気づかないうちに頬を綻《ほころ》ばせていた。

「よかった。この冷凍うどん、私のお気に入りなの。いつも冷凍庫に入ってるし、なくなりそうになると必ず補充してるくらい」

「冷凍うどんか。今、これを作るのにそんなに時間がかかってなかったよな？」

「だいたい五、六分くらい？　麺をゆでて、そこに粉末のスープを入れるだけだもの。あとはお好みでトッピングを入れればいいし」

「だったら、俺でも作れるかな」

「作れるわよ。もしかして、普段あまり料理はしないほう？」

「そうだな。気が向けば朝食くらいは作るが、それもほんのたまにだ。だいたいいつも外食かテイクアウトだな」

「ふぅん」

毎日そんな食事をしているなんて、彼はかなりゆとりある生活をしているのだと感心する。

もしかすると、自分で会社を経営しているのかもしれない。いずれにせよ、自分と彼とでは生活レベルにかなりの差がありそうだ。

風花が毎日自炊をしているのは、何よりそれが一番安いからだ。余裕さえあれば週に一度は外食したいし、スーパーマーケットやコンビニで値段を気にせずに買い物をしたい。

早く贅沢《ぜいたく》ができるくらいになりたいと思いつつ、きっとそうなっても、この冷凍うどんは自分のお気に入りであり続けるだろう。

そんな事を思いながら、ふと前を見た。

男性は箸《はし》を綺麗に持って、うどんを食べている。下を向いた目蓋《まぶた》の曲線や頬骨の高さが完璧だ。

身体が温まってきたのか、額にうっすらと汗が滲《にじ》んでいる。それを気にする事なく、ふうふうと息を吹きかけながらうどんを啜《すす》る口元に見惚れた。

もし、あのままキスを許していたら――

ついそんな事を思ってしまい、自分のさもしさに呆れ返る。いくら相手が稀《まれ》に見るイケメンだからって、出会ったばかりの相手にそんな感情を抱《いだ》くなんて我ながら引いてしまう。

これ以上邪《よこしま》な考えを持たないように、男性から視線を逸らしてうどんを食べる事に集中する。

「うーん、黄身を麺に絡めて食べると、また格別だな。スープを吸った天かすの甘みもいい」

「でしょう？　やっぱりうどんにはこれがないと。あと、お菓子ののり天を載せても美味《おい》しいんだよね」

「お菓子ののり天？」

男性が顔を上げて風花を見る。突然まっすぐに見つめられて、思わず頬が引き攣《つ》ってしまった。

「し、知らない？　スーパーのおつまみコーナーとかによく置いてあるやつ。ちょっとカロリーが高いんだけど、スープでカリカリののり天が柔らかくなったのを麺に絡めて食べると、すっごく美《お》味《い》しいんだよね」

言ってしまってから、ハッとして口を噤《つぐ》む。普段冷凍うどんなど食べないようなエリートに向かって、スーパーのおつまみコーナーの話をしてしまうとは……

風花は自分の庶民的すぎる発言を後悔しつつ、どんぶりの中身だけに視線を置いて一心にうどんを食べ進めた。

「美味《うま》かった……。こんなに美味《おい》しいうどんは、はじめて食べたよ」

先に食べ終えた男性が、箸《はし》を置いて満足そうな声を上げる。

「大袈裟《おおげさ》ね。普段から外食してるなら、美味《おい》しいうどん屋さんだって知ってるでしょ」

「確かに知ってるが、これは別物というか別格だ」

そう言う男性の顔は、間違いなく名店の味を知り尽くしているように見える。けれど、今食べているうどんを本気で「美味《うま》い」と言ってくれているのが伝わってきた。

「これは、癖になる味だ。中毒性があるというか、とにかく美味《おい》しかったよ」

「ごちそうさま」と言って手を合わせるしぐさが、とても美しい。

育ちのよさが表れているというか、生まれながらに持っている品のようなものを感じた。圧倒的なオーラがあり、油断していると彼の一挙手一投足に視線を奪われて目が離せなくなってしまう。

風花に言わせれば、癖になる中毒性があるのは彼のほうだ。

風花が心底感心していると、男性が食べ終えたどんぶりをトレイに載せて立ち上がった。

「あ。私が運ぶよ」

「いや、作ってもらったんだから、これくらいはやらせてくれ」

腰を浮かせる風花を笑顔で押し留めると、男性がトレイを持ってキッチンに歩いていく。

風花はソファに腰を下ろすと、背を向ける彼のうしろ姿に視線を置く。

改めて見ると、スウェットは上下とも寸法が足りておらず、裾《すそ》はふくらはぎの途中までしかない。

それなのに、妙に着こなしている感があり、なんなら似合っていると言ってもいいくらいだ。さすがにひいき目が過ぎると思うものの、そう思ってしまうのだから仕方がない。

流し台の前に立つ男性は、背が高く腰を曲げるようにして洗い物をしている。きっと慣れていないのだろう。どんぶりを洗うだけなのに今ひとつ手際が悪く、見ているだけでハラハラしてしまう。

しかし、一生懸命丁寧にやろうとしてくれているのはわかるし、その様子がなんだか微笑ましくて、いつの間にかまた男性に見入ってしまっていた。

思えば、彼氏でもない男性と夜をともにするのは、はじめてだ。もっとソワソワしてもいいはずなのに、なぜか彼がここにいてくれるだけで安心する。勘違いで唇を奪われそうになったけれど、セクハラ社長を撃退してくれた功績に比べたら騒ぐような事でもなかったかもしれない。

男性を眺めながらつらつらと考え事をしていると、立て続けに欠伸《あくび》が出た。まだ彼を寝かせる場所を決めていないし、準備もできていない。

皿を洗い終えてこちらに戻ってきたら、その相談をしなければ――

そう思いながら待ち構えているのに、男性はなかなか帰ってこない。何度目かの欠伸《あくび》が出たあと、ふいに目蓋《まぶた》が重くなる。うっかりうとうとしてしまいハッとして目を開けると、いつの間にか男性の顔が目の前に迫っていた。

「わっ……びっくりした！」

「だいぶ疲れているみたいだな。もう寝たらどうだ？」

「わ、私はいいから、あなたこそ寝てちょうだい。ほら、あそこのベッドを使って。外国製だから割とゆとりがあるし」

それは都内のアウトレットショップで買ったもので、横幅が百三十五センチある。

風花が窓際に置かれたベッドを示すと、男性が緩く首を横に振った。

「それはできない」

「どうして？　あ、お風呂？　シャワーだけならすぐにでも貸せるけど——」

「そうじゃなくて、ベッドは君が使うべきだ。遅くまで仕事をして、その上なんだかんだあって疲れてるだろうし」

「私なら大丈夫。たまにラグの上で寝ちゃう事もあるし、ここで平気だから。寒空の下で遭難しかけてたんだし、今夜はあったかくして寝なきゃダメよ。それに、まだちょっとやる事があるから、遠慮せずに寝てちょうだい」

話しているうちに、だんだん表情が強張《こわば》り目が泳ぎ始めた。

距離が近すぎる！

風花は、それとなく横にズレて男性から離れた。

「ああ、もしかして寝ている間に俺に襲われるかもしれないって思ってるのか？　それなら心配いらないよ――と言っても、信じてもらえないかな」

そう言って、男性が意味ありげに風花の口元を見た。その視線を感じて、唇に緊張が走る。

勘違いした上に、自意識過剰な女だと思われたくない！

風花は、あわてて口元に笑みを浮かべた。

「お、襲われるとか、ぜんぜん心配してないわよ。あの時は状況的に誤解されても仕方がない感じだったし、もういろいろと話したりして、あなたが信用できる人だってわかったから」

「そうか。だが、さすがにベッドを使うのは彼氏に悪いだろう？　もし下の階を使わせてもらえるなら、俺はそこでもまったく構わないし――」

「その点なら心配いらないわ。私、彼氏いないもの」

「でも、好きな人はいるんじゃないのか？」

「残念ながら、そういう人もいないわ。というか、いろいろあってもう恋愛はいいかなって思ってるから」

「それはまた、どうして？」

話の流れで、風花はこれまでの恋愛についてポツポツと話し始める。

風花が過去付き合った男性は、三人いた。一人は同じ大学の先輩だったが、彼の事を好きになった友達に略奪されて破局。社会人になってからできた彼氏は、向こうから付き合おうと言ってきたのに別の女性から告白された結果、風花を捨ててその人を選んだ。残りの一人も同じ感じだった。

そのほかにも、ちょっといい感じになっていたところに横槍を入れられて恋愛に至らなかった事は何度もあった。

友達から『結構モテるね』などと言われた事もあったが、決してそうではない。

二番目の元カレ曰《いわ》く、『手頃な感じだったし、申し込めば受け入れてくれそうだったから声を掛けた』らしい。今となっては、ほかの人達もそうだったのではないかと思っている。

「私って、いつもそう。ほかの女性と比べられて、結局は選ばれずに捨てられるの。友達からは『どうしてそこで粘らないの』とか『黙って引き下がるなんて、お人好《よ》しすぎる』って言われたけど、選ばれなかった時点で、もう私から気持ちが離れてるって事でしょ？」

風花が訊《たず》ねると、男性は少しの間考え込み、ゆっくりと頷きながら風花に同意する。

「そうだな」

「だったら何をしても無理よね。さっさと別れたほうが、お互いのためだし、これ以上嫌な思いをせずに済む……そんなふうに考えて、いつも別れを受け入れてきたの」

「もしかして、彼の事をそれほど好きじゃなかったとか？」

「いいえ。ちゃんと好きだったし、浮気されたりフラれたりした時は、心底悲しかった。だけど、向こうが本当に想い合っているなら、私は引き下がるしかないじゃない」

ひととおり過去の恋愛話をし終えて、男性のほうを振り返る。彼はじっと風花の話を聞いてくれていた様子で、何も言わずただ頷いてくれた。

「もちろん、寂しくないと言えば嘘になるし、いつか心から愛し合える人に出会って結ばれたいって思ってる。でも、今の経営状態じゃデートやプレゼントにかける費用の余裕なんかないし、恋愛にかまけてる時間もないんだけど」

風花が自虐的《じぎゃくてき》に笑うと、男性が眉尻を下げて顔をじっと見つめてくる。やけに神妙な表情を向けられて、たじろいでしまう。

「やれやれ……君って人は、この期《ご》に及んでもデートやプレゼントの費用の事を気にするんだな」

「だって、付き合うならそれなりにお金がかかるでしょ」

「その様子じゃ男に出させようとか、適当に付き合っていろいろと買ってもらおうとかっていう発想はないんだろうな。それ以前に、金づるになりそうな男を狙うなんて考えも持ち合わせてなさそうだ」

「当たり前でしょ。恋愛はお互いに想い合って信頼し合ってこそのものだもの。あなたはそう思わないの？」

風花が訊《たず》ねると、男性は呆れたような表情を浮かべながら首を横に振った。

「まったく思わないね。君が言うのは理想論であって、現実はそんなに甘くない。恋愛なんて所詮《しょせん》欲と打算だ。奪い奪われ互いに消耗し合うだけで、本当の愛なんて絵空事にすぎない」

「え、絵空事……」

「少なくとも、俺はそう思っている」

自分の恋愛観をきっぱりと否定され、夢も希望もない事を言われた。

考え方は人それぞれだし、彼が言う事を否定するつもりはない。だが、恋愛を絵空事だと断じてしまうのは、あまりにも寂しく夢がなさすぎるではないか。

「確かに、そういう恋愛もあるかもしれない。相手があっての話だし、こっちが愛してても向こうがそうじゃなきゃ成立しないわよね。でも、すべての恋愛がそうとは限らないんじゃないかしら。うちの両親って、ものすごく仲がよかったの。祖父母達もそう」

両親の事はほとんど覚えていない風花だが、二人がいつも微笑み合っていた事だけはよく覚えている。田舎《いなか》の祖父母とは今は離れてしまっているが、電話をして話すたびに夫婦が心から想い合っている事が伝わってきた。

「二人は未だに手を繋いで散歩してるのよ。毎日がすごく幸せそうで、私も将来は祖父母みたいになれたらいいなって思うの。今のところそんな未来はまったく見えてこないけど、そう願う気持ちは捨てたくなくって」

風花がそう言うと、男性は小さく鼻で笑うようなしぐさをする。

「君は、つくづく幸せな人だな」

呟くようにそう言った男性の顔に、ふと影が差したように見えた。

もしかして、過去に恋愛で辛い思いをしたのかも……。

人にはそれぞれ過去があるし、安易に立ち入るのはよくない。

風花はそう考えて、この話はもう終わらせる事にした。

「って事で、ベッドは遠慮なく使ってくれていいわ」

「……そうか。じゃあ、遠慮なく使わせてもらうよ。だが、せっかくゆとりがあるんだし、襲われる心配もしていないなら、一緒に寝てもいいんじゃないか？」

「え？　で、でもそれじゃ、ゆっくり寝られないでしょ？」

まさかの提案をされて、声が上ずってしまった。それを誤魔化すように、口元にぎこちない笑みを浮かべる。

「俺は平気だ。それに、家主を差し置いてベッドを独り占めするのは気が引ける」

「そんなの、気にする事ないのに」

「いや、気にするよ。それに、まだちょっとやる事があるって言ってただろう？　君がまだ起きてるのに、俺だけ寝るわけにはいかない」

男性は、そう言い張って頑《がん》として譲らなかった。これ以上押し問答をしていても埒《らち》が明かなそうだ。風花は困り果て、結局彼の提案を受け入れる事にする。

「わかった、一緒にベッドを使いましょう。あと、やろうと思ってた事は明日にする。それでいい？」

風花がベッドを指すと、男性が納得した顔で頷く。

「じゃあ、あなたは右側。少し開けて私は左側に寝るわ。って事で、私は先に寝るわね。よかったらシャワーを使って。バスタオルとか、脱衣所にあるのを適当に使ってくれて構わないから」

いろいろと想定外で、自然と早口になる。そんな風花をよそに、男性は納得した様子で、おもむろに立ち上がった。

「ありがとう。それじゃあ、そうさせてもらうよ」

男性がゆうゆうとバスルームに向かって歩いていく。

彼がドアの向こうに消えてすぐに、風花は声のない叫び声を上げて自分の胸元を掻きむしった。

(私ったら、なんで了承しちゃったのよ。名前も知らない男性と同じベッドで眠るなんて、さすがにあり得ないでしょ〜!)

ソファ前にはラグが敷いてあるし、ほかにも寝るスペースはたくさんある。それなのに、いったいなぜ、彼の提案を受け入れてしまったのか——

今からでも、前言撤回すべきだ。そう思い、バスルームに行こうとしたが、男性はすでに洗面台の前でスウェットの上下を脱いでいるはずだ。

彼が出てくるのを待って、やっぱり別々に寝ようと提案する?

けれど、今更前言撤回するなんて、いかにも男慣れしてなさそうで言うのはなんとなくためらわれた。

(ああもう、どうしよう……! 私、テンパってるよね。そうでなきゃ、この状況でシャワーを勧めたりひとつのベッドをシェアしようなんて思うわけないもの)

短時間の間に、いろいろな事が起こりすぎて、きっと脳のキャパシティーを超えてしまったのだ。そのせいで、まともに考えられなくなり、相手の要望を受け入れてしまったに違いない。

この、お人好《よ》し!

バスルームから、お湯が流れる音が聞こえてくる。

それを耳にした途端、シャツから垣間見えた男性の見事な腹筋が頭の中に思い浮かんだ。

大急ぎでそれを掻き消すと、風花はクローゼットの奥からブランケットを出し、丸いクッションと一緒にベッドの右端に置いた。

それからすぐに上掛けをめくり、あたふたとベッドの左側にもぐり込む。部屋の天井《てんじょう》は高く、目の前のカーテンの隙間から外の景色が見える。小降りになっていた雪は、いつの間にかやんでいた。

ベッドに横になっているうちに、徐々に気持ちが落ち着いてきた。今夜はもうこれ以上の事が起こるはずはないし、男性もそう思っているからこそベッドを共有しようと言ったのだろう。それに、もしかしたら彼にとっては添い寝なんて日常茶飯事なのかもしれない。

そう考えると、ふいに気が楽になり、自分一人が余計な気を回しすぎているように思えてくる。

(なぁんだ、そうか……)

ベッドの中の温もりが、再び眠気を誘ってきた。

明日の朝は、トーストとオムレツのほかにサラダとヨーグルトをつけよう――

そんな事を考えているうちに、風花はいつの間にかスヤスヤと寝息を立てていた。

◇◇◇

雪が降りしきる一月の深夜に、加賀谷仁《かがやじん》は見知らぬ公園の前で行き倒れ、まったく面識のない若い女性に拾われて命を助けられた。気温は零度に近かっただろうし、あのまま放置されていたら確実に命の危険に晒《さら》されていただろう。

救ってくれたのは「野元風花」という名のインテリアコーディネーターで、仁はつい今しがた彼女の家から帰宅したばかりだ。

手にした彼女の名刺は、帰り際に一階の事務所を一回りした時に見つけて持ち帰った。

(見ず知らずの男を助けて介抱するなんて、よっぽどのお人好《よ》しなんだろうな)

それは、彼女の話を聞いていてはっきりとわかったし、そのせいで仕事ばかりか恋愛面でも報われず貧乏くじばかり引いているらしい。

話を聞いているだけでも心配になるレベルだったし、あんな状態で生活は大丈夫なのだろうかと心配になった。

(いや、ぜったいに大丈夫じゃないだろう)

現に、たった数時間の間に行き倒れの男に遭遇し、自宅にストーカーまがいの男が押しかけてきたのだ。入り口ドアの施錠《せじょう》を忘れたのはともかく、あんなセクハラ社長につきまとわれるなんて、日常的に隙がありすぎるのではないだろうか?

お人好《よ》しは自覚しているようだが、あれはさすがに度を越している。自覚していても同じ事を繰り返していては、わかっていないのと同じだ。それで自分の首を絞め続けているのだから、どうしようもない。

今回は難を逃れたが、もしかすると以前にも危ない目に遭っているかもしれない。それに、いつまた下半身に脳味噌があるような男に過剰な興味を持たれないとも限らない。

そう考えると、やけにソワソワしていても立ってもいられない気分になる。今まで女性に対してこんな感情を持った事はなかったのに、帰宅してなお彼女の事が気になって仕方がなかった。

話す話題も興味深く、くるくると変わる表情を見ているだけでも面白い。

もしかすると彼女は、仁が知っているどの女性とも違う希少種なのかもしれなかった。

(何より俺からのキスを拒《こば》むとは、それだけでもレア中のレアだ)

生まれ持った容姿は、昔から仁が好むと好まざるに関係なく女性を引きつける傾向にあった。

やたらと好意を持たれ、媚《こ》びを売られた上に意図的に接触してきて、望んでもいないのに身体を提供しようとする。そういう女性は漏れなくこちらの外見とスペックを目当てにしており、隙あらば恋人や妻の座を狙おうとするのだ。

(女性なんて信用ならない。信じてもバカを見るだけだ)

仁の実家は代々続く名家で、一族には政治家や会社社長が大勢いる。

仁自身も「加賀谷コーポレーション」という高額不動産売買及びコンサルティング会社を興《おこ》し、経営者として成功を収めていた。個人の総資産額は数千億円を超えており、世界各国に別荘を所有している。公私にかかわらず、国を跨《また》いで移動する時は基本的に自家用ジェット機を使う。

住まいは気分によって頻繁《ひんぱん》に変えており、現在は都心の文化施設が集中する地区に所有していた土地に家を建てて住んでいる。正直、もう一生遊んで暮らせるほど稼いでいた。

しかし、隠居するにはまだ若すぎるし、放蕩《ほうとう》生活にも興味がない。

かといって家庭を持って落ち着く気にもなれないし、そもそも結婚したいと思うような女性に出会った試しがなかった。

だいたい、結婚なんてものには嫌悪しか感じない。そう思うのは、自分の両親を見て育ったせいだ。父母はそれぞれ会社を経営しているが、とうの昔に離婚して今は双方とも海外で暮らしており、もう十数年会っていない。

二人とも仁が子供の頃から愛人が複数おり、子供の目を気にする事もなく、好き勝手に生きていた。そんな両親が家庭を顧《かえり》みるはずもなく、我が子の養育もナニーと専門の家庭教師に任せきり。幸いにも両親が選んだ彼等はすこぶる優秀で、仁を一人前の人間に育て上げてくれた。

しかし、所詮《しょせん》彼等にとって仁の養育は仕事であり、優しく熱心ではあったけれど常に一定の距離があって、心の底から慣れ親しんだ記憶は欠片《かけら》もない。

愛情など見返りがあってのものだし、恋愛に至っては打算と駆け引きに終始して互いに消耗するだけだ。

実際にそうだったし、だからこそもう何年も必要以上に女性と関わらない生活を送ってきた。

そのおかげで余計な事に頭を使わずに済んでいるし、暮らしは快適そのもの。その代わりというわけではないが、プライベートでは面白い事ひとつ起きない。

日々億単位の仕事をこなし、ビジネスでヒリヒリするような高揚感を味わえても、私生活は常にフラットで感情が揺れ動くような時間は皆無《かいむ》だ。

そんな毎日を送る中、ずいぶんと興味深い女性に会った。

「野元風花、か……」

とびきりの美人ではないが、表情豊かでちょこまかとよく動く。

『あり得ないわよ！』

『ほんっと失礼しちゃう！』

『言っとくけど、拾い食いするほど飢《う》えてないから！』

思えば、あんなふうに面と向かって人に怒られたのは、いつぶりだろう。

あれは実に新鮮で面白かったし、なんならもっと怒らせてみたいと思ったくらいだ。

『恋愛はお互いに想い合って信頼し合ってこそのものだもの。あなたはそう思わないの？』

いい大人が、そんな幼稚な事を本気で信じているのか、甚《はなは》だ疑問だ。けれど、そう言った時の彼女は、そうあるべきだと心から思っているように見えた。カマトトぶっているわけでもなさそうだし、そうだとすれば彼女は天然記念物並みの理想主義者だ。

(少なくとも、俺の周りにはいないタイプだな)

昨夜、シャワーを浴びて部屋に戻ると、風花はすでにベッドの端で横向きになって寝ていた。

平静を装《よそお》っていたが、彼女は明らかに男慣れしておらず、ベッドで一緒に寝ようと言ってみたら、精一杯平気なふりをしていたが、赤くなって視線を泳がせていた。

昨夜は遅くまで仕事をしていたようだし、よほど疲れていたのだろう。そんな中でも、ほとんど壁にくっつくようにして、右側のスペースを大きく空《あ》けてくれていた。

「あんなに隅っこで寝るなんて、どこまで人がいいんだか……」

起こさないよう注意しながら身体を引き寄せると、むにゃむにゃと言いながら右方向に寝返りを打った。

せっかくなので、彼女の寝顔をじっくりと観察し、そのまま三時間ほど添い寝させてもらった。

風花の顔は、各パーツが程よく整っている。アーチ形の眉は彼女の人の好《よ》さを表しており、うっすらと開いたままの唇はつい触れたくなってしまうほど柔らかそうに見えた。

ベッドで一緒に寝ようと言ったのは、半分は冗談だったが、本来仁は女性に対してそういう事を言う人間ではない。

そんな自分が、どうしてあんな軽口を叩いてしまったのか……

我ながら理解不能だ。そもそも自分から異性と同じベッドで寝ようとするなんて、驚かざるを得ない。物心ついた時から寝る時はいつも一人だったし、過去一度たりとも女性がいるベッドで朝を迎えた事はなかった。

別にポリシーがあって無理にそうしているわけではなく、誰かがそばにいると眠れないからだ。

それなのに、風花の寝顔を見ているうちに自然と眠くなり、気がつけば朝を迎えていた。

目が覚めても彼女はまだぐっすりと寝ており、それから一時間彼女の寝顔を見続けたあと、タクシーを呼んで帰途についた。

その際、未だかつてないほどどうしろ髪を引かれたのも新鮮な驚きだった。

(野元風花——いろいろと興味深い女性だな)

風花は命の恩人であり、仁は彼女に大きな借りができた。受けた恩はなんとしてでも返さねばならない。帰る際テーブルの上に連絡先を書いたメモを残したのは、そのためだ。

それに、個人的に強く興味を引かれている。

メモに書いたのは、スマートフォンの電話番号のみで住所も名前も書いていない。

これは、一種の賭けだ。

電話をかけてくるかどうかもわからないし、こちらの正体を知って彼女がどう変わるかもわからない。

どこの誰かわかってしまえば、彼女もほかの女性と同じような反応を示すはずだ。けれどそう思う反面、彼女は違うのではないかと思う自分もいた。

むしろ、そうであればいいと期待している部分もあり、仁はそんなふうに考える自分を面白いと感じている。

（まずは、彼女から連絡が来るかどうかだな）

もし来なければ、また別のアプローチを考えればいいだけの事だし、自分にはそうしなければならない理由がある。

風花には必ず恩を返さねばならない。

仁はこれからの計画を頭に思い描きながら、我知らず口元に笑みを浮かべるのだった。

◇　◇　◇

朝目覚めたら、道端で拾ったイケメンは忽然《こつぜん》と消えていた。

起きてしばらくは、あれは夢だったのではないかと思ったりもしたけれど、ベッドの右側には彼が横になっていた形跡がある。それに、テーブルの上に残されていたメモが一連の出来事が現実であると教えてくれていた。

メモには十一桁の電話番号が記されている。どうせなら名前くらい書けばいいのにと思わなくもないが、そもそも明かさなくていいと言ったのは自分だった。

何もなかったとはいえ、素性も知らない男性と同じベッドで熟睡するなんて――

我ながら呆れるが、あの時はあれが一番自然な流れだと思った。

昨夜はすべてが非日常で、冷静に考えられるようになった今、よくもまああんな行動が取れたものだと思う。

行き倒れていた男性を助けるのは当然の事だし、それから先は完全に予想外の展開ばかりだった。

(何より、あの人がいてくれたから、脇本社長を撃退できたわけだし)

あれについては感謝しかない。きっと脇本はもう、二度と自分につきまとったりしないはずだ。

「それにしても、かっこよかったな」

男性の事を思い出していると、自然と心の声が口をついて出ていた。

彼が破格のイケメンだった事は、疑う余地のない事実だ。何をするにしても所作が綺麗だったし、相当育ちがいいに違いない。一人になってじっくりと思い返してみるほど、男性がいかに印象深い人だったかを思い知らされた感じだ。

(なんにせよ、もう会う事はないだろうな)

電話番号を残されたものの、男性はたまたま通りすがって一夜限りの縁ができた人にすぎない。

彼との関係をなんらかの形で継続させる理由はないし、そのつもりで互いの素性を知らせないままにしたのだ。

（どうせ二度と会わないんだから、キスくらいしておけばよかったかな）

そんなふうに考えた自分に驚き、風花はメモを持たないほうの手で唇を押さえた。

『言っとくけど、拾い食いするほど飢《う》えてないから！』

そう啖呵《たんか》を切ったくせに、たまたま拾った男性とのキスを望むなんて、どうかしている。

しかし、今後どれだけ長く生きても彼のように完璧な容姿の男性には会えないだろうし、あれほど有意義な時間を過ごす事もないだろう。

だからこそ、キスくらいいと思ってしまった。それに、もしかするとあれが人生最後の「男性からキスを迫られる」経験だったかもしれない。

なんだかもったいない事をしたような気がしてきたが、もう終わった事だ。

風花は今一度メモに視線を落とし、本棚の引き出しの中にしまった。別に番号をとっておきたいとかじゃなく、一応そうするだけだ。

風花は自分自身に念を押すと、尖る唇を指先でキュッと摘《つま》み上げるのだった。


それから二週間後、風花は親友の井上里穂《いのうえりほ》から派遣の仕事の件で連絡をもらった。

彼女は風花と同郷の幼馴染《おさななじみ》で、高校卒業を機に一足先に上京し、今は結婚して夫とともに派遣会社「井上キャリアサービス」を営んでいる。

風花はいつも彼女から短期の派遣の仕事を紹介してもらっており、今回連絡をくれたのもその件だった。

『風花の希望にピッタリの派遣先よ』

そう言って紹介されたのは「加賀谷コーポレーション」という、不動産売買やコンサルティング業務を請け負っている会社だ。

扱う物件は主に都内の高額不動産で、建設のデザインから建物の管理まで幅広くサービスを提供している。創業八年目と歴史は浅いが、確かな実績に寄せられる信頼は厚い。

東京本社のほかに全国に支社が四カ所あり、海外にも三カ所の営業所がある。

風花が採用された部署は本社に新しく設立されたパーソナルリノベーション事業部だ。

事前に聞かされた話では、「加賀谷コーポレーション」は事業の拡張に伴い、既存の高額不動産とは別に、一般的な個人宅の建設及びリノベーション業務に参入する事にしたらしい。

パーソナルリノベーション事業部の創設はその一環で、同時に設立されたパーソナルハウジング事業部と、いずれはひとつにして子会社化する予定だそうだ。

派遣される部署の主な業務内容は、個人宅のリノベーションにかかるすべての業務であり、ぜんぶで十五名いる部員の大半は女性と聞いている。

「加賀谷コーポレーション」はインテリアの専門雑誌にもよく取り上げられており、風花も以前から注目している企業のひとつだ。インターネット上で公表されている施工《せこう》事例は逐一《ちくいち》チェックしているし、できれば提携先になってほしい会社ナンバーワンのところだ。

派遣の契約期間は半年。

仕事内容は社員のサポート業務で、勤務時間は月曜日から金曜日の午前九時から午後二時まで。「ＦＵＫＡ」の営業時間は一応午前十時から午後六時までで、定休日は決まっていない。それは仕事があれば曜日や時間に関係なく動くからだが、残念ながらフル稼働するほど忙しくないというのが実情だ。

（というか、今はまったく仕事がないんだよね……）

立ち上げたホームページは、たまにリニューアルしたり、地域の新聞に広告を出したりしている。しかし反応は鈍く、見通しは決して明るくない。そんな中、憧れの会社で仕事ができるのは願ったり叶ったりだし、期間中に何かしら学んで帰りたいと思っていた。

（よ～し、気合入れなきゃ）

派遣の仕事がスタートする今日、風花は動きやすいように、コートの下はゆったりした白いカットソーとグレーのパンツスタイルで仕事先に向かった。足元は履き慣れたローヒールのパンプスで、これならどんな仕事を任されても大丈夫だろう。

電車を乗り継いで、およそ三十分。

改札を出て線路を跨《また》ぐ橋を渡り始めると、ほどなくして「加賀谷コーポレーション」の社屋が目の前に現れる。

地上十八階、地下一階のオフィスビルは、駅から徒歩三分とアクセスがいい。

約八百坪の土地にある建物の前は三叉路《さんさろ》になっており、航空写真で見ると二等辺三角形のビルが大きな河を行く船のようだ。事前に調べたところ、階や構造によって違うがフロアサイズはおよそ百六十から二百三十坪で、天井《てんじょう》の高さは二メートル七十センチ。

ビルの中に入るとすぐに上りと下りのエスカレーターがあり、一階部分にはコンビニエンスストアとコーヒーショップが入っている。

二階に上がり、エレベーターホールに向かう。操作盤の周りにはすでに数人の社員らしき人がおり、それぞれに挨拶《あいさつ》を交わしている。

風花がそのうしろにつくと、ちょうどエレベーターが下りてきたところだった。パーソナルリノベーション事業部があるのは十三階だが、初日である今日は先に十一階の人事部に顔を出すように言われている。

「おはようございます」

エレベーターに乗り込みながら声を掛けると、中にいる人達が挨拶《あいさつ》を返してくれた。男女ともスーツ姿の人もいれば、ややカジュアルな服装をしている人もいる。それぞれがとてもおしゃれだし、スタイリッシュだ。

さすが一流企業の社員といった感じで、ネクタイやバッグに持ち主の個性を感じる。

風花が中に入った時にはすでに目的の階のボタンがオレンジ色に光っていた。

十一階で降り、エレベーターホールを右に進む。広々としたオフィスの床は大理石模様のセラミックタイルになっており、モノトーンのオフィスファニチャーとマッチしている。

壁に貼られたパネルを頼りに人事部に到着し、一番近くのデスクに座っている女性に声を掛けた。

林《はやし》という名のその人はアルバイトや派遣社員の担当者で、風花が名乗るなり笑顔で迎えてくれる。

「野元さんって、インテリアコーディネートの会社を経営してるのね」

「はい。といっても、社員は私だけですし、利益は出ていないんですけど」

「でも、自分で会社を興《おこ》すなんてすごいわ。やろうと思っても、全員が実行に移せるわけじゃないもの。途中で挫折する人が大勢いるのに、頑張ってるだけでも素晴らしいと思うわ」

話を聞くと、彼女は風花よりも二歳年上で、学生時代はインテリアデザインの勉強をしていたようだ。卒業後は新卒で「加賀谷コーポレーション」に入社したが、今のところ当初希望していた職種には就けていないらしい。

林の話を聞きながら書類にサインをしていると、彼女にどこからか内線で連絡が入った。

通話はすぐに終わり、林が風花を振り返る。

「今の内線、社長からだったんだけど、パーソナルリノベーション事業部に行く前に、社長室に来てほしいそうよ」

「社長室に……はい、わかりました」

「野元さん。もしかして、加賀谷社長と知り合いなの？」

「いいえ。お名前だけは以前から知ってますけど、お会いした事はありません」

「そう、ごめんなさいね。これまでもアルバイトや派遣の人が来た事はあったけど、社長が直接会うなんてなかったものだから」

林が言うには、社長の加賀谷仁は普段めったに自分の執務室に人を呼ばないらしい。招かれるのは役員クラスに限られており、林のような一般社員は噂話で部屋の様子を聞くぐらいなのだという。

「なんというか、ちょっと謎めいたところがあるのよね。人望はあるし社長としては完璧だけど、あまり人と深く関わらないというか、孤高の存在って感じで」

その経営手腕と優れたビジネスセンスが注目を浴び、いくつかのメディアから社長へ取材依頼があったらしいが、今まで一度も応じた事はないらしい。

「もちろん、プライベートはわからないけど――なんて、ちょっと余計なお喋《しゃべ》りがすぎたわ。じゃあ、またあとで人事部に寄ってくださいね」

林が微笑みながら、風花を人事部から送り出した。

風花は「加賀谷コーポレーション」に勤務すると決まってから、会社のホームページをチェックしていた。

社訓は「実力主義」と「顧客主義」。採用に関しては、学歴よりも個人の資質を重視する。

加賀谷社長についても検索してみたが、顔写真は一件もヒットせず、大企業の社長にしてはネットで流れてくる情報が驚くほど少なかった。

わかっているのは、アメリカの大学に進学して建築学を学び、その傍《かたわ》ら投資と不動産売買で資産を形成した事くらいだ。帰国後に会社を立ち上げたとあったから、社歴から逆算すると、まだ三十代前半と思われる。

(秘密主義なのかな？　まあ、個人情報なんてそう簡単にオープンにすべきじゃないけど)

社長室は最上階にあり、副社長以下の役員室は一階下の十七階にあるようだ。

外から見た時は、どの階も窓が大きく、前と左右には建物がないからとても見晴らしがよさそうだった。行けばわかると言われたが、十八階はいったいどんな間取りになっているのだろう？

辺りを見回しながら一人エレベーターで十八階に向かい、フロアに降り立つ。

すると、目の前にいきなりだだっ広い空間が現れ、一番奥にガラス張りの部屋が見えた。

広さは、およそ二百坪くらいはありそうだ。遮《さえぎ》るものがないせいか、ほかのフロアよりも広く感じる。

(このフロア、もしかして社長室しかないの？)

横の壁に案内パネルがあり、矢印の方向に社長室があると示している。

天井《てんじょう》は人事部があるフロアよりもかなり高く、おそらく四メートル近くあるだろう。床はベーシックなグレーのタイルカーペットで、天井《てんじょう》板はなく配管が露出したままになっている。

歩きながら窓に近づいてみると、全面ミラーガラスになっているようで、日中は外から中が見えない造りになっているようだ。

ミラーガラスは、個人宅ではプライバシーの保護的な目的で使用されるが、オフィスでは熱線反射による紫外線や日射熱のカットなど機能性を重視して使用される事が多い。

それにしても、二百坪以上あるフロアを独り占めするなんて、贅沢《ぜいたく》すぎやしないだろうか？

自社ビルだからどう使おうと勝手だが、こんな間取りを見たのははじめてだ。

(何か理由でもあるのかな？　孤高の存在で謎めいているっていうくらいだから、ちょっと変わった人なのかも)

そんな人が、いったいなんの用があって自分を社長室に呼んだのだろう？

風花は首をひねりながら歩き、社長室のドアの前に立った。

ノックすると、中からすぐに「どうぞ」と声が聞こえる。

「失礼します」

ドアを開けて、部屋に入ってすぐに頭を下げ挨拶《あいさつ》をする。顔を上げると、二等辺三角形の鋭角に当たる場所に執務用デスクが置かれているのが見えた。部屋の窓は床から天井《てんじょう》まであり、周囲の景色が一望できるようになっている。

加賀谷社長はデスクの向こう側に立っているが、逆光のせいで顔がよく見えない。

「もっとこっちへ」

手招きをされて奥に進みながら、眩《まぶ》しさに目を細める。

それにしても、なんという開放感だろう！　社長室にしては破格の広さだ。

執務デスクから三メートルの距離で立ち止まると同時に、加賀谷が手にしたリモコンを操作した。

部屋を囲む壁は全面調光処理がされているようで、それまで透明だったガラスが一瞬で白く曇り外からの光が程よく遮断される。

開放的だった雰囲気が一気にプライベートな空間になり、風花は左右の窓をぐるりと見回した。

「すごい……」

思わず小さく呟いて、改めて加賀谷に向き直った。その途端、風花は目玉が飛び出しそうなほど驚いて「あっ」と声を上げる。

「あ……あなたは――」

それきり口を開いたまま、瞬《まばた》きするのも忘れて目の前の顔に見入った。

「久しぶりだね、野元風花さん」

聞き覚えのある声に、一度見たらぜったいに忘れないほど整った容姿。

今自分と目を合わせているのは、大雪の夜に風花が助けた男性、その人だった。

「な、な……なんで――」

「なんでここに、行き倒れの酔っ払いがいるんだ――と聞きたいのかな?」

無言で頷く風花を見て、加賀谷が朗《ほが》らかに笑い声を上げる。

謎めいた孤高の存在は、蓋《ふた》を開けてみれば同じベッドで眠ったイケメンだった!

風花はその場に立ち尽くしたまま口をパクパクさせる。しかし、すぐに今の状況を思い出して背筋をシャンと伸ばした。

「野元風花です。本日より派遣社員として、ここで働かせていただく事になりました。どうぞよろしくお願いいたします」

挨拶《あいさつ》をしたあと、丁寧に頭を下げる。一呼吸置いて顔を上げると、加賀谷が風花の顔を見て可笑《おか》しそうに頬を緩めた。

「改まった挨拶《あいさつ》を、ありがとう。だが、二人きりの時は、あの時のようにフランクな喋《しゃべ》り方をしてくれて構わないよ。むしろ、そのほうが気楽でいい」

「いえ、そういうわけには……」

「どうしてだ? 敬語のほうがかえって話しにくいし、思った事をストレートに伝えにくいだろう？　それに、同じベッドで一夜をともにした仲じゃないか」

「ちょっ……そんな言い方をすると誤解されるでしょ！」

「誤解って、本当の事だろう？　それに、恋人のふりまでしたじゃないか」

サラリとそんな事を言われ、目を剥《む》いたまま絶句した。

意味深長にもほどがある！

「だから、そういう言い方はやめてってば！」

「じゃあ、二人きりの時はため口って事でいいよな？」

その後もしつこく食い下がられて、仕方なく彼の意見に従う事にする。

「わ、わかったわ。だからもう、変な言い方はしないでよ」

「了解」

「それにしても、本当に驚いたわ。こんな事ってある？　偶然にしてはできすぎだけど……」

すると加賀谷がニッと笑い、何かしら企《たくら》んでいるような表情を浮かべた。

「君は本業のほかに派遣の仕事をしていると言っていただろう？　だからもしかすると、うちの求人に応じてくれるんじゃないかと期待していたんだが、そうなってよかったよ」

加賀谷曰《いわ》く、風花について調査している過程で「井上キャリアサービス」から派遣先を紹介してもらっている事を知り、同社だけに募集をかけたらしい。

「……それってつまり、私が応募してくるのを見越して、ピンポイントで募集をかけたって事？」

「そのとおり。君を目当てにエサをまいて、見事引っかかってくれたという事だ」

風花が応募してきたのを知った彼は、直々《じきじき》に採用を決めたらしい。

「人を釣り堀の魚みたいに……」

「いや、言い方が悪かったな。気を悪くしたなら謝るよ」

「もしかして、お礼のつもりで私を雇ってくれたの？　それとも、あの時私が仕事やお金について愚痴ったから？　だとしたら、そこまで気を遣ってくれなくていいわ」

気持ちはありがたいが、そんなつもりで彼に愚痴ったわけではないし、仮に必要もないのに雇ってくれたのだとしたら、今回の話は辞退すべきだろう。

風花がそう言うと、加賀谷はきっぱりとそれを否定した。

「とりあえず座ってくれ。話は、それからだ」

加賀谷が窓際の応接セットに向かい、風花に座るよう促《うなが》してくる。

彼はその横にあるカフェコーナーで二人分のコーヒーを淹《い》れ、そのうちのひとつを風花に勧めてくれた。そして、まだ納得のいかない顔をしている風花に、鷹揚《おうよう》に笑いかけてくる。

「君の部屋は、とても印象的だった。配色や置かれているインテリアはもちろん、使っている食器やバスルームの小物に至るまで、部屋の雰囲気に合うよう考え尽くされている感じがした」

「あ……ありがとう。そう言ってくれて、すごく嬉しいわ」

あの夜、そんなチェックをされていたなんて……。

風花は素直に嬉しく思い、強張《こわば》ったままの表情を少し緩めた。

「だから、もし今急ぎの仕事がないなら、うちで働いてもらおうと思った。要は君のインテリアコーディネーターとしてのセンスに興味が湧いた――それが、君を雇おうと思った理由だ」

そう言うと、加賀谷がまたニッと笑った。彼の笑みが何を意味するのかわからないが、せっかくもらったチャンスなら、精一杯頑張ろうと思う。

「君が所属するパーソナルリノベーション事業部は、立ち上げたばかりの新しい部署だ。やる事は山積みだろうけど、頑張ってくれ」

「わかりました。ご期待に沿えるよう精一杯頑張らせていただきます」

頷いてドアに向かう風花を、加賀谷が笑顔で見送ってくれた。

社長室にいたのは、十分くらいだろうか。やってきたエレベーターに乗り、十一階で降りて再び人事部に顔を出した。

「おかえりなさい」

出迎えてくれた林のそばに、同じ年格好の女性社員が一人いる。彼女は配属先から、風花を迎えに来てくれたようだ。

「はじめまして、パーソナルリノベーション事業部の広田文香《ひろたふみか》です。野元さんは、今年で二十八歳ですよね？　だったら私と同い年です。これから半年、どうぞよろしくお願いしますね」

広田が手にした風花に関する人事書類を見ながら、そう訊《たず》ねてきた。

「こちらこそ、よろしくお願いします」

風花が軽く頭を下げると、広田はにこやかに笑った。

「野元さんの採用は、社長が直々《じきじき》に決定したんですってね。いったいどんな人が来るんだろうって部署内でかなり話題になってたんですよ」

林から採用に関する話をいろいろと聞いたようで、広田も二人の関係性が気になって仕方がないみたいだ。しかし、本当の事など言えるはずもない。

「社長室に、いったいどんな用で呼ばれたんですか？」

興味津々といった様子でそう聞かれて、咄嗟《とっさ》にフィクションを交えた説明をする。

「加賀谷社長に伺った話では、私の過去の仕事を知る機会があったみたいで」

加賀谷は、実際に風花の自宅のコーディネートを気に入って雇ってくれたのだから、まったくの嘘ではない。

「という事は、直接面識はなかったけど、野元さんの仕事ぶりを知っていたってわけですね」

話しながらエレベーターで十三階に上がり、パーソナルリノベーション事業部に向かう。

ここの床は岩や砂をモチーフにしたブルーグレーのビニール床タイル仕様で、ランダムに並んだデスクは執務スペースとコミュニケーションエリアに分かれている。

「じゃあ、社長は野元さんのインテリアコーディネーターとしての才能を評価して採用に至ったって事ですね。うちの社長って一級建築士だし、そのほかにも建築関係の有資格者なんですよ。センス抜群だし、そんな人に才能を認められるなんて、すごいじゃないですか〜！」

広田が屈託《くったく》なく笑い、風花の肩をポンと叩いた。その直後、いつの間にそこにいたのか、並んで歩く二人の間に、突然背の高い女性が割って入る。

「失礼」

スレンダーでスタイルのいいその女性は、栗色の髪の毛をアップスタイルにして、身体にフィットしたニットワンピースを着こなしている。彼女は風花を一瞥《いちべつ》すると、何も言わずそのまま立ち去ろうとした。

「有村《ありむら》チーフ、ちょうどよかったです。こちら派遣の野元風花さんです」

広田が女性に話しかけると、彼女は片方の眉尻を吊り上げながら風花達を振り返った。周りにいる社員達も顔を上げ、いっせいに風花を見る。

「ああ、そう」

有村はすぐに興味をなくした様子で、フロアの奥にあるL字型のデスクに向かう。

デスクの右端を見ると漢字表記の上に英字で「ＲＩＮ　ＡＲＩＭＵＲＡ」と書かれた木製のネームプレートが置かれていた。

「パーソナルリノベーション事業部の有村凛《りん》よ。一応ここの責任者だから、仕事に関する事はぜんぶ私を通してちょうだい」

クールビューティーといった雰囲気の彼女は、広田が差し出した人事書類に一瞬だけ目を通した。

年齢は少し上だろうか。見るからに仕事ができそうだし、パーソナルリノベーション事業部の責任者にふさわしい風貌をしている。

「広田さん、もういいわ。仕事に戻って」

有村に言われて、広田が軽く頭を下げて自席に戻っていく。

「じゃ、さっそくだけど地下倉庫に行って、これに書いてある資料を持ってきてちょうだい」

風花がデスクの前にかしこまっていると、有村がＡ４の用紙を差し出してきた。渡された紙には、会社名と各種書類の名前が多数印字されている。

「それ、うちが吸収合併した会社の書類なの。ぜんぶ持ってきたら、そこのパソコンでデータ化してちょうだい。すぐに取り掛かって」

指さされたデスクには電話や事務用品が一式置かれており、今すぐにでも仕事を始められるようになっている。

「はい、承知しました」

風花はほかの社員への挨拶《あいさつ》を終えるなり、言われたとおり地下倉庫に行き、当該の書類を段ボールの中にまとめ始めた。資料は思いのほか多くあり、それらを台車に載せて十三階まで運び終えると、いつの間にか一時間以上経っていた。

「野元さん、切りのいいところでお昼どうぞ」

広田に声を掛けられて再度時計を見ると、さらに一時間が経過していた。

部署内を見回すと、有村の姿がない。壁のホワイトボードを見るとミーティングに出席中のようだった。

「じゃあ、お昼に行ってきます」

風花は一声掛けて席を離れ、エレベーターホールに向かった。

(ランチは一階のコーヒーショップでとるとして、ちょっとだけビルの中を探索しようかな)

エレベーター前の案内板を見ると、地上十八階のうち七階以下はテナントとして貸し出されており、いずれの階もすでにいくつかの企業が入居中だ。さすがに他社を見て回るわけにはいかないが「加賀谷コーポレーション」内だけでも、各フロアがどんなふうになっているのか見てみたい。

広田によると、十六階は社員食堂になっているらしく、まずはそこを見に行ってみようとエレベーターに乗り込む。

十六階で降りて右に進み、社員食堂の入り口に立つ。そこは食堂と言うよりも、街のしゃれたカフェテリアのようで、フロアの中央が厨房とカウンターになっており、そこで料理を受け取るようになっている。

用意されている料理は様々で、厨房の中で働いている人達は皆ダークグリーンの制服姿だ。

印象的なのは飲食エリアの天井《てんじょう》で、全体を白い布でデコレートしている。波打つ布のそこかしこには大小のアイアンフレームの照明器具がランダムに配されており、それぞれが作り出す陰影が白い天井《てんじょう》に綺麗な線を描いている。

席は左右それぞれに置かれた長テーブルのほかに、四人掛けのボックス席がランダムに配置されていた。各テーブルの上にはペンダントライトが据えられ、壁にはモノトーンのアートパネルが飾られている。

（さすが「加賀谷コーポレーション」だなぁ）

窓辺にはカウンターテーブルもあり、外の景色を眺めながらランチを楽しめるようになっている。

風花がほとほと感心してその場に突っ立っていると、うしろからふいに名前を呼ばれた。

「野元さん。こんなところで何をしているの？」

反射的に振り返ると、声の主は有村だった。彼女の横には同僚と思《おぼ》しき女性が二人いて、風花の全身に無遠慮な視線を這《は》わせてくる。

「ここは見てのとおり細部まで計算し尽くされている、社員にとって最高の憩《いこ》いの場よ。定期的に行われている社内コンペの会場としても使われているわ」

有村曰《いわ》く、社員食堂はつい最近改装が完了して、今日がリニューアルオープン初日であるらしい。

「ちなみに、今回の優勝者は有村チーフよ。有村チーフは、その副賞としてパーソナルリノベーション事業部のチーフという役職を得たの」

有村の隣に控えていた女性社員が、そう言って社員食堂を掌《てのひら》で示した。有村は彼女と微笑みを交わしたあと、風花の反応を見るような視線を投げかけてくる。

「では、これは有村チーフが考えたコーディネートなんですね。とてもシックで素敵ですし、落ち着いて食事ができそうですね」

風花が素直な感想を述べると、有村が嘲《あざけ》るような表情を浮かべた。

「つまり、ここはあなたのような外部の人が、気軽に足を踏み入れていい場所じゃないの。どういう意味か、わかるわよね？」

ハイヒールを履いた有村は、風花よりも身長が五センチくらい高い。彼女は風花を見下ろすようにして視線を合わせてきた。

そこまで言われたら、察しないわけにはいかない。

要するに、派遣社員の分際でここを利用するなんてもってのほかという事だろう。

別にここでランチを取ろうとしていたわけではなかったが、下手に言い訳をして初日から目をつけられるのは避けたかった。

「申し訳ありません。各フロアのコーディネートが素敵だったので、少しだけ建物の中を見て回っていただけですから」

「ああ、そう。でも、派遣社員が必要以上に社内をうろつくのはやめたほうがいいわね」

周りにはいつの間にか十数人の社員が集まってきている。これで解放してくれるかと思いきや、有村は風花に一歩近づいて強い視線を投げかけてきた。

「あなた、インテリアコーディネート会社の社長なんですってね。才能を認められたとか言ってたけど、加賀谷社長に対していつどんなアピールをしたの？　そもそも、どうしてうちに来たのかしら？　まさか何かしら情報を探ろうとしてるんじゃないでしょうね」

きつい口調でそう言われ、風花は困惑しつつもそれをきっぱりと否定した。

はじめて顔を合わせた時からやけに刺々《とげとげ》しい態度を取られていたが、どうやらその前に広田と交わしていた会話の内容が気に障った様子だ。

これまでの会話から察するに、彼女はおそらく人一倍プライドが高いのだろう。

のっけからまずい事になったかも――

風花がそう思っていると、エレベーターホールの扉が開く音が聞こえた。そのすぐあとに、若い男性のひと際大きな声がフロアに響き渡る。

「加賀谷社長、お疲れ様です！」

それを聞いた社員達が、いっせいにエレベーターホールを振り返り、道を空《あ》ける。

「お疲れ様です」の声が飛び交う中、加賀谷が社員食堂の中に入ってきた。

「みんな、お疲れ様」

加賀谷が言い、まっすぐ風花達に視線を向ける。有村がすかさず一歩前に出て、軽く頭を下げた。

「社長、お疲れ様です。リニューアルした社員食堂を見にいらしたんですか？」

有村の声はさっきよりワンオクターブ高く、顔には優しそうな笑みが浮かんでいる。その豹変ぶりに驚きつつ、風花はさりげなくうしろに下がった。

「いや、単にランチを取りにね」

「そうですか。ここのランチはどれもヘルシーで美味《おい》しいので、毎日でも通いたくなります」

「加賀谷コーポレーション」のホームページには社員食堂について書かれているページがあり、それによると、シェフの選定からメニューに至るまですべて加賀谷自身がプロデュースしたらしい。

「これもすべて、社長のおかげです。今日のシェフのおすすめランチも、素晴らしく美味《おい》しかったですよ」

話している二人は美男美女で、傍《はた》から見るとドラマのワンシーンのように見栄えがいい。

モノトーン調の背景に、加賀谷のダークブラウンのスーツと有村の赤いハイヒールが映える。

その様は、まるで一枚のポスターを見るようだ。

「野元さん。ランチはこれからか？」

いきなり話しかけられ、風花は驚いて反射的に「はい」と言った。

「じゃあ、一緒にランチをどうかな？　有村さん、一時間ばかり彼女を借りるけど、いいかな？」

「ええ、もちろんです」

微笑んだままの有村が風花を振り返った。その表情は硬く眉間には深い縦皺《たてじわ》が刻まれている。

ここは「もう食べました」と言っておくべきだった——そう思うも、すでに手遅れだ。

風花は加賀谷に促《うなが》されて、彼とともに社員食堂のキッチンカウンターに進んだ。

背中に有村の視線が突き刺さるのを感じる。こうなったら、もうなるようになれ、だ。いっそ、ここがどんなふうにコーディネートされているか、じっくり観察してみたい。

「向こうに少人数用のテーブルがあるから、そこに行こう」

加賀谷に連れられてフロアの奥に進むと、入り口からは見えなかったエリアにガラスで囲まれた正方形の個室がふたつ並んでいた。

「これ、ペアガラスですね」

「そうだ。中空層が真空になっているから、防音性も高い。たまにここで食事をしながら商談をする時があるから、そのために作ったんだ。そうでなければノーマルなガラスや、飾りガラスを使ってもっと面白くできただろうな」

「確かにそうですね。それにしても、すごい……」

風花は個室の入り口に顔を近づけて、ドアを開閉してみた。

なるほど、これほどの気密性があればかなりの防音効果が期待できる。当然、機能的である分高価で、ショールームで見る事はあっても実際の仕事で使う機会には恵まれていない。

「デザインも素敵ですね。この個室も有村チーフが考案なさったんですか？」

「いや、これは別の部署にいるデザイナーが考えたものだ」

「もしかして、天井《てんじょう》の照明器具もその方がデザインされました？」

「そうだ。うちには優秀なデザイナーがたくさんいるからね。むろん、それらを製造してくれるメーカーや個人クリエイターも優秀な人材ばかりだ」

「社内コンペは、社員にとっていい刺激になっていそうですね」

「インテリアコーディネートに関しては、不定期だが別のフロアでも開催しているし、他社から依頼された仕事についても、担当者を決める前にプレゼンを行ってから決める事が多いな」

「それじゃ、刺激どころか常に脳味噌を活性化させておく必要がありますね」

「そのとおりだ。うちには、惰性で勤務しているような人材は不要だし、才能とやる気がある者だけが生き残れる。クリエイティブな仕事に就いている社員にとっては少々ハードな環境かもしれない。だが、努力と才能次第で昇進やよりよい待遇が期待できるから、やり甲斐はあると思う」

さすが、創設八年目にして一流と言われる企業の社長だ。彼は正しく社員のモチベーションをアップさせ、それを持続させる術《すべ》を心得ている。

こうして話しているだけで加賀谷の経営者としての志《こころざし》の高さをひしひしと感じるし、発する言葉や表情から彼の仕事に対するストイックさが伝わってくる。

偶然雪の夜に出会い、縁あってこうしてまた、彼に引き寄せられて仕事をさせてもらえる事になった。

もっとも、与えられた業務は資料整理などの雑用だし、期間は半年と決まっている。

風花はその事に若干のやるせなさを感じた。

「タイミングよく空《す》いてるな。ここをキープしておくとして、ランチを買いに行こうか」

加賀谷に誘われ、彼とともに中央のカウンターの上に掲示されたメニューをひととおり見て回り、日替わりの和定食を頼んだ。ふと気がつけば、周りにいる社員達がチラチラと風花を見ている。

一足先に歩き出した加賀谷を追って、フロアの奥に向かう。個室のテーブルは円形で、椅子はU字型のベンチになっている。

「ランチ、おごってもらってありがとうございます」

「加賀谷コーポレーション」の社員食堂はオートレジで、支払いはすべてICタグ付きの社員証によるカード決済になっている。派遣社員にはプリペイドカードが発行されるが、風花は引き渡しのミスがあったようで、まだ支給されていなかった。

「どういたしまして。朝はゆっくり話す時間がなくて悪かったね。ほら、もうドアを閉めたからため口でいいよ」

「いえ、それは無理だと思います」

防音対策がされているとはいえ、壁がガラス張りでは口元を見ればある程度バレてしまう。

加賀谷が、それとなく周囲を見回した。そして、風花の言葉に納得したように苦笑する。

「それもそうだな。ふむ……個室とはいえ、こうまる見えだと話し辛いな。どうせなら、防音だけじゃなく目隠し機能もつければよかった」

彼が言っているのは、瞬間調光液晶ガラススクリーンの事だ。ガラスには特殊な液晶フィルムが着圧されており、通電によって透明なガラスが白く濁《にご》って中を見えなくする。

「社長室は、そうなってますよね？」

「ほう、気づいてたか」

「当然です。これでもインテリアコーディネーターの端くれですから。それにしても、社長室があるフロアは、ほかに何もないんですね」

「そうだな。十八階は当初多目的スペースとして、社内コンペの会場にしたり何かしら実験的な事をする時に使おうと思っていたんだ。今の社長室も、その一環として作ったものなんだが、これが案外居心地よくてね。結局そこを自分の執務室にしてしまったんだ」

「そうでしたか」

「もともと僕は狭いところが苦手でね。それに、パーソナルスペースを広く取れないところに長くいると息が詰まりそうになる。居住空間にしても執務室にしても、できるだけ広いほうがいい。だから、結局あのフロアにはほかに何も作らないままにしたんだ」

あれほど広い場所を独り占めするとは、さすが大企業の社長はやる事のスケールが違う。

いささか贅沢《ぜいたく》な使い方だが、彼なりの思惑があっての事だったようだ。

「じゃあ、うちは、さぞかし窮屈《きゅうくつ》だったのでは？」

「それが、不思議と窮屈《きゅうくつ》な感じがしなかったんだ。逆に居心地がよかったし、パーソナルスペースにしてもまったく気にならなかった。そうでなければ、同じベッドで一晩過ごしたりできなかっただろうし」

「ちょっ……会社で、その話題を出すのはやめてくださいっ」

「ああ、そうか。じゃあ、お喋《しゃべ》りはこの辺にして、ランチを楽しもうか」

手を合わせ、「いただきます」と言って各々《おのおの》ランチを食べ始めた。

今日の和定食のメインは鰆《さわら》の味噌焼きで、ほかに卵焼きや具沢山の味噌汁がついている。

「わ……この鰆《さわら》、すっごく美味《おい》しい……。身がふっくらしてて、皮がパリパリで香ばしくて」

「それはよかった。ここのシェフの腕は一流だからな。なんせ、以前星がついたレストランで料理長を務めていた人だからね」

「そうなんですか？」

加賀谷が誇らしげに頷いて、にっこりする。

まさか、社員食堂でこれほどの料理が食べられるとは思ってもみなかった。味もさる事ながら使われている食器やカトラリーにもこだわりがあるようで、出社するだけでいろいろと学べそうだ。

「それにしても、本当に驚きましたよ。もう二度と会う事はないだろうと思っていた人と再会して、しかもその人は『加賀谷コーポレーション』の社長だったなんて、今でも信じられないくらいです」

「求めよ、さらば与えられん――だ。俺は君にまた会いたいと思った。だが、君は俺が残しておいた番号に連絡をくれなかった。君の名前や会社の電話番号はわかっていたから、こちらから連絡をする事もできた。しかし、それだとドラマ性に欠けるだろう？」

加賀谷が皿を見ていた視線を上に向けて、風花を見た。上目遣いでじっと見つめられて、咀嚼《そしゃく》していたものが喉に詰まりそうになる。

「ド……ドラマ性って……。雪の夜に行き倒れたり見ず知らずの女に拾われたり、社長の日常って普段からそんな感じなんですか？」

「いや、普段は会社と自宅を往復するだけで、ドラマ性とはほど遠い生活をしている」

「これだけの大企業だと、仕事もプライベートも普通に暮らしているだけで十分ドラマチックじゃないかと思いますけど」

少なくとも、自分の何十倍もゴージャスで行動範囲もワールドワイドなのは間違いない。

「確かにな。あの夜の事は本当にドラマチックだったよ」

加賀谷が箸《はし》を動かしていた手を止めて、微笑みを浮かべた。

「ところで、仕事は何を任されたのかな？」

彼からの質問に答えながら、目の前のイケメンをさりげなく観察する。

前に会った時は服装もヘアスタイルも乱れていたが、今の彼は寸分の隙もないほど見事な出《い》で立ちをしている。整った顔立ちに改めて感じ入ると同時に、経営者としての立ち居振る舞いに感銘を受けた。

本音を言えば彼とこうして二人きりでいるだけで胸の高鳴りが半端ない。必死に平常心を保とうとしているが、気を抜けば加賀谷の圧倒的な存在感と、まばゆいほどのオーラに押し潰されてしまいそうだ。

「そういえば、お礼の話をしないとな。君は俺の命の恩人だし、是非ともその恩を返させてほしいと思ってる」

「あの夜の事なら気にしなくていいですよ。誰だってあんなところで行き倒れてる人を放ってはおけないでしょうし」

「それはどうだろうな。今時は物騒だし、見て見ぬふりをする人がほとんどなんじゃないかな。もしくは、警察に通報して終わりとか」

「私だって、あの時スマホのバッテリーが切れてなかったら、通報して終わりだったと思います」

「だが、結局は俺を見捨てずにいてくれたし、たとえバッテリーが切れてなくても君は元来のお人好《よ》しを発揮していたはずだ」

まっすぐに見つめられて、あやうく心の動揺が顔に出そうになる。それをなんとか誤魔化しつつ、微《かす》かに首を傾げた。

「そう言われると否定できませんけど、だからってお礼なんていりません。こうしてここで働く機会をいただけただけで十分です」

「いや、ぜんぜん足りない。それに、君がここで働けるのはお礼とはまったくの別物だと言ったはずだ。人の命を救ったんだぞ？　なんらかの見返りはあって当然だし、恩返しをさせてもらわないと」

救ったといっても、たまたま通りすがって家に招き入れただけの話だ。けれど、加賀谷にそこまで言われては受け入れないのも悪いような気がしてきた。

風花が困った表情を浮かべていると、加賀谷が再び箸《はし》を動かしてランチを食べ始める。

「とりあえず、一度プライベートでも一緒に食事をしよう。もちろん、二人きりで」

「え？」

なんでもないふうにそう言われたが、プライベートで男性と食事をするなんて、もう何年もしていない。しかも、相手は加賀谷だ。

風花は、戸惑うあまり持っていた箸《はし》を落としそうになった。

「私だって助けてもらったし、こうして雇っていただいただけでもありがたいのに、その上食事なんて――」

「そう言わず、せめて一度だけでも付き合ってくれないか？」

食い下がられ、ほとほと困り果てていると、たまたま個室の前を通りかかった男性社員と目が合った。さりげなく周りに視線を巡《めぐ》らせてみると、いつの間にか近くの席はすべて埋まっている。

「頼むから、俺の願いを聞いてくれ――」

加賀谷が真剣な面持ちで太ももの上に手を置き、背筋をピンと伸ばした。大企業の社長たる者が、一介の派遣社員に頭を下げようとしている。

そんな事をすれば、周りにいる社員達がどう思うだろうか？

風花は驚いて椅子から腰を浮かせた。

「な、何をしようとしてるんですか？　まさか、頭を下げようとしてませんよね？　そんな事されては困ります！　ぜったいに、やめてください」

「俺は別に見られても構わないし、頼みを聞いてくれないなら、そうせざるを得ないだろうな」

加賀谷が今にも頭を下げそうなそぶりをする。

風花が今一度辺りを見回してみると、こちらを見ていた社員達が一斉に視線を逸らした。

注目を浴びている今、加賀谷にそんな真似をさせるのだけはぜったいに避けねばならない。

「わ、わかりました。行きます！」

「よし、交渉成立だ。じゃあ、さっそくだが今度の土曜日はどうかな？　行くのはなんの気兼ねもいらないプライベートな店だから、普段着で大丈夫だ」

恋人がいない今、特に用事はないし、本業のほうの予定もない。

風花は二つ返事で承諾すると、作り笑顔を崩さないまま箸《はし》を動かし続けた。

今でもドキドキしているのに、プライベートで食事するなんて心臓がもつだろうか？

もったとしても、平常心を保ち続ける自信がない。

風花は別にイケメンに弱いわけではないし、特別面食いでもなかった。しかし、なぜか目が合うたびに胸がキュッとなるし、回数を重ねるごとに脳内に占める彼の比率が大きくなるような気がしてならない。

加賀谷の言った「ドラマ性」とは、まさにこの事だ。彼と出会い、それなりに平穏だった毎日に、大きな波風が立ち始めていた――

食事を終えて個室から出ると、風花は加賀谷との適切な距離を取りながらトレイを返却口に運んだ。

「ごちそうさまでした。ランチ、本当に美味《おい》しかったです」

風花は周りの目を意識しながら、彼に向かってことさら硬い態度で礼を言った。

「どういたしまして。じゃあ、午後の仕事も頑張って。何か困った事があったら遠慮なく言ってくれ」

「はい、ありがとうございます。では失礼いたします」

エレベーターホールに向かう仁を見送ったあと、風花はパーソナルリノベーション事業部に戻った。

初日からかなりあわただしい展開になってしまったけれど、とにかく仕事だけはきっちりこなさなければならない。

席に戻るなり、風花は有村に言われた地下倉庫から持ってきた資料のデータ化に没頭する。

幸い近くの席に座る広田は風花に友好的で、使い慣れないノートパソコンの操作法や作業用のファイルの場所を教えてくれるなど、いろいろとサポートをしてくれた。

有村はあれからすぐに外出したようで、今日はそのまま直帰予定であるらしい。それをありがたく思いつつ資料を整理し、データ化して保存する。

「うちが吸収合併した会社って、紙がメインで打ち合わせから完了まで、ぜんぶ手書きだったのよ。せっかくいい資料があるのに、これじゃ閲覧しにくくて」

段ボール三箱分の書類は、クライアントの基本情報から打ち合わせなど、すべてがきちんと保管されている。特に図面やレイアウト計画には細かな説明が書き添えられており、見るだけでも勉強になるものが少なくない。

完成に至るまでの写真の多くに目を引かれ、たまに出てくる失敗例も大いに参考になる。

これまでの派遣先でも、やるのは主に雑用や事務作業だったが、今回は作業をやりながらいろいろと学べそうだ。

(こんなに有益な資料が見られるなんて、ありがたいな)

風花は作業を進めながらやる気をアップさせ、必要な知識を脳内にインプットしていく。

気がつけば、いつの間にか退勤する時間になっていた。周囲を見回してみると、皆何かしら忙しそうにしている。そこへ、他部署とのミーティングから帰ってきた広田がやってきて、風花に小声で話しかけてきた。

「野元さん、朝の件だけど本当にごめんなさい！　私、有村チーフがいるなんて思ってなかったから、かなり余計な事を言ってしまって……。有村チーフ、そのせいでものすごく機嫌が悪くなっちゃったんですよね？　あのあと、社員食堂で有村チーフに、かなりきつく当たられたんでしょう？」

ほんの数時間前の出来事は、その場に居合わせた社員からの口伝《くちづて》で、あっという間に広まってしまったみたいだ。広田に重ねて謝罪されて、風花はかえって恐縮した。

「大丈夫ですから気にしないでください」

「でも……」

「私は平気です。だけど、これからは気をつけて行動しないといけませんね」

今思えば、有村があれほど機嫌を悪くしたのには、特別な理由があったのかもしれない。

例えば、加賀谷に特別な思いを持っているとか——

ただの勘ぐりにすぎないかもしれないが、有村のあの時の様子からすると彼女側になんらかの感情があるのは確かだ。

「本当にごめんなさいね。私でサポートできる事があったら言って。そうだ、今度、時間が合えば一緒にランチに行きましょう」

広田が、さっき届いたという派遣社員用のプリペイドカードを風花に手渡してくれた。

「はい、是非」

加賀谷との関係について聞かれると思ったが、それについては触れられなかった。あれこれ詮索《せんさく》されなければ、広田の存在はとても心強い。同い年という事もあり、今後はため口で話そうと約束して「加賀谷コーポレーション」の本社をあとにする。

最寄り駅に着き、電車に乗り込んで空《あ》いた席に座る。ようやく一息つくと、どっと疲れが押し寄せてきた。

加賀谷とランチをともにした自分に対して、有村が知らん顔で済ませるとは思えない。ほかの社員の反応も気になるし、明日はどんな顔をして出社したらいいのやら……。

加賀谷にしたって、もう二度と会わない相手だと思ったからこそいろいろと愚痴ったのだ。万年閑散期の懐《ふところ》具合まで明かしてしまい、正直ものすごく気まずい。

それだけならまだしも、彼はこちらの心まで揺さぶってくる。

加賀谷ほどインパクトのある男性に出会ったのだから、ある程度は仕方がないにしても、こんなふうに気持ちが揺れ動くのは本意ではない。それに、せっかくずっと注目してきた会社で働けるチャンスを得たのだから、余計な感情に振り回されたくなかった。

そのためにも、加賀谷には極力近づかないほうがいいだろう。

(それなのに、社長と二人きりで食事とか……私、本当に大丈夫かな？）

どうにも落ち着かない気分になり、漠然とした不安すら感じる。

風花は、これ以上加賀谷の事を考えなくて済むように、今日仕事中に得た知識を頭の中でおさらいし始めるのだった。


『はあぁ？　マジで雪の夜の男が、加賀谷社長だったの？』

その日遅くなってから、里穂から電話が掛かってきた。さっそく初出勤の様子を訊《たず》ねられ、事の顛末《てんまつ》を話す。

あの雪の日のあと、彼女には行き倒れていた見ず知らずの男性を拾った事を話しており、お人好《よ》しな行動をさんざん注意された。そのついでに、もしかするとそれがきっかけで恋が始まるのではないかとからかわれたりもしていたのだ。

雪の夜の男は「加賀谷コーポレーション」の社長だった——

そう聞かされた里穂は、風花の人生に明るい陽が差し込んだと言って大喜びだ。

『きっと、これから風花のシンデレラストーリーが始まるのよ」

「だから、そんなんじゃないってば！」

風花がいくら否定しても、里穂は聞く耳を持たず頭の中で勝手な妄想を繰り広げている様子だ。

これでお礼に食事に誘われたなんて言ったら、里穂の勘違いは加速するに決まっている。そう思い、それについては明かさないまま通話を終え、自分自身にも加賀谷との食事はあくまでもお礼であり、深い意味はないと言い聞かせた。


そうして、やってきた約束の土曜日。

天気にも恵まれ、道端に残っていた雪もすっかり溶けてなくなっている。けれど、気温はさほど上がらないと予報が出ており、とりあえず一番分厚いコートを着ていく事にした。

選んだ洋服は、以前仕事で着たネイビーのワンピースで、寒さ対策にライトグレーのショールを付け加える。ヘアスタイルをさんざん迷った末、いつもどおりのひとつ括《くく》りにして、金色のヘアクリップでまとめた。

（コートは黒だし、バッグも黒。さすがに、ちょっと地味すぎる？　なんて、別にデートするわけじゃないんだから――）

デートという単語が思い浮かんだ途端、にわかに頬が熱くなる。そんな自分に戸惑ったり、イラついたりしながら、どうにか準備を整え終えた。

こんなふうになるのは、きっと久しく恋人がいないからに違いない。

そんな状態で出会った加賀谷は非の打ちどころのないイケメンで、クールに見えて実はかなり気さくな性格をしている。

だからといって普通に話せるはずもなく、一緒にいるとやけに落ち着かなくなってしまう。けれど、ただそれだけだし、別に彼に好意を持っているわけではない。

（とにかく、落ち着こう。これは単なるお礼なんだし、笑顔で食事をすればいいんだから）

いつまでもグダグダ悩んでいても仕方ないし、どうせ加賀谷と直接関わるのはこれで最後だ。

約束の時刻は午後三時。

加賀谷は自宅まで迎えに来てくれる事になっており、準備ができた今は彼の到着を待つのみだ。

まったく落ち着かないまま午後二時五十分になり、一階に向かう。階段を一段下りるごとに呼吸が浅くなる。けれど、どうせなら楽しんだほうがいい。

風花は深く深呼吸をしたあと、意識して自分をリラックスさせた。

（あ、来たっ！）

自宅の前に黒色の車が停まり、運転席から加賀谷が出てきた。

今日の彼は、白いニットのタートルネックに黒いコートとボトムスを合わせている。シンプルな服装が、彼の容姿とスタイルのよさを際立たせており、正視できないくらいだ。

すでに入り口のドアの前に立っていた風花は、微笑みを浮かべながら彼に近づいていく。助手席のドアを開けてもらい、シートに腰を下ろした。

「やあ、約束どおり迎えに来たよ。さっそく出発しようか」

「あの……今日は、どんなところに行くの？」

加賀谷は、なんの気兼ねもいらないプライベートな店と言っていたが、この服装で大丈夫だろうか？

加賀谷はカジュアルな装《よそお》いをしているから、さほどフォーマルな店ではなさそうだが、教えてもらっていないだけに心配になってしまう。

「俺の友人が経営するフレンチレストランを予約してある。個室をとったから人目も気にならないし、ゆっくりできると思うよ」

それからすぐに出発して、ものの二十分で目的の店に到着する。そこは都心の繁華街から少し外れた場所にある白壁の一軒家だ。店の周りはナチュラルガーデンになっており、季節的に花は多くないけれどオリーブの大木やフレンチラベンダーなどの緑が優しい雰囲気を醸《かも》し出している。

「なんだかすごく趣《おもむき》のある建物ね。とても素敵だわ」

「そうだろう？　オーナーはプロヴァンス生まれのフランス人でね。出してくれる料理も、南フランスの郷土料理がメインだ」

話しながら緑溢《あふ》れる庭を通り抜け、店の中に入る。内装は落ち着いたベージュやスモーキーピンクを多用しており、奥にはテラス席も用意されていた。

二階にある個室に案内され、部屋の中に入る。正面の壁には大きな窓があり、近づいてみると赤い実をつけたナナカマドの枝がかなり近くまで伸びてきていた。

「この木、うちの田舎《いなか》にもたくさんあったわ。冬はエサがないから、熟《う》れたナナカマドの実が鳥達のご馳走になるのよね。……あ、ほら。あそこにヒヨドリが──」

外を指さしながらうしろを振り返ると、いつの間にか加賀谷が風花のすぐ近くまで来ていた。驚く暇もなく窓枠に手をつかれ、今にも二人の身体がくっつきそうになる。

「一目見てヒヨドリとわかるとは、君は鳥に詳しいんだな」

そう話す加賀谷が、外を覗き込むためにいっそう前のめりの姿勢になる。余計距離が近くなり、一気に心拍数が上がった。

「ぜ、ぜんぜん詳しくなんかないし、田舎《いなか》ではこれくらい普通よ。とりあえず、席に着きましょう？」

風花に促《うなが》されて、加賀谷がようやく窓枠から手を離した。

席に着くと、ほどなくして白いプレートに載せられた料理が運ばれてきて、丸テーブルがいっぱいになる。並んだのは、冬野菜たっぷりのラタトゥイユに牛フィレ肉のポワレ。ホタテ貝の蒸し焼きと子羊とフォアグラのパイ包み焼きなど。格式ばったコース料理ではないから、さほど気を遣わずに食べられるのが嬉しい。

「フランス料理がこんなに美味《おい》しいなんて、はじめて知ったわ。それに、なんとなく敷居が高い感じがしてたけど案外庶民的なのね。それは、この店の雰囲気のおかげかな」

個室の壁はオフホワイトで、入り口から向かって左だけ淡いスモーキーピンクの薔薇《ばら》模様が直《じか》に描かれている。部屋の端に置かれた小テーブルは木製で、一見しただけでもかなりの年代物であるのがわかるし、その上には懐中時計を模した置時計と陶器でできたウサギのオブジェが置かれていた。

その隣にはアンティーク調のトランプが飾られている。

「この部屋のコンセプトって、もしかして『不思議の国のアリス』？　壁に描かれている薔薇《ばら》がアリスの着ているドレスの模様と一緒だわ」

「ふむ……さすが、俺が見込んだインテリアコーディネーターだけあるな」

加賀谷が感じ入ったように唸《うな》り、壁の薔薇《ばら》に視線を向けた。

不思議の国のアリスといえばブルーのワンピースドレスを着ているイメージが強い。だが、本来は黄色であり、のちに複数の挿絵画家によって描かれ、映像化された事によりブルーが定着した。

風花の言うアリスはイギリスの挿絵画家アーサー・ラッカムによるもので、ファンタジックでありながらも重厚でどこかメランコリックな雰囲気が魅力だ。

しかし、一般的に知られているのは初期に描かれたアリスであり、ラッカムの絵を知る人はそう多くない。今の流れからすると、加賀谷は風花と同程度にはラッカムを知っている様子だ。

「君を食事に誘った時、最初にここはどうかと思いついたんだ。高級で料理が美味《うま》い店はいくらでもあるが、それだけじゃたいして喜んでもらえないと思ってね」

「そんな事……。でも、ここはすごく素敵。お店の外観も内装も、もちろん料理だって素晴らしいわ。料理って食べる場所や雰囲気も大事なんだって改めて思ったし、食べながらいろいろと勉強させてもらってる感じ」

置かれている家具の配置や窓からの景色など、無造作に見えるけれどきっとかなり考え込まれた結果だ。

「喜んでもらえて何よりだ。今の言葉、オーナーにも伝えておくよ」

運ばれてきたデザートタワーには、ショコラや焼き菓子などのほかにフルーツのジュレが載せられている。

各々《おのおの》が自由にそれを取って食べながら話すうちに、話題は互いの生い立ちや家族の話になった。

風花は両親や祖父母の事を話す一方で、加賀谷も自身の幼い頃の暮らしぶりを語り始める。

加賀谷曰《いわ》く、彼の両親はそれぞれに別宅があり、顔を合わせる事があっても寝るのはほぼそちらだったらしい。面倒を見てくれるナニーはいたが、あくまでも使用人としての立場を守っており親しく話したり甘えたりする事はなかったそうだ。

裕福な暮らしぶりは容易に想像できた。けれど、幼少期の話を聞くうちに、風花は胸が痛くなって言葉を失ってしまう。

「じゃあ、自宅ではほとんど一人きりだったって事？」

「そうだな」

事もなげに相槌《あいづち》を打つと、加賀谷がガナッシュ入りのボンボンショコラを口に入れた。

「ご両親は、お元気でいらっしゃるの？」

「うちは両親とも健在だが、二人にはもう十五年近く会ってないな」

「そんなに？」

「高校を卒業する年に会って以来だから、そのくらいだ」

加賀谷によると、彼の両親は息子が健全に育ち、適切な教育を受ける事に関してはお金を惜しまなかったけれど、養育はほかの人に任せきりで、自分達が関与する事はいっさいなかったそうだ。

「肝心なのは加賀谷家の跡継ぎを作る事で、それ以後の事に関心はなかったってわけだ。たまに会っても他人行儀だし、特に話す事もない。そんなわけで二人が今どこで何をしているのか詳しくは知らないんだ。別に知ろうとも思わないいし、向こうも同じじゃないかな」

淡々と語る彼の様子は、特に悲しんでいる様子はない。けれど、今はともかく子供の頃の彼は両親からの愛情を求めていたはずだ。

風花には父母同様に愛情を注《そそ》いでくれる祖父母がいたが、加賀谷にはそういった存在もいなかった様子だ。

「そんな育ち方をしたせいか、俺にとっての家族は単なる血の繋がりでしかない。特別会いたいとも思わないいし、今後もこちらから連絡をするつもりはない」

「そっか……。それを寂しいとは思わないの？」

風花が訊《たず》ねると、加賀谷が少しだけ遠い目をする。

「まったく思わないな」

即座にそう返事をした彼の顔が少しだけ暗くなったような気がした。その顔は、はじめて会った夜に見たものと同じだ。あの時も話題は家族の事であり、確か風花の祖父母の仲のよさを話している時だったように思う。

どこか諦めたような表情の奥に、彼の孤独を感じる。

加賀谷はもう立派な大人だし、大企業の社長だ。けれど、もしかすると未だ一人ぼっちだった頃の自分を心のどこかに抱えているのではないだろうか。

「急に黙り込んで、どうかしたか？」

ふいにそう訊《たず》ねられて、風花は彼を食い入るように見つめていた自分に気づいた。そして、思いつくままに質問をしてしまった事を反省する。

「ううん、どうもしないわ。……ごめんね、立ち入った事を聞いてしまって」

風花が謝ると、加賀谷が首を横に振りながら微笑みを浮かべた。

「いや、何も謝る事はない。それに、こうしてプライベートな事を話してると、君との距離が近くなったように思える。君はどうだ？」

「そう言われたら、そうかも……」

「だったら、結果オーライだ。さて、食事も終わったし、少しドライブをしよう」

誘われるまま店を出て、再び彼の車に乗り込む。高速に乗った車は、西南に向かってひた走る。車内は揺れもなく快適で、シートはずっと座っていられるほど座り心地がいい。

「こんなふうにドライブするのって久しぶり。一応ミニバンはあるんだけど、ガソリン代もバカにならないし仕事以外では使わないようにしてるから」

企業家であり資産家でもある加賀谷の運転する高級車に乗りながら、中古のミニバンとガソリン代をケチる話をしてしまった。しかし、今更こちらの赤貧生活を隠す必要もないし、こうして彼と話している時間を楽しいと感じている。

「ミニバンは、もともと叔母が所有してたものなの。譲ってもらったのは叔母が結婚して海外に移住するって決めてすぐだったわ」

風花は、両親のインテリアショップを叔母が引き継ぎ、自分がそれを「ＦＵＫＡ」として生まれ変わらせた経緯を話した。

「叔母は昔からフットワークの軽い人で、世界中に知り合いがいるの。もしかすると国際結婚をするかもしれないとは思ってたけど、本当にそうなって今はデンマーク人の旦那様と一緒に向こうでインテリアや雑貨のバイヤーをしてるわ」

「東京に、親戚はいるのか？」

「ううん、誰もいないわ。親戚は全員田舎《いなか》にいるの」

田舎《いなか》には田畑があり、祖父母も忙しく、そう簡単には東京まで来られない。

話すうちに、最後に見た時の二人の顔が思い浮かんだ。

『元気でな』

『待ってるから、いつでも帰っておいでね』

親代わりになって自分を育ててくれた二人には感謝しかない。そんな事を話しているうちに、つい里心《さとごころ》がついて目頭が熱くなった。図らずも涙がひと粒零れ落ちて、あわてて顔を背《そむ》けて掌《てのひら》で頬を拭う。

上手く隠せたつもりだったが、どうやら加賀谷に見られていたみたいだ。

「ダッシュボードにティッシュが入ってるだろう？　それを使っていいから」

「ごめん、ありがとう。なんだか急に里心《さとごころ》がついちゃって……」

礼を言うと、加賀谷が前を向いたまま口元に優しい笑みを浮かべた。

「我慢しなくていいよ。誰もいないと思って、好きなだけ泣いてスッキリしたらいい」

泣くのは心のデトックスになると言われているし、ストレス発散のためにもたまには涙を流すといいらしい。それは知識として知っていたけれど、実践した事はなかった。

加賀谷は、それ以上何も言わずハンドルを握り続けている。

その気遣いにも泣けてきて、風花は我慢するのをやめて、窓の外の景色を眺めながら涙が出るに任せた。

「会いたいな……。おじいちゃんとおばあちゃんに会いたい……。遠くてずっと帰れてないけど、本当はもっと頻繁《ひんぱん》に帰省したい。でも、帰ったらどうしても仕事の話になるし、嘘をつきたくないから余計な心配をかける事になるし――」

独り言のようにそう呟き、深いため息をつく。

「もっと、ちゃんと仕事がしたいのに、私の力不足で叔母にも心配されてるわ。もう二十八歳にもなるのに……。時々、すごく弱気になるの。東京で仕事をするなんて、自分には無理だったのかなって。でも、あの場所はどうしても手放したくない。両親の事はあんまり覚えてないけど、二人が大事にしていたものを私が終わらせるわけにはいかないのよ」

言いながら、また新たに涙が溢《あふ》れ、しまいには声を上げて泣き出してしまった。

その間、加賀谷は存在を消すように沈黙を守ってくれていた。おかげで涙が止まった頃には気持ちがすっきりと晴れ渡っていた。

間もなくして風花の自宅に到着し、車が入り口の前に停車する。

膝の上に山積みになったティッシュをまとめ、いつも持ち歩いているビニール袋に詰め込んで膝の上に置いた。

「今日は本当にありがとう。食事はもちろん店もとびきり素敵だったわ。それに、社長の言ったとおり好きなだけ泣いたらスッキリした」

「よかった。今夜はゆっくり眠るといい」

「そうする。明日が日曜日で助かったわ」

あれだけ泣いたのだから、間違いなく目蓋《まぶた》はパンパンに腫《は》れ上がっているだろう。それを隠す気にならないのは、それだけ加賀谷に心を開いているからだろうか。

『そうだ……さっき、俺と両親の関係について話してる時、『それを寂しいとは思わないの？』って聞いてくれたね」

「あ……うん」

頷く風花の膝から、加賀谷がティッシュでパンパンになったビニール袋を取り上げて後部座席にポンと放った。

「さっきは、まったく思わないと言ったが、それは大人になった今だから言える事だ。子供の頃は、さすがに寂しかったよ。今まで誰にも言えなかったが、本当はすごく寂しかったんだ」

そう語る彼の顔に、一瞬幼い頃の加賀谷がダブって見えたような気がした。見つめてくる瞳の奥に底知れぬ寂しさを感じて、風花は激しく心を揺さぶられてしまう。

そんな風花を見て、加賀谷がにっこりと笑みを浮かべた。

「君はつくづく感情が豊かなんだな。俺のほうこそ、話を聞いてくれてありがとう」

「どういたしまして」

それからすぐにシートベルトを外し、車を降りようとした。しかし、加賀谷の手が伸びてきて左肩を軽く押さえられる。

「また今日みたいに、食事に誘ってもいいかな？」

薄暗い車内で、二人の視線が正面からぶつかる。彼の目力に押されて頷きそうになるも、加賀谷は上司であり恋人でもなんでもないし、また誘ってもらう理由がない。

「そう言ってくれるのは嬉しいけど、お礼ならもう十分だし彼女にも悪いから」

「彼女？　そんなものはいないよ。それに、お礼だってまだ十分とは言えな――」

「ええっ、彼女いないの⁉」

つい声を張り上げてしまい、加賀谷に驚いた顔をされる。

風花は口元を手で押さえながら、大声を出した事を詫びた。

「ごめん。てっきり彼女がいるものだと思ってたから……」

「心配しなくても俺は君と同じで、もう何年も恋人はいないよ。って事で、また誘ってもいいかな？　食事じゃなくても、君が喜びそうな場所をたくさん知ってるから」

そう言われると、興味を持たざるを得ない。それに、彼女がいないとわかりホッとしたのも事実だ。

「わかったわ」

風花が頷くと、加賀谷が微笑みながら左肩を解放してくれた。

「よかった。じゃあ、また月曜日に」

「はい、また月曜日に。それと、ティッシュのゴミ、引き取ってくれてありがとう」

助手席から降りてドアを閉めたあと、運転席を覗き込んでぺこりと頭を下げる。すると、加賀谷が窓を開けて朗《ほが》らかに笑った。

「どういたしまして。ほら、もう遅いから家に入って」

加賀谷はそう言って、風花が入り口のドアを開けて中に入り、施錠《せじょう》するまで見守ってくれていた。

腰を屈《かが》めて車内を見ると、彼がこちらに向かって手を振っている。

風花は胸をときめかせながら、笑顔で加賀谷に手を振り返した。

エンジンがかかり、車が静かに走り去っていく。ガラスにへばりつくようにしてテールランプを見送りながら、風花は加賀谷がいなくなった今を思いのほか寂しいと思っている自分に気づくのだった。


三月になり、風花は自社の税務処理と「加賀谷コーポレーション」の仕事で大忙しの日々を送っている。起業して三年、まだぜんぜん軌道に乗っていないし、今のままでは会社を維持するだけで精一杯だ。派遣の仕事で得る収入は必要不可欠のものであり、いくら忙しいからといって辞める事はできない。

毎年この時期になると、改めて収入の少なさを自覚させられ、ため息が漏れる。ゆえに落ち込む事も多いが、今年に限ってはほかに気が紛れてそんな余裕もない。

土曜日である今日、風花はその日の仕事を終えて二階に上がった。

そこは、倉庫とはいえ思い出の品や好きなものがたくさん置かれており、風花にとっては憩《いこ》いの場でもある。両親が残してくれたインテリアが壁沿いに並び、天井《てんじょう》まである棚には細々《こまごま》とした雑貨がいっぱいだ。

(うーん、ここに来ると落ち着くな)

「ＦＵＫＡ」での仕事は主に一階でするが、じっくりと考えたい時は決まってここへ来たくなる。

風花は白いアンティークソファに腰かけ、一階から持ってきたスケッチブックを開いた。

インテリアコーディネーターといっても、風花のように個人でやっていると、それ以外の仕事に携《たずさ》わる事も少なくない。つい先日依頼があったヘアサロンの仕事も、内装材やインテリア関係の提案から搬入に至るすべてを風花が担当する。

ヘアサロンは駅前の商店街内にあり、経営者は沖《おき》という四十代の女性だ。

その近辺には先月末、自作したチラシをポスティングしており、それを見ての依頼だった。

「うう……寒っ」

身震いをすると同時に、くしゃみが出た。

三月とはいえ、まだまだ肌寒く暖房をつけなければ指先がかじかんでくる。風花はソファを離れ、部屋の一画に置かれたこたつに向かった。

「やっぱりこれだよね〜」

それは風花が田舎《いなか》から東京に出てきたはじめての冬に買ったもので、赤いこたつ布団の上に掛けたかぎ針編みのカバーは祖母の手作りだ。

「はぁ、あったかい」

愛用のどてらを着てこたつに入ると、風花はスケッチブックを見ながら頭の中で明日する作業のシミュレーションをする。

最終的なイメージはクライアントにもわかりやすいように３Ｄパースで作業して完成させていた。出来上がったものはかなりリアルで、使うソフトによっては本物と見紛うばかりのものが作れる。

風花はそうする前に、必ずスケッチブックに思い浮かんだイメージを描き、試行錯誤しながらだんだんと完成に近づけるという手順を踏んでいた。

愛用のスケッチブックには、コーディネート案や見取り図、家具のスケッチなどがほぼ無秩序に描かれている。今回の仕事に関しては、内装はそのままで工事などは入らないし、現場の仕事自体は明日一日で終わる予定だ。

持参していたマグボトルを手に取り、熱いほうじ茶を啜《すす》る。座ったまま背中をグッと反《そ》らせて、軽くストレッチをした。

（ここのところ、ちょっとだけ忙しくなってきたな）

平日は「加賀谷コーポレーション」での派遣の仕事があるから、「ＦＵＫＡ」で受けた案件は主に土日でこなしている。

実質休みなしで働く事になるが、久しぶりに新規で得た「ＦＵＫＡ」の仕事だ。やり甲斐があるし、クライアントも完成を楽しみにしてくれている。

夜になり、だんだんと外の気温も下がってきた。部屋のエアコンはつけておらず、今はこたつだけ。背中が寒くなり、風花はこたつの下に敷いた円形のラグの上に寝そべり、肩まですっぽりとこたつの中にもぐり込んだ。

そうしているうちに、いつしかウトウトして知らぬ間に寝入ってしまっていたみたいだ。スマートフォンの着信音で目を覚まし、あわてて起き上がった。

「はい、野元です」

『加賀谷だ。急だけど、明日会えないか？』

驚いた事に、電話をかけてきたのは加賀谷だった。彼が言うには、風花に見せたいとっておきの物件があるのだという。

「それは是非見せてもらいたいけど、明日は朝から『ＦＵＫＡ』の仕事が入ってるの」

「どんな仕事だ？」

訊《たず》ねられてひととおり説明をすると、加賀谷がそれなら自分が助手として現場に同行すると言い出した。

「せっかくの休みなのに、悪いわ」

「ついでだし、気にする事はない。それに、早く終わらせれば俺の誘いにも乗れるだろう？」

正直に言えば、加賀谷の申し出はとてもありがたい。人手があれば助かるし、何より彼に会えるのが嬉しかった。

「本当にいいの？　結構重い家具を運んだりするから、体力を使うと思うけど――」

『じゃあ、決まりだ。明日、仕事が終わったらそのまま俺に付き合ってくれ。ちなみに、週末の予定はそれだけか？』

「そうだけど――」

あれよあれよという間に週末の予定を組まれ、通話を終える。

いきなりの申し出だが、人手があるのは助かるし、二人いれば午後の早いうちに仕事は終わるはずだ。

「加賀谷コーポレーション」での仕事は継続中だが、職場で加賀谷に会う機会などほぼない。

けれど、彼は時折ＳＭＳを通じて風花にメッセージや画像を送ってきていた。内容は、ただの挨《あい》拶《さつ》だったり、目に留まったインテリア雑貨だったりと様々だ。

風花もそれに返信をしたりして、直接会う事はなかったものの交流は続いていた。

（社長に会えるの、久しぶりだな）

フレンチレストランに連れていってもらってからというもの、風花は以前にも増して加賀谷が気になっており、気がつけば彼の事を考えてしまっていた。

明日の仕事が楽になる事以前に、加賀谷にまた会えるのが嬉しいと思ってしまう。

つい何を着ていこうかなどと考えてしまうが、明日はあくまでも仕事であり、そのあと会うのも物件を見せてもらうのが目的だ。

夜は少し早めにベッドに入り、明日の事を思いながら眠りにつく。

朝になり、約束の時間にやってきた仁は、グレーのパーカーに黒いジョガーパンツを合わせた動きやすい格好で現れた。スーツ姿も素敵だが、ラフなスタイルの彼も思わず見入ってしまうほど魅力的だ。

「今日は助手として現場に同行させてもらうから、力仕事はぜんぶ俺に任せて、君は監督に回ってくれ」

「いいの？」

「もちろんだ。俺が言い出したんだし、当たり前だろう？」

「ありがとう。すごく助かる」

仁は大型のワゴン車で来ており、それに乗って彼とともにクライアントのもとに向かう。

現場に到着すると、沖が仁を見るなり、手を叩いて喜ぶ。

「ええ～⁉　『ＦＵＫＡ』さんに、こんなイケメンスタッフがいるなんて知らなかった！」

「そう言っていただけて光栄です。今後とも『ＦＵＫＡ』をよろしくお願いします」

いつになくにこやかな顔をした仁が、機嫌よく沖の相手をする。時折彼女の話し相手をしながら必要な作業を進め、およそ三時間かけてすべてが完了した。

ヘアサロンは休憩室などを合わせて十四坪あり、以前の店内は白を基調としたシンプルでどちらかと言えば無機質な印象だった。

それが、今は沖の希望していたとおりの、シャビーでシックなイメージの店に様変わりしている。

すべての作業を終え、風花達は沖に挨拶《あいさつ》をしてヘアサロンをあとにした。

再び加賀谷の運転する大型のワゴン車に乗り込み、大通りを走り出す。

「作業している時に聞いたんだが、沖さんが今回の仕事を依頼したきっかけはチラシだったそうだね」

「そうなの。たまに自作したチラシをポスティングしてるんだけど、成果が出たのは今回がはじめてよ。だから、すごく嬉しくって」

沖は出来上がりにとても満足してくれたし、また何かあれば「ＦＵＫＡ」にお願いすると言ってくれた。それに、知り合いにも宣伝しておくと言ってくれている。

「今回は紹介じゃなかったから、大幅な値引きをしなくて済んだな。言っておくが、嬉しいからって自分から値引きを申し出るような事はしないように」

「はい、肝に銘じます」

加賀谷がそう言うのは、風花が今にも値引きをしそうになっていたからであり、彼が事前にそれを察知して止めてくれたからだった。

今日は力仕事だけではなく、沖への対応についても加賀谷に助力してもらった感じだ。

「本当に助かりました。改めてお礼を言うわ。ありがとう」

風花が礼を言うと、加賀谷が軽い感じで「どういたしまして」と言う。

「じゃあ、次は俺の誘いに乗ってもらう番だ。少し時間がかかるから、眠かったら助手席を倒して寝ていてもいいよ」

加賀谷はそう言ってくれたが、彼とこうしていられる今が楽しすぎて眠るどころではなかった。

それなのに、心地よい車の揺れに身を任せているうちに、いつしかウトウトしてしまっていたみたいだ。ハッと気がついた時には、車はいつの間にか高速を下りて県道に入っている。

「ごめん……私ったら寝ちゃって……」

「構わないと言っただろう？　ちょうど、あと少しで到着するところだ」

だんだんと建物が少なくなり、曲がりくねった山道を登っていく。森林に囲まれたそこは民家や商店などなく、ただ道だけが続いている。しばらく行った先にある横道に逸れると、突然視界が開けた。森を切り開いただけの駐車場に車を停め、細い道を加賀谷のあとをついて歩く。

「わっ……！」

いきなり目の前に現れた風景を見て、風花は思わず声を上げて絶句した。

見えているのは崖の上に建てられた平屋建ての家で、その壁の向こうには広々とした海が見える。

加賀谷に導かれ、風花は言葉が出ないまま家の中に入った。

玄関を通り抜けてすぐに見えてきたリビングの向こうに、石畳のテラスと海を臨《のぞ》むプールがある。

正面には大きくて開放的な窓があり、水平線が広がる海が見えた。両側には一部屋ずつベッドルームがあって、各部屋にはバスルームがついている。

リビングの手前にはダイニングキッチンのほかにミニバーまでついており、まるでリゾート地にある高級ヴィラのようだ。

「素敵……。ここ……本当に日本なの？」

「そうだよ。季節的にプールを楽しむ事はできないが、一階にある露天風呂なら年中無休で楽しめるぞ」

「へ？　一階……露天風呂？」

ダイニングキッチンの横にある階段に案内され、下におりる。

崖に埋没するような構造になっているからわからなかったが、平屋建てだと思っていた建物は、実は二階建てだった。

それだけでも驚きなのに、一階は二階とは打って変わった和風モダンな造りになっている。ゆったりとした畳の部屋の向こうに見える庭の真ん中に、丸みを帯びた岩に囲まれた露天風呂があった。

「すごい……こんなの、見た事ない！　確かにとっておきの物件だわ」

思わず大声が出て、風花は露天風呂に近づいた。そこは屋根付きで、多少の雨ならしのげるようになっている。

「わぁ、いいお湯……」

たっぷりとした湯に手を入れると、ちょうどいい温度だった。

風呂の下には横長の階段が続き、そこから見える風景は海から最も近い。辺りは木々に囲まれているから外壁は必要なく、百八十度に近いパノラマの景色は冷たい海風がまったく気にならないほど見事だ。

「本当に素敵！　ここも『加賀谷コーポレーション』で扱っている物件なの？」

「いや、ここは俺の別荘だ」

「えっ⁉」

風花は、驚いて背後に立っている加賀谷を振り返った。

「そ……そうなのね」

さすがと言うかなんと言うか、これほど広くてゴージャスな物件だと相当高額のはずだ。わかってはいたが、彼は成功した起業家であるだけではなく、かなりの資産家だった。

風花は改めて辺りをゆっくりと見回して、感嘆のため息をつく。

「本当に素敵だわ。ここにある家具はどこで買ったの？　コーディネートは誰が？　あ、もしかして有村チーフとか……」

「有村チーフ？　どうしてここで彼女の名前が出てくるんだ？」

「えっと……なんとなく？」

風花が言葉を濁《にご》すと、加賀谷がふと目を細めて腕組みをする。片方の口角が上がり、上からじっと見据えられた。

プライベートな事だし、もしかして気を悪くしたのかもしれない。人の恋愛に首を突っ込むつもりなどなかったのに、つい気になっていた事が口をついて出てしまった。

ここは素直に謝っておいたほうがいいと判断して、風花は彼に向かって頭を下げた。

「ごめんなさい。プライベートに立ち入るつもりはなかったの。ただ、少し気になってて……」

「気にするも何も、俺と有村チーフはただの仕事仲間であって、それ以上でも以下でもない。それに、もう一度言うが俺は今フリーだ」

「それはわかってるけど……」

彼ほどの人なら女性には不自由しないはずだ。実際、女性の扱いには慣れていそうだし、それははじめて会った夜の彼の振る舞いや発した言葉から容易に推測できる。

風花が言葉を濁《にご》すと、加賀谷が少々呆れたようにふっと笑った。

「君だって、恋人がいないからこうして俺に付き合ってくれているんだろう？」

「私と社長とじゃ、ぜんぜん違うでしょ」

「何が違うんだ？　どうやら変に気を回しているようだが、俺はフリーだからといって誰彼構わずデートに誘ったりしない」

「そう……。それは重ねて失礼したわね」

風花はさりげなくそっぽを向き、露天風呂を離れて家の中に戻った。加賀谷から離れようと思ってそうしたのに、彼はぴったりと風花のあとをついてきている。

「もしかして、はじめて会った夜にキスをしようとした事をまだ根に持っているのか？」

そう言われて、頭の中にあの夜の事が思い浮かんだ。あれは単なる勘違いからの行動だったが、彼の振る舞いはいかにも慣れていそうな感じだった。別の角度から考えると、彼は女性から求められていると思ったら気軽にそれに応じるという事だ。

「幸い未遂で終わったし、別に根に持ってなんかないわ」

「そうか？　俺には、かなり気にしているように見えるけど」

「そんな事ないわよ。でも、社長は女性がキスをしてほしそうにしていたら、好きでもないのにキスをしてあげる人でしょう?」

なぜか、そう言う唇が尖り、胸の中にモヤモヤが広がる。どうしてだか若干むかついて、その場から離れて階段を上《のぼ》り二階に戻った。

いったい何をイラついているのやら――

そう思うも、さすがに今の自分の胸の内に気がつかないわけがなかった。

会社にいる時ならまだしも、こうしてプライベートで彼と二人きりになっている今、激しく心が揺れているのを感じる。

本当は、どうしてこんなふうになるのか、とっくにわかっていた――

はじめこそ彼のゴージャスなイケメンぶりに惑わされているだけだと思っていたが、いつの間にか本気で加賀谷を想い始めている。

さりげなく窓際に向かい、彼のそばから離れた。

加賀谷を想う気持ちを抑え切れないなら、もういっそ玉砕覚悟でぶつかってみてはどうだろう?

そんなふうに考えたりもするが、彼が自分なんかと本気で付き合おうと思うわけがない。

それに、万が一付き合えても、どうせこれまでの恋愛と同じように、別の女性に惹かれたり取られたりするのがオチだ。

そうなって心に傷を負うくらいなら、自覚した気持ちを封じ込めてしまうべきだ。

「少し早いけど、ディナーの用意をしようか」

追いついてきた加賀谷にそう言われて、風花は気持ちを切り替えてうしろを振り返った。

「ディナーって、ここで何か作るの？」

「ああ、そうだ。シェフを呼ぼうかとも思ったんだが、メインの材料だけ用意してもらって、俺が調理する事にした」

「社長が？　料理はあまりしないって言ってたのに」

「いい機会だから、自分なりに料理の勉強を始めていてね」

加賀谷に誘導されて、キッチンに向かう。彼が言うには、副菜などはすでにシェフが作り置いてくれているらしい。

「キッチンのカウンターの一部が鉄板になってるんだ。それを使って、君に選《え》りすぐりのディナーを提供するよ」

加賀谷が黒大理石でできたカウンターの向こうに立ち、その前に座るよう言った。

キッチン周りのインテリアはオフホワイトでまとめられており、彼の背後にある飾り棚には黒檀《こくたん》と思われる木でできたオブジェが置かれている。

風花が座っているところからは、冷蔵庫や電子レンジなどの家電は何ひとつ見えない。おそらく、右側にある壁の向こうにあるのだろうが、生活臭を感じさせない家具の配置には感心してしまう。

風花がキョロキョロしているのを見て、加賀谷が三種類の前菜の載った皿を出しながらふっと笑った。

「よほどこの家の造りが気になっているみたいだな」

「当然でしょ。これほどトータルコーディネートされた家を見るの、はじめてだもの」

「さすが、勉強熱心だな。ここにある家具のほとんどは、イタリアにいるインテリアデザイナーに依頼して作ってもらったものだ。部屋のコーディネートは、インテリアコーディネーターをしている彼の奥さんが担当してくれてね」

その人達は加賀谷の大学時代の友人で、今は結婚して生まれ故郷のイタリアに帰り、夫婦でインテリアの工房を開いているとの事だ。

「時間はたっぷりあるし、あとで好きなだけ見て回るといい」

席にはあらかじめ、お品書きが置いてあった。前菜の次は肉厚シイタケのバター焼きに、旬野菜の炒めもの、地元野菜のサラダが出た。どれも滋味《じみ》があり、味わい深い。

料理もさる事ながら、使われている器が素晴らしい。気になって訊《たず》ねると、盛られている器は備《び》前焼《ぜんやき》などのこだわりの逸品で、加賀谷が時間をかけて一枚一枚集めたものだという。

キッチンから見える窓は西側を向いており、家にいながらにして夕日がだんだんと沈んでいく様を見る事ができる。リビングには備え付けの暖炉があり、時折薪《まき》が爆《は》ぜてパチパチという音が聞こえてきた。

「一度聞きたいと思っていたんだが、君がインテリアコーディネーターになったきっかけはなんだったんだ？」

訊《たず》ねられて、風花は食べながら過去を回想する。

「やっぱり、両親の影響かな。前にも言ったように、私には両親の記憶がほとんどないの。でも、二人が仕事をしている時の写真や、買い付けの記録が大量に残っていて、小さい頃はよくそれを見ながらお絵描きをしたりしてたの」

風花の母親はインテリアのデザインも手掛けており、父親はバイヤーとして日本のみならず世界中を飛び回っていたそうだ。

「私も昔から雑貨やインテリアが好きだったし、自然と同じ道に進んだ感じ。両親は私の師匠であり、憧れの存在でもあるの」

話している間にメインの肉料理が目の前で焼かれ、大皿に盛られた。綺麗に切り分けられているから食べやすく、少し赤味が残った断面がとても綺麗だ。

「社長は食べないの？」

「今日は、君にご馳走するためにここに招待したんだ。俺の事は気にしなくていい。ほら、熱いうちにどうぞ」

促《うなが》されて、戸惑いつつも出されたものに箸《はし》をつけ、味わいながら食べ進める。

最初は赤味、それからフィレ、サーロインと続く。炊きたてご飯には味噌汁と香《こう》の物がつき、最後にリブロースのすき焼きが出た。柔らかな肉は、口の中に入れた瞬間に溶けて旨味が口いっぱいに広がる。

「どれもすごく美味《おい》しい！　料理の初心者とは思えないわ。景色も素晴らしいし、本当に素敵」

熱々の茶碗蒸しを食べながら、感嘆の声を上げる。

「それはよかった」

加賀谷は肉を焼きながら味見として風花と同じものを食べているようだが、結局終始カウンターの向こうで給仕に徹していた。

「そういえば、社長が今の会社を興《おこ》したきっかけとか、あるの？」

風花の問いに、彼は少し考えたあとで口を開いた。

「昔から建築には興味があったし、どうせやるなら自分が社長になってやりたい事をすべて実現させたいと思ったんだ」

加賀谷は両親や親族の意向により子供の頃から帝王学を学び、自分でも将来は経営者になるつもりであったらしい。

父母の離婚などもあり、彼の自立心は早いうちに確立された。以後はただ進むべき道を自分自身で切り開いてここまできたのだ、と。

「だが、まだ道半ばだ。これまでは高額な不動産のみを扱ってきたが、今後はもっと一般的な家庭に向けて事業展開する計画を立てた。競合他社は多くあるが、うちだけにしかできない独自のサービスを提供し、もっと一人一人のニーズに応《こた》えられるような事業展開をしたい——そう思って、新しくパーソナルリノベーション事業部とパーソナルハウジング事業部を立ち上げたんだ」

「そうだったのね」

「出生率が下がり続け高齢化の進んでいる日本において、リフォームやリノベーションのニーズは年々増えていくだろう。当初は従来の富裕層をターゲットにしていたが、今後はもっと対象を広げていくつもりだ」

今後の夢を語る加賀谷の目は、自信と希望に満ち溢《あふ》れている。もう十分すぎるほど成功しているのに、未だ向上心を持ち続けている彼がとても眩《まぶ》しく思えた。

「ごちそうさまでした。今までに食べたディナーの中で一番美味《おい》しかった！　本当にありがとう」

デザートのイチゴシャーベットを食べ終え、風花は加賀谷に向かって礼を言った。

「礼を言うのは俺のほうだ。自分が作ったものを美味《おい》しそうに食べてくれているのを見るのは、嬉しいものだな。ちょっと癖になりそうだ」

後片付けを終えると、彼は一度壁の向こうに消えたあと、深い緑色のボトルとともにワイングラスを持って出てきた。

「ワイン？」

「そうだ。これは家具と一緒に友人夫婦がイタリアから送ってくれたワインで、アルコール度数が二パーセントしかない」

「たったの二パーセント？」

「それでも、俺にとっては十分すぎるアルコール度数だけどね」

送り主の夫婦が来日した時に、加賀谷も彼等に勧められてこれと同じものを一緒に飲んだようだ。しかし、二口までは美味《おい》しく飲めたようだが、三口目で眠くなり、いつの間にか寝入ってしまっていたらしい。つまり、このワインだと二口がギリギリ許容範囲であるらしい。

風花もお酒は得意ではないが、嫌いではない。これなら気軽に飲めそうだ。

「じゃあ、少しだけいただこうかな」

風花の隣の席に座った加賀谷が、ソムリエナイフでキャップシールの上部を取り除いた。コルクの中心にスクリューの先端を刺し込んだあと、ボトルの瓶口に引っかけて少しずつ引き抜いていく。

飲めないという割には、加賀谷はまるで本物のソムリエのように手際よくワインを開封した。グラスに注《つ》がれるワインは、ごく薄い黄褐色《きかっしょく》をしている。落ちていく夕日が、ちょうど水平線の向こうに沈んでいく。

「綺麗な色ね」

グラスを夕日に重ね合わせると、また違った色が見えてくる。極上のディナーはもとより、これほどゆったりとして贅沢《ぜいたく》な時間を過ごすのもはじめてだった。今はただ、この時間を楽しみたい。

ワインの色の移り変わりを楽しんだあと、風花はグラスを持ったまま加賀谷を振り返った。

「外はすごく素敵な雰囲気だし、社長も二口だけ飲まない？」

言い終えてから、二人とも飲んでしまったら帰りの車を運転する人がいなくなってしまうのに気づいた。

けれど、今の空気を壊したくない――

あえて何も言わず黙っていると、加賀谷が持っていたグラスを二人の真ん中に置いて、身体ごと風花に向き直った。

「よかったら、今夜はここに泊まっていかないか？　夕暮れもいいが、夜になるとたくさんの星が見えるし、二階からだと日の出も堪能できるぞ」

「そうなの？」

これほどの立地なら、見える景色は風花が想像する以上のものに違いない。それに、正直なところ、もっと加賀谷と話したいという気持ちがあった。

「週末、予定ないんだろう？」

そう訊《たず》ねられて、昨日彼から電話をもらった時に週末の予定を聞かれたのを思い出した。ここで無理に断ったら、また変に気を回していると思われてしまうだろう。

「ええ、ないわ。せっかくだし、今夜は泊めてもらおうかな」

「よし、じゃあ今夜はゆっくりと二人だけの時間を楽しもう」

やけに意味ありげな言い方をされて、耳朶《じだ》が熱くなった。それを誤魔化すようにグラスを持ち上げ、ワインをひと口飲む。

「あ……すごく優しい味……。これなら、グラスに一杯くらいは飲めるかも」

グラスに視線を向けたまま頷き、ワインが胃の中に落ちていく様子を身体で感じ取る。グラスを持つ手を握られ、そのまま上に持ち上げられた。

急にそんな親密な行動をされて、図らずも胸がときめいてしまう。

加賀谷と過ごす夜は二度目なのに、今夜は一度目とは明らかに違う雰囲気が流れている。グラスが傾き、風花の手を握る力が強くなった。

グラスに口をつける加賀谷の顔と、喉元が見える。突起した喉仏が一度上下して、グラスを持ち上げていた手が離れた。指先には、まだ彼の温もりが残っている。

ヒリヒリとした緊張感に囚《とら》われ、密かに心臓が早鐘を打つ。

それからしばらくの間、加賀谷のイタリア人の友人夫婦の話を聞き、彼等が手掛けるインテリアについて思いつくままに質問する。

「今腰かけてるスツールも、お二人の作品なの？　華奢《きゃしゃ》に見えるけどすごくしっかりしてるのね」

風花はわざと身体をグラグラさせて、椅子の耐震性を試した。けれど、椅子はびくともしない。

「ここに持ち込んだ彼らの家具は、二人の持てる技術の集大成だからね。デザイン性が高いだけじゃなく、丈夫だし長く使っても飽きがこない」

「ここって、いつからあるの？」

「建物自体は一九六〇年代のものだから、築年数で言えば六十年以上だ。長く誰も住んでいなかったのを、七年前に俺が買い取ってリフォームした。家具はその時に運び込んだんだ」

部屋は暖かく、外の寒さとは完全に遮断されている。加賀谷がおもむろにパーカーを脱ぎ、半袖《そで》の白いTシャツ姿になった。

薄着になってはじめて知ったが、彼は思いのほか筋肉質で、日頃から身体を鍛《きた》えている事がよくわかる。

引き締まった腕につい視線を奪われ、横から見る胸板の厚さに思わず唾を飲み込む。

「七年……。って事は、社長が今の会社を立ち上げて一年経った頃ね」

「そうだな。はじめは仕事の一環で目を付けたんだが、結局は自分の別荘にしてしまった。ここはいい……。静かだし、呼ばない限り誰も来ない」

道は整備されていたが、確かに周りには人が住む家はなく完全にプライベートな空間だ。

こんな場所で、加賀谷と二人きりの夜を過ごす——そう考えるだけで、身体が震えそうになった。

それでもなんとか平静を装《よそお》って、ゆったりと微笑みを浮かべる。

「確かに、すごく静かね。道もわかりにくそうだし、誰かが道に迷って訊《たず》ねてくる事もなさそう。ここには、よく来るの？」

「ひと月に一度は来るかな。仕事が立て込んで、ゆっくり眠れてない時や、頭の中が情報過多になった時にふらっとね」

秒刻みのスケジュールをこなす彼だが、だからといって心身を酷使したり不健康な生活を送ったりするのは本意ではないらしい。そのため、加賀谷はできる限りプライベートな時間を大切にしており、ここに来るのもその一環なのだという。

「いいわね、こんなに素敵な場所があるって思うだけで、気持ちが楽になりそう。でも、ここは一人で過ごすには広すぎるんじゃない？　今日みたいに、たまには誰かを招待したりするの？」

なんの気なしに、聞いたつもりだった。

けれど、そう訊《たず》ねたあとの加賀谷の片眉がほんの少し吊り上がったのに気づいた。彼が何も言わず、二口目のワインを口にしてグラスを置く。

いくら前よりも親しくなったとはいえ、つい詮索《せんさく》するような事を言ってしまった。

誰だって人に踏み込まれたくない部分があるのに、差し出がましいにもほどがある。

風花がどう取り繕《つくろ》えばいいかと思い悩んでいると、加賀谷が先に口を開いた。

「確かに一人で過ごすには広すぎるが、ここは俺の隠れ家のような場所だからね。むしろ人には知られたくないし、誘ったのは君がはじめてだ。……もしかして、また誰かほかの女性を引っ張り込んでいると思った？」

加賀谷がいたずらっぽい顔で、笑った。そんな彼の背後に見える窓の外の風景は、いつの間にか暗い夜の色に包み込まれている。

「ち、違うわ。別にそんなつもりで言ったわけじゃ……。ただ――」

「ただ？」

「……ただ、寂しくないのかなって。ごめん、私、前にも同じような聞き方をしたわよね」

「そうだったな。確かあれは、俺の両親について話している時だったか……」

二人は、その時の記憶を辿《たど》り、交わした会話を再現してみた。

風花がやるせない表情を浮かべると、加賀谷がほんの少しだけ口元を綻《ほころ》ばせる。

「大人になった今は、両親に関してはもう何も感じなくなっている。寂しくないと言った言葉に嘘はない。だが、それとは別に、たまにどうしようもなく心が冷えて凍《こご》えたようになる時がある。君は、そんなふうに感じる事はないか？」

「もちろん、あるわよ」

自分が選んだ道とはいえ、時折ものすごく弱気になって、しゃがんだまま立ち上がれなくなる時がある。不安にさいなまれ、何もかも捨てて田舎《いなか》に帰りたくなったり、無性に人恋しくなる事もあった。

けれど、愚痴を言って立ち止まっている暇はないし、一度やると決めた以上、ぜったいに途中で投げ出さないと心に決めて「ＦＵＫＡ」の看板を掲げたのだ。

風花の話に聞き入っていた加賀谷が、頷きながらワインで濡れた唇を指先で拭った。そんなさりげないしぐさひとつにも、胸がときめいて仕方がない。

「今夜、君をここに招待してよかった。君がいてくれるだけで心が温かくなるし、慰《なぐさ》めになるよ」

加賀谷がふいに風花の手を取り、グッと顔を近づけてきた。同じ目の高さで、まっすぐに見つめられて、身体が小刻みに震える。

なんて返せばいいのかわからないし、何が正解なのか見当もつかない。加賀谷の目力に圧倒され、風花は固く目を閉じて唇を噛みしめた。

「もっと、俺を慰《なぐさ》めてくれないか？」

そう囁《ささや》く声が聞こえてきて、風花は閉じた目蓋《まぶた》を上げて彼を見た。加賀谷の顔は、さっきよりも近い距離にあり、吐いた息が彼の唇に届いてしまいそうだ。

言われた言葉の真意がわからず、風花は微《かす》かに首を傾げた。そのしぐさが、まるでキスをする時の角度みたいだ。

「あ……」

気がついた時には、加賀谷の手に顎《あご》を緩く掴まれていた。そうされるのは、これがはじめてではない――そう思った時には、もう二人の唇が重なっていた。

「んっ……ん……」

まるで、身体が一瞬にして熱い炎に包まれたみたいだ。

唇の隙間を舌でこじ開けられると同時に、身体を彼の腕の中に取り込まれる。

突然の事に、何がどうなっているのかひとつも把握できない。加賀谷という大きな波に呑み込まれ、頭がぼうっとして天地がわからなくなった。

「返事は？」

低い声で訊《たず》ねられて、風花は彼の腕に身を任せて、こっくりと頷いた。その途端、身体が横向きになって宙に浮かんだ。加賀谷が暖炉の前で立ち止まり、風花をラグの上に寝かせた。

それは毛足が長く、床の硬さを感じさせないほど厚みがある。

風花の顔の両脇に肘をついた加賀谷の体重が、ずっしりと身体の上にのしかかってくる。

こんなふうに迫られる事など、今まで生きてきた中で一度もなかった。

怖気《おじけ》づきそうになる気持ちを抑え込んでいる間に、自分が無意識のうちに彼とこうなる事を望んでいたと気づかされる。

「社長……」

「仁と呼んでくれ。風花……言っておくが、俺があの夜キスをしようとしたのは、そうしたいと思ったからだ。さっき君は、女性がキスをしてほしそうにしていたら、好きでもないのにキスをしてあげる人なのかと聞いたね？　その答えはノーだ。俺は好きでもない女性に自分からキスなんかしない。だが、あの時は衝動的に出会ったばかりの風花にキスしたいと思った。それが、どういう事かわかるか？」

いきなりそう訊《たず》ねられて、風花は首を横に振った。

彼ほどハイスペックなイケメンが、どうして自分相手にキスをしたいと思ったのか――

わかるはずもないし、聞きたいのはこっちだ。

「つまり、あの時点で、すでに俺は風花に好意を持っていたって事だ。はじめて会ったその日のうちにキスをしたくなるほど女性に興味を持ったのは、風花がはじめてだった。正直なところ、風花も俺のスペックを知ったら態度を変えるかもしれないと思ってた。だが、君はまったく態度を変えないどころか、俺を遠ざけようとしただろう？」

確かに、風花は彼からの誘いをすぐには受け入れなかった。

だからといって、それが今のシチュエーションとどんな関係があると言うのか――

風花がそれを訊《たず》ねると、仁は軽く頷いて改めて風花の顔を見つめた。

「『恋愛はお互いに想い合って信頼し合ってこそのもの』――はじめて会った時、そう言ったのを覚えてるか？」

「……覚えてるわ。私がそう言ったら、仁は『まったく思わない』って言ったわよね」

「ああ。俺と風花は、恋愛観がまるで違う。だけど、今こうして一緒にいる。君はとても興味深いし、もっといろいろな事を話したりともに行動したりして、風花をより深く知りたいと思ってる」

「それって、どういう事？」

「つまり、俺は風花と付き合いたいと思ってるって事だ」

「えっ!?　つ、付き合うって……でも、私と社長……じゃなくて仁とでは、不釣り合いだし――」

「どこが不釣り合いだ？　俺達は、いろいろと話が合うし、一緒にいるとすごく楽しいし面白い。風花は？　俺といてどう思う？」

グッと顔を近づけられ、目をパチクリさせる。

「わ、私も楽しいし、いろいろと面白いと思ってるわ」

「それなら、もっと俺と楽しくて面白い事をしたいとは思わないか？」

「そ、そりゃあ……そう思うけど――」

「じゃあ、俺と正式に付き合うって事でいいね？」

「ほ、本気で言ってるの？　冗談じゃなくて？」

突然そんな事を言われても、にわかには信じがたい。

からかわれているのかと思わないでもないが、それにしては彼の目は真剣そのものだ。

「もちろんだ。俺は、嘘はつかない――だから、もうキスしていいか？」

「キ、キスって――ん、んっ……」

返事をする前に唇を奪われ、一気に頭に血が上った。

ただ唇を合わせているだけなのに、まるで脳天に雷が落ちたように全身がビリビリと痺《しび》れている。

今しているのは、これまで経験したキスとは、まったくの別物だ。

強引だけど、優しい。激しさの中にも甘さがあり、気持ちがよくて、もっとしたくなるほどの中毒性がある。

「ん……む……」

はじめこそためらいがちだったが、二度三度と繰り返すうちにいつの間にか自分からもキスを返しているのに気づく。

いつしか二人の身体がぴったりと重なり合い、いつキスから先に進んでもおかしくない状況になっている。両膝が左右に大きく開かれ、仁の腰を挟み込んだ。

今の自分は、いつになく感情的で、この場の雰囲気に流されまくっている。そうとわかっていても、もはや抗《あらが》う気持ちなど微塵《みじん》もなく、ただ彼にもっと触れてほしいと願っていた。

「風花、キスから先の事をしてもいいか？」

囁《ささや》くようにそう聞かれて、耳朶《じだ》が溶け落ちてしまいそうになった。仁の気持ちは聞いたし、風花だって仁を想う気持ちがある。いい大人なのだから、このまま流されてしまっても問題はないだろう。しかし、また過去の恋愛のようになったら……

そう思う気持ちが、先に進むのをためらわせた。

「どうした？　まだ何か引っかかっている事があるなら、遠慮なく言ってくれ」

優しく唇を啄《ついば》まれながらそう言われ、言葉が躊躇《ちゅうちょ》なく口をついて出る。

「また、前みたいに傷つきたくないの。疑ってるわけじゃないけど、途中で心変わりされたり、ほかの女性に取られたりするんじゃないかと思っちゃって……」

「よほど深く傷ついたんだろうな。大丈夫だ……俺は風花を裏切ったりしない。そして、俺が風花の心についた傷を舐《な》めて治してやる」

唇の縁を舌先で舐《な》められ、思わず声が漏れる。仁がニヤリと笑い、風花の首筋をぺろりと舐《な》め上げた。のしかかってくる引き締まった身体の重さを感じて、もはやためらう気持ちなど欠片《かけら》もなくなる。

「俺は風花を、ぜったいに傷つけたりしないと約束する。逆に、これでもかっていうほど甘やかしてあげるよ」

そう言って鼻を顎《あご》に擦りつけてくるしぐさは、まるでこの上なく優しくて雄々《おお》しい獅子のようだ。優しく抱きしめてくる彼の腕の中にいると、それだけでホッとするような安心感がある。

「甘やかすって、どんなふうに？」

「どんなふうにでも、風花の好きなように甘やかしてあげるよ。何かしてほしい事があればリクエストに応《こた》えられるし」

そう言われるが、実のところ風花は人に甘えるのが得意ではない。

祖父母にはたいそう可愛がってもらったが、二人とも年を追うごとに健康面で多少の問題が出てきて、あまり甘えられる状態ではなくなってしまったのだ。

風花がそう話すと、抱き寄せてくる仁の腕にグッと力がこもった。

「だったら、なおさら甘やかしてやらないといけないな。風花も遠慮なく俺に甘えてくれ。俺は意味もなく人にすり寄られるのは好きじゃないが、風花にはいくらでもすり寄ってきてほしいし、ベタベタに甘やかしたいと思うんだ」

「な……なんで、私だけ？」

「さあ。きっと風花には欲がないからだろうな。一人で田舎《いなか》から出てきて、誰にも頼らずに頑張っているところを見ると、健気《けなげ》というかいじらしいというか、どうにも放っておけなくなるんだ」

「健気《けなげ》とか……私、そんな事言われた事な――ん、んっ……」

唇にたっぷりとキスをされて、身体の芯がジンジンと火照《ほて》ってくる。

「言われた事がないからといって、そうじゃないとは限らない。とにかく、俺は風花を構いたいんだ。困った事があれば真っ先に俺を頼ってもらいたいし、できる事ならいつも目の届くところにいてほしいくらいだ」

一見クールでドライな印象の仁だが、一緒に過ごす時間が増えるごとに実はスキンシップ好きの甘やかしたがりである事がわかってきた。仁ほど器の大きな人に出会った事はないし、そんな人が自分を想ってくれている事が嬉しくてたまらない。

身体ばかりか心まですっかり彼に開いてしまいたい気持ちになり、風花の全身から余分な力が抜けていった。

「どうだ？　まだ何か不安に思ったりする事はないか？」

甘く真摯《しんし》な口調でそう言われて、風花はふるふると首を横に振った。

「ない……もう、ぜんぶなくなったわ」

「そうか。じゃあ、これから俺達は恋人同士だ――」

「ん……ふ……」

再びキスが始まる。

部屋の照明が消され、暖炉の火だけが抱き合う二人を明々《あかあか》と照らし出す。

風花は仁の手に導かれるままにワンピースと下着を脱ぎ、キスを交わしながら彼のベルトを外す手助けをした。

本来あるはずの羞恥心《しゅうちしん》は、どこへやら。

風花は裸になった仁の背中に腕を回し、だんだんと下りてくる彼の唇の感触に酔いしれて身をくねらせた。

知らぬ間に硬く尖っていた乳嘴《にゅうし》に、微《かす》かに伸びていた仁の顎髭《あごひげ》が当たる。チクチクするそこで先端を擦られ、腰が大きく浮き上がった。

「ぁあ、んっ！　あ、あ……！」

はじめて知る刺激が脳天を貫き、つま先にギュッと力が入る。

耐え切れなくなった風花は、踵《かかと》でラグを蹴って上に逃げようとした。けれど、浮いた腰を抱き寄せられて、身動きが取れなくなる。

「可愛いよ、風花。もっと感じて――」

そう言うが早いか、仁が風花の乳房にかぶりつき、舌で乳嘴《にゅうし》を捏《こ》ね回し始めた。たちまち腰が砕け、足に力が入らなくなる。

音を立ててちゅうちゅうと吸われて、喘《あえ》ぎながら自分の胸元を見た。執拗《しつよう》に乳房を愛撫《あいぶ》する仁と目が合い、これ見よがしに舌先で乳嘴《にゅうし》を弾《はじ》くように舐《な》められる。

これまで、自分がそんなふうにされるのを見た事はなかった。

身体だけでなく視覚にまでセクシャルな刺激を受けて、風花は早くも夢心地になってしまう。

仁をもっと深く知りたいし、彼にも自分を知ってもらいたい――

そんな想いが込み上げてきて、風花は両方の太ももで仁の身体を挟み込んだ。持ち上げたつま先で彼のふくらはぎを掻き、感じるままに声を上げる。

左肘の内側に右膝をすくい上げられ、縦に脚が開く。

乳房から仁の唇が離れ、強すぎる刺激からようやく解放された。しかし、乱れ切った呼吸が整う暇もなく唇にキスをされ、硬い胸筋に乳房を押し潰されて恍惚《こうこつ》となる。

どこから取り出したのか、彼の左手に避妊具の小袋が握られていた。今から自分達が何をするのか明確にわかるものを目《ま》の当たりにして、風花は声もなく唇を震わせる。

「大丈夫か？　無理強《じ》いはしたくないから、怖かったり嫌だったりしたらすぐに言ってくれ」

囁《ささや》くようにそう言いながら、仁が風花の目尻に唇を寄せた。今まで、こんなふうに男性から気遣われた事など一度もない。いつも愛撫《あいぶ》もそこそこに挿入され、自分本位なタイミングで終わられるのが常《つね》だった。

それだからか、風花はさほどセックスが好きではないし、実際これまで一度も達した事がない。

けれど、仁が自分を欲してくれるのなら、全力でそれに応じたいと思う。自然と顔が上向き、まるでキスをねだるようなしぐさをしていた。

「大丈夫。怖くないし、嫌じゃない。……ただ、あまりにも久しぶりで……ん、む……」

唇を重ねられ、口の中を彼の舌でいっぱいにされる。唇の内側を舌で撫でられ、膝がわなわなと震えた。こんなふうにキスをされて、今更引き返すなんて無理だ。

風花は自分からもキスを返し、彼の腕に絡めていた手を腰の上に移した。

気づかないうちに普段、ぜったいにとらないような姿勢をとらされ、長く枯《か》れたままだった場所がいつの間にかしっとりと潤《うる》んでいるのに気づく。

「じゃあ、急がないで、ゆっくり進めていったほうがいいな」

そう言った仁の身体が、少しだけ遠のいたような気がした。

風花は咄嗟《とっさ》に彼の身体を引き寄せ、これ以上離れないように左脚を仁の太ももに絡みつかせる。

「ゆっくりなんて、嫌……。すぐに、してほしい。もう気遣ってくれなくていいから、仁がしたいようにしてほしいの」

自分がこんな台詞《せりふ》を吐くなんて、我ながら信じられない。今みたいに切羽詰《せっぱつ》まった状態になった事はなかったし、これほど強い情動を感じたのもはじめてだ。

「今の言葉、撤回するなら今のうちだぞ」

下唇を軽く噛まれて、いっそう情欲の虜《とりこ》になる。風花が首を横に振ると、仁の目の奥に炎が宿るのが見えた。彼が避妊具の小袋を歯で引きちぎる。

硬く、ずっしりとした重みのあるものが、秘裂を縦に割った。

何度となくそこを擦り上げられ、とろりと溢《あふ》れ出た蜜が後孔を伝い、尾てい骨を濡らすのがわかる。

もう一秒たりとも待ち切れない。

そんな思いに囚《とら》われて、自然と腰が上向き、蜜窟が挿入を待ちわびるようにヒクヒクと痙攣《けいれん》する。

視線を合わせたまま繰り返しキスをする間に、屹立《きつりつ》の先が蜜窟の中に浅く沈んだ。

「ぁ……ああっ……！」

思わず歓喜の声が漏れ、分け挿《い》れられたそこが切っ先を含んだままキュンキュンと窄《すぼ》まる。

挿入が一気に深くなり、長く閉じたままだった蜜窟の中が急速にほぐれていくのがわかった。

無理矢理こじ開けられるのではなく、それを嬉々として受け入れる感覚――

僅《わず》かな動きも取り零すまいとして、風花は無我夢中で仁の身体に全身で縋《すが》りつきながら胸をときめかせた。

ただ前後に腰を動かされているだけなのに、どうしてこうも身も心も悦《よろこ》ぶのか――

挿入してまだ間もないのに、風花は身体を激しく震わせて、軽く達してしまう。

それを悟られまいとするも、これほど感じてしまってはもう誤魔化しようがなかった。

恥ずかしさに顔を背《そむ》けるも、仁の手に阻まれて正面を向かされる。目を合わせたままキスをされ、蜜窟がキュッと窄《すぼ》んだ。

それに反応した屹立《きつりつ》が硬さを増し、隘路《あいろ》をみちみちと押し広げる。

「んっ……ふ……ぅ、んっ……ん――」

抽送《ちゅうそう》がだんだんと速くなり、挿入がより深くなっていく。

身体の中を、仁のものでいっぱいにされるような感じがする。それと同時に、心まで満たされていくみたいだ。

「辛くないか？」

ゆっくりと腰を動かしながら、仁がそう訊《たず》ねてくる。返事をする代わりに彼の背中に指を這《は》わせ、彼の腰の上で足首を重ね合わせた。

「あっ……」

屹立《きつりつ》の先が、風花の恥骨の奥をグッと押し上げる。途端に身体がビクンと跳ね上がり、立て続けに声が漏れた。

激しく突かれているわけでもないし、まだぜんぶ挿《い》れられてもいないのに、今みたいになった事はなかった。

「や……あんっ！　あ、あぁんっ……」

耳を疑うほど甘い声が漏れ、両脚がガクガクと震え出す。表情を窺うようにじっと見つめられて、蜜窟の奥がひっきりなしに蠢《うごめ》いた。

いったい、どうしたというのだろう？

堪《こら》え切れずに身もだえると、仁が風花の身体をやんわりと押さえ込んだ。

彼は風花の顔を両手で挟み込んで動けないようにし、同じ深さを保ちながら腰を振り始めた。

ものすごく、気持ちがいい——

風花は熱い塊《かたまり》を打ちつけられている部分に意識を集中させて、感じるままに彼の下で上体を仰《の》け反《ぞ》らせた。

「ひあぁっ……あんっ！　ああんっ……！」

こそげるようにピンポイントで攻め立てられ、目蓋《まぶた》の裏にいくつもの火花が散る。

何度となく同じところを突かれて、腰が抜けたようになった。まるで大きなしゃっくりをしているみたいに身体が跳ね、全速力で走ったあとのように息が乱れる。

何も考えられないまま横たわっていると、仁が乱れた髪を指で梳《す》き、うしろに撫でつけてくれた。

「少し休む？」

まだ途中とはいえ、セックスのあとの気怠《けだる》さが、風花の身体を鉛《なまり》のように重くしている。

小さく「うん」と言って頷くと、仁がゆっくりと腰を引いて風花から抜け出た。

うっすらと汗ばんだ仁の肩が、暖炉の火に照らされて琥珀《こはく》色に染まっている。横向きに寝転ぶと、仁が風花の身体を全身で包み込むように手足を絡みつかせてきた。

「見つけたよ、風花の気持ちいいところ。はじめてなのに探さなくてもわかるなんて、よほど身体の相性がいいんだろうな」

独り言のようにそう話すと、彼が風花の額に音を立ててキスをする。指先で頬を緩くつねられ、そこがジィンと熱く火照《ほて》るのがわかった。

なんだか、ものすごく恥ずかしくなり、彼の胸に顔をうずめるようにして下を向いた。

「そんな事、言わないで」

「どうして？」

「だって、恥ずかしいんだもの」

風花は、顔を上げて窓のほうを向いた。外はもう真っ暗で、いつの間にかチラチラと雪が降り始めている。

まさか、こんなふうに彼と二度目の夜を過ごす事になるなんて――

「恥ずかしがるなんて、風花は奥ゆかしいな。そんなところが、すごくセクシーでエッチだ。次はさっきよりも深いところまで挿《い》れて、もっと気持ちよくしてあげるよ」

より恥ずかしい事を言われ、全身の肌が熱く粟立《あわだ》つ。

それを見た仁が、風花の乳房を掌《てのひら》で包み込み、先端をちゅくちゅくと吸い始めた。

この世に生まれ出て、二十八年目にしてはじめて男性に抱かれる悦《よろこ》びを知り、それに溺《おぼ》れそうになっている。

風花は小さく喘《あえ》ぎ声を漏らすと、上体を持ち上げるようにして彼の頭を胸に抱き寄せるのだった。


朝目覚めたら、風花は広々としたベッドの中だった。

部屋には誰もおらず、風花ただ一人。ブランケットをめくると、身体には何も身につけておらず素っ裸だ。

一瞬、自分がどこにいるのかわからなくなってしまったが、すぐに一連の出来事を思い出して声のない叫び声を上げた。

(そうだ……私、仁とセックスしちゃったんだ……!)

しかもそれは、全細胞が沸き立つほど強い快楽を伴い、人生初の絶頂を風花に味わわせてくれた。

彼と恋人同士になれた事は、最高の幸運だと思う。仁とのキスやセックスは、あり得ないほど気持ちよかった。まさか自分があんなふうに乱れるなんて、我ながら驚きだ。

これまで、あれほど行為に夢中になった事などなかったし、仁に抱かれて、はじめて我を忘れるほどの愉悦《ゆえつ》を感じ、絶頂を味わった。

これまでの行為はいったいなんだったのかと思うくらい素晴らしかったし、心身ともに満たされて最高の時間を彼と分かち合えた。

『お前って、不感症なんじゃねぇの？』

過去そんなふうに言われて、もしかするとそうなのかもしれないと思っていたが、そうじゃなかった。

昨夜は、まさにめくるめく快感に溺《おぼ》れ、心身ともに生まれ変わった気分だ。

男女の営みなんて、所詮《しょせん》性欲を満たすか子供を作るための行為にすぎない――そう思っていた頃の自分は、単に真のセックスを知らなかっただけだ。

はじめこそ感じてばかりで、まるで余裕がなかったが、徐々に仁とひとつになっている悦《よろこ》びを実感し立て続けに昇天してしまった。

彼の腕の中で乱れに乱れて、今まで口にした事もないような恥ずかしい言葉を連発した。それでもまだ足りなくて、最後には拙《つたな》いながらも仁の上に馬乗りになって腰を振ったりして――

（私、あんな事ができる人だったんだ……）

まさか、自分があれほど淫靡《いんび》な行動を取れるとは思ってもいなかった。

不感症どころか、むしろ淫乱ではないかと心配になってしまう。

ひと言で言えば、この上なく満ち足りていて、文句のつけようもないくらい幸せ――と言ったところだろうか。

もちろん、いくらぜったいに傷つけないと約束してくれたからといって、それがずっと守られるとは限らない。

なんせ、相手は「加賀谷コーポレーション」の社長であり、生まれも育ちも違えば生活レベルが天と地ほどもかけ離れている。今は互いに想い合っていても、いつ何時心変わりするかわからない。

仁と元カレ達を同じとは思いたくないが、人の心がうつろいやすいのは確かだ。

(それは、ちゃんと頭に刻み込んでおかないと)

ついそんなネガティブな考えに囚《とら》われて、傷つきたくない気持ちが心に予防線を張ろうとする。

普通に考えて、こんな事あり得ない。展開が早すぎるし、それだけに破局も早い段階でやってくるのではないかと思ったりして——

(もう、やめやめ!)

一度始めると決めたのだから、前向きに考えるべきだ。今までもそうしてきたし、心は今彼に向いているのだけは確かだった。

ベッドサイドに置かれた時計を見ると、午前六時十分を示している。カーテンが開け放たれた窓の外を見ると、雪はやんでいるものの外は一面の銀世界だ。

それにしても、仁はどこにいるのだろう?

昨夜、最後にここに来て彼とむつみ合ったはずだが、仁はここでは眠らなかったのだろうか?

二階にはベッドルームが二部屋あったから、そこで寝ているのかもしれない。

でも、もし元カレ達のように風花とのセックスに満足できなかったのだとしたら――

またもや不安な気持ちが湧き起こりそうになり、ぶんぶんと首を振って頭を切り替える。

ベッドサイドのテーブルには、真っ白なバスローブが畳んで置いてあった。

（まるで、海外のセレブみたい）

素肌にバスローブを羽織り、部屋の左手にある洗面台で顔を洗う。そそくさと部屋に戻り、改めて辺りを見回してみた。

昨日はざっとしか見て回れなかったが、家具の配置から色の使い方まで、すべてが計算しつくされているように見える。

壁やインテリアは白を基調にしたものが揃えられており、床も白の大理石だ。ベッド周りのカーペットのみ深みのあるターコイズブルーが使われており、それがいい差し色になっている。

広さは約四十平米で、高級リゾートホテルだと二、三人向けの部屋といったところだろうか。

天井《てんじょう》が高いから実際よりも広く感じるし、窓も大きく開放的だ。

「加賀谷コーポレーション」の社長室を訪れた時もそう感じたが、仁が自分のために用意した空間は前後左右だけではなく、上にもかなりゆとりを持たせている。

まさに豪邸のベッドルームにふさわしい造りだし、置かれているオブジェや照明もオリジナリティに溢《あふ》れている。

（一生に一度くらいはこんな豪邸のコーディネートを手掛けてみたいな）

仁を捜すうちに、いつの間にか自分ならどんなコーディネートをするか真剣に考え始めていた。

（壁は白でもいいけど、明るい灰色もよさそう。それとも、いっそブルーを基調にして海の色と調和させるのもいいかも）

今ここにスケッチブックがあれば、思いついた事を描き留められるのに――

そう思った時、背後からいきなり抱きすくめられて驚きの声を上げた。

「きゃあっ！」

「おはよう。おおかた、頭の中でこの部屋のインテリアコーディネートでもしてたんだろう？」

胸元に腕を回され、頭のうしろに頬ずりをされる。彼の着ているバスローブの腕に描かれたロゴを見ると、どうやら風花が着ているものとお揃いのようだ。

「お、おはよう……。なんでわかったの？」

「俺が近づいてもまったく気づく様子がなかったし、指で線を描くようなしぐさをしてたからね」

訊《たず》ねられて、自分が今考えていた部屋のコーディネートについて話した。その間も、仁は風花を抱いたまま離そうとしない。

「なるほど。それなら、カーテンはどうする？」

「これだけ広いから、もっと存在感のある色でもいいと思うの。たとえば、刺繍《ししゅう》柄のドレープカーテンとか。生地《きじ》は冬ならベロアで――」

「なかなかよさそうだな。今度ここを改装する時は、風花にコーディネートを依頼する事にするよ」

たとえそれがリップサービスだとしても、嬉しかった。

それに、こうして本物の豪邸にいながらにして考えたコーディネートは、写真や想像でするものとはぜんぜん違う。

普段、触れる事のない環境に身を置いているだけで刺激になるし、仁といるといろいろと勉強になる。

「世界には、一度見ておくべき素晴らしい建物が山ほどある。もちろん、日本にも――。風花には、ここ以外にも興味深い物件を見せてあげたいと思ってるよ」

「本当に？　楽しみにしてるわ」

仁の言葉は、今後も二人の時間が続く事を期待させる。むろん、それが永遠だとは思わないが、そう言ってくれただけで心が浮き立ってしまう。

「ああ、本当だよ」

ふいにくるりと身体を反転させられて、仁と向かい合わせになった。目が合うと同時に背中を引き寄せられ、唇に軽くキスをされる。

「身体、辛くないか？」

「う、うん。大丈夫よ」

「それならよかった。少々無理をさせてしまったんじゃないかと心配してたんだ」

仁が優しく微笑み、もう一度唇を合わせてくる。途端に昨夜の甘い記憶が蘇《よみがえ》り、身体の奥がじんわりと熱くなった。

「ところで、昨夜はどこで寝たの？」

さりげなくそう訊《たず》ねて、にっこりと笑いながら仁の腰に腕を回した。

「明け方まで同じベッドで寝てたよ」

「そうなの？　起きた時隣にいなかったから、別の部屋で寝たのかと思った」

「目が覚めて、しばらくは風花の寝顔を見てた。それから下に降りて朝食の準備をして、出来上がったから起こしに来たんだ」

それからすぐに仁がキッチンに向かい、朝食の載った脚付きのトレイを持ってベッドルームに戻ってきた。

「おいで。一緒に朝食を食べよう」

仁に誘導されるままベッドに入り、彼とともに脚を伸ばして座る。仁が二人の膝を上から挟むようにトレイを載せた。

楕円形の白い大皿に載せられているのは、こんがりと焼いたマフィンと、グリーンサラダを添えたスクランブルエッグとソーセージ。その横にはベリー入りのヨーグルトとコーヒー、グレープフルーツジュースが置かれている。

「簡単なものばかりで悪いけど」

「そんな事ないわ。普段私が食べている朝食なんて、もっとシンプルだもの。仁って、もしかすると私より女子力が高いかも」

「これも、風花を想って努力した結果だ。ほら、口を開けて」

仁の言うとおりにすると、彼が風花の口元に朝食を運んでくれた。途中、口の端についたヨーグルトを舐《な》め取るついでに唇にキスをされる。

朝っぱらから甘い時間を提供されて、風花はお腹が満たされると同時に胸までいっぱいになった。さっき一人でいた時の不安が、嘘みたいに消え去っている。

「こんなふうに朝食を食べるの、ずっと憧れてたの。海外ドラマでたまに見るでしょ？　ブレックファスト・イン・ベッドってやつ。こういうの、よくするの？」

仁が食べ終えた朝食をサイドテーブルの上に置き、風花の肩を抱き寄せてヘッドボードにもたれかかる。

「いや、これがはじめてだ。でも、思いのほかいい感じだな」

「ん……っ……」

後頭部を掌《てのひら》で引き寄せられ、仁に求められるままに彼と唇を重ね合わせる。ほのかにコーヒーの味がするキスを何度となく繰り返しているうちに、彼が風花のブランケットの胸元から手を滑り込ませてきた。乳房を緩く揉まれ、早々に甘い声が漏れ始める。

「さて……朝食も済んだ事だし、どこでセックスする？」

微笑みながらそう訊《たず》ねられて、さすがに驚いて目が真ん丸になった。

「ダメか？」

まっすぐな目でそう言われて、咄嗟《とっさ》に首を横に振った。

「う、ううん、ダメじゃないわ」

「そうか、よかった。このままベッドでしてもいいけど、一階に降りて海を見ながらするのはどうだ？」

「いいわね」

昨夜何度となく抱き合ったのに、朝も当たり前のように求められる。

それに新鮮な驚きを感じると同時に、脚の間がじゅんと潤《うるお》うのを感じた。

「よし、じゃあ決まりだ」

仁がブランケットをめくり、風花を横抱きにして腕に抱え上げた。ベッドから下りると、彼は風花を抱いたまま部屋を出て、しっかりとした足取りで階段を下り始める。昨夜も彼にベッドルームまで運んでもらった事を思い出し、早くも身体のあちこちが火照《ほて》り出した。

建物はセントラルヒーティングになっており、どこへ行っても快適な室温に保たれている。

露天風呂前の窓を開けると、一気に冷たい外気が部屋の中に入ってきた。

「このまま湯に入るか？」

「ううん、せっかくの露天風呂だもの。脱いでから入りましょう」

仁の腕から下りて、風呂の近くで彼と向かい合わせになる。

脱いでからとは言ったけれど、さすがに明るいところで裸になるのは恥ずかしい。

躊躇《ちゅうちょ》していると、仁が先に脱いで風花を抱き寄せながらバスローブの紐《ひも》を解いてくれた。彼にリードされて湯の中に入り、ゆっくりと腰を下ろす。

ちょうどいい湯加減のお湯に胸元まで浸《つ》かり、そっと肩を抱き寄せられた。

海側の端に寄って前を見ると、海の前が全面真っ白な雪景色になっている。海岸に白い波が打ち付ける様は、秀逸な絵画のように美しい。

「すごく綺麗ね。この景色、このまま切り取って部屋の壁に飾りたくなるわ」

「そうするか？　今度知り合いのカメラマンに撮ってくれるよう頼んでみるよ」

仁が言うカメラマンは古くからの友人で、年はかなり上のようだが親しい間柄みたいだ。

「インテリアデザイナーとかカメラマンとか、仁って人脈がすごそうね。見た目はクールだけど話すと意外と人懐《なつ》っこいし」

「ふぅん、こんなふうに？」

仁が背後から風花にじゃれついてきた。しっかりと腕に抱き寄せられたまま脇腹をくすぐられ、湯の中でジタバタと暴れる。

くすぐったいし楽しくて、笑いながら歓声を上げた。

甘くムーディな大人の雰囲気を醸《かも》し出したかと思えば、今のようにふざけたりもする。そのギャップがたまらないし、彼の底知れない魅力にどんどんハマっていっている感じだ。

「そういえば、人事の人が言ってたわよ。社長は、人望はあるし社長としての務めは完璧にこなすけど、あまり人と深く関わらないというか、孤高の存在って感じだって。あと、ちょっと謎めいたところがあるとも言ってたわ」

「当然だ。俺は会社では周りからそう見られるよう振る舞っているからね。公私はきちんと分けたいし、仕事上の慣れ合いは禁物だ。それに、必要以上に人と関わらなければ、隙あらばとすり寄ってきて、どうにか取り入ろうとしてくる人間を遠ざけておける」

なるほど、人事の林が仁に持っていたイメージは、彼が作り上げたものだったのか。

プライベートの加賀谷仁を知る自分は、少なくともビジネスで関わっている人よりも彼を深く知っている。

たとえ一時的な関係であろうと、彼との時間はきっと一生心に残り続けるいい思い出になるに違いない。

「あっ……」

仁が背後から、風花のうなじに唇を寄せる。彼は風花の手を風呂の縁を囲む岩に置いた。そして、右手で左乳房を覆い、左手で脚の間をまさぐってくる。お湯の中でも、そこがぬらぬらと濡れているのがわかった。

指の間に花芽を挟み込まれて、思わず仰《の》け反《ぞ》って声を上げる。

「仁っ……あ、んっ！　あああっ……」

目の前に広がる海と冷えた空気。温かなお湯と仁の優しい愛撫《あいぶ》が、風花の心をいつになく開放的にしていた。

うしろを振り向いて仁にキスをねだると、すぐに唇を重ねられ舌を絡め取られる。指の間に乳嘴《にゅうし》を挟み込まれ、堪《こら》え切れずに湯の中でもじもじと腰を揺らした。

ふわりと浮いた腰をうしろから引き寄せられて、仁の膝の上に腰かけるような姿勢になる。

腰に硬く当たるものを感じて、甘いため息が零れた。

できる事なら、今すぐにでもそれを身体の奥深くにねじ込んでほしい。思い切りうしろから突かれて、彼の精を体内に取り込み、本当の意味でひとつになりたい――

そんな淫《みだ》らで熱烈な想いに囚《とら》われ、風花はにわかにたじろいで彼の膝の上から腰を浮かせた。

けれど、すぐに引き戻されてうしろから羽交い絞めにされる。

「じ……んっ……」

身体を締め付けられ、背中に仁の硬い胸板を感じた。脚を左右に広げられて、熱く猛《たけ》る彼のものが秘裂にぴったりと寄り添う。

いっそ、このまま挿《い》れてほしいと思うものの、そんな事はできるはずもなかった。

けれど、自然と腰が動き湯の中で愛液を湛《たた》えた淫唇が屹立《きつりつ》に絡みつく。

「も……挿《い》れ……」

言い終える前に両膝を引き寄せられ、仁に抱きかかえられて湯から上がった。彼は器用に肘で開け放たれたままだった窓を閉め、濡れたままリビングの左手にあるU字型のソファに腰を下ろした。

彼の膝の上に跨《また》がった風花を、仁が下から見上げてくる。唇を少し突き出すようなしぐさをされ、迷わず彼に口づけて舌を絡みつかせた。仁の指が、尻肉に食い込むようにして双臀《そうでん》を揉み込む。

風花はキスを続けながら腰をうしろに突き出し、腫《は》れた花芽を屹立《きつりつ》の先に擦りつけた。

「もう、一時《いっとき》も我慢できないみたいだね。風花……君は見かけによらず淫乱で、むしゃぶりつきたくなるほど可愛くて、色っぽい女性なんだな」

乳房にカプリと噛みつかれ、背中にビリビリとした電流が走り抜ける。硬い先端で秘裂を抉《えぐ》るように愛撫《あいぶ》され、腰がガクガクと震えた。

「だって、仁が……ぁあんっ！」

「俺がどうしたって？　ああ……ほら、もうこんなに濡らして――」

仁の手が蜜窟をうしろから探し当てる。指先で溢《あふ》れ出る愛液を掻き混ぜられ、いよいよ我慢できなくなった。

ソファのサイドポケットから避妊具を取り出すと、仁が思わせぶりにそれを指先で摘《つま》んだ。

反応を窺うようにじっと見つめられて、焦《じ》れったさがピークに達した。

「意地悪っ……もう、頼んだって挿《い》れさせてあげない！」

つい口をついて出た台詞《せりふ》が、まるで痴話げんか中の恋人みたいだった。オマケに言い方が幼稚すぎる。

すぐに言った事を後悔するも、仁は興ざめした様子もなく、逆に蕩《とろ》けるほど甘い微笑みを向けてきた。

「嫌だ。頼むから、風花の中に挿《い》れさせてくれ。な？」

おもねるような言い方をされて、図らずも胸がキュンとなってしまう。

頷くと同時に、仁が風花の目の前で四角い小袋の封を切った。

これは、紛れもないセックスへの誘いだ。

極薄の透明なゴム製品が、これほど性的な興奮をもたらすとは――

風花は仁の肩に手を置き、膝立ちになって準備が整うのを待ちわびた。すぐに的確な位置で腰を引き下ろされ、再び仁の膝の上に座ると彼のものが蜜窟の中に入ってきた。

「あぁんっ！　あっ……」

一気に深いところまで挿入され、風花は恍惚《こうこつ》となって背中をしならせた。切っ先が、下腹を内側から抉《えぐ》るように掻き、少し動くたびに得《え》も言われぬ快感をもたらしてくる。

「少し、動いてみるか？」

仁にそう聞かれて、風花は頷きながら、もう一度膝立ちになる。彼と視線を合わせながら膝を屈伸させると同時に、腰を前後に揺らめかせた。

ぐちゅぐちゅという水音が立ち、恥ずかしさに頬が焼けるように熱くなる。

込み上げる快楽のせいで、腰をバウンドさせるのもままならなくなる。

仁に身体を抱き寄せられ、そのまま横倒しにソファの座面に仰向けに寝かせられた。

ゆったりとした広さがあるソファの上にはスポットライト型の照明があり、仁がリモコンを使ってそれをオンにする。

ただでさえ外からの光が差し込んできているのに、これ以上明るくされたら裸をまともに見られてしまう。

恥じらって身体を横にすると、仁が上から覆いかぶさるようにして、風花の動きを邪魔しようとする。

「今更恥ずかしがるのか？　もう、俺は風花の身体を隅々まで知ってるのに」

「ちょっ……そ、それほどじゃないでしょ？　だって、まだそんなにシてないっていうか――あぁんっ！　ゃあああんっ、あんっ！」

挿《い》れたままだった屹立《きつりつ》をズン、と奥に押し込まれた。

一気に深くなった挿入のせいで、話し声が淫奔《いんぽん》な嬌声《きょうせい》に代わる。

「ああ、そうだったな。うっかり言い方を間違えたよ。俺は、これから風花の身体を隅々まで知ろうとしてるんだ。確かにまだそんなにシてないから、これから回数を増やしていくつもりだ」

「え？　何それ……ひぁっ……あ、んっ……」

言い終えるのを待たずに腰を振られ、瞬《また》く間に快感の渦の中に引き込まれた。

左脚のつま先を掴まれ、仁がそこをペロリと舐《な》め上げる。

そんな事をされたのははじめてだし、こんなふうに話したり戯《たわむ》れたりしながらのセックスもした事がなかった。

けれど、そのおかげでより仁と親密度が増し、より濃厚な交わりが楽しめるようになりつつある。

仁が風花の両脚を高く掲げ、それぞれを自分の両方の肩の上に置いた。

目を見つめられながら挿入を深くされて、根元まで埋め込まれると同時に唇を重ねられる。

子宮の入り口を先端で押し上げられ、目の前が白くぼやけた。

それでもまだやまない腰の抽送《ちゅうそう》に、内奥《ないおう》が歓喜でヒクヒクと痙攣《けいれん》する。気が遠くなりそうな愉悦《ゆえつ》が押し寄せてきて、風花は仁の身体にしがみついて嬌声《きょうせい》を上げた。

「あ……あああっ……！」

愛液にまみれ、これ以上ないほど硬くなった屹立《きつりつ》が、蜜窟の中でビクンと跳ね上がった。

仁のものが、繰り返し吐精する。

彼が自分の中で果ててくれたのを感じて、風花はこれまでで一番の悦《よろこ》びに浸《ひた》りながらうっとりと目を閉じるのだった。

◇　◇　◇

風花と恋人として付き合い始めて、ちょうど三週間が経った。

はじめは好奇心から。けれど、風花と同じ時間を過ごし彼女という人を深く知るにつれ、急激に気持ちが高ぶっていくのに気づいた。

彼女は思っていた以上に魅力的な女性だ。

何事にもまっすぐで裏がなく、努力家で真に人に寄り添う優しさを持っている。

その上、インテリアコーディネーターとしての資質もあり、活躍の場が広がりさえすればきっと才能を開花させるに違いない。

それに風花とのキスは極上のスイーツのように甘く、漏らす声は聞くほどに情欲を煽《あお》られる。

抱き寄せると腕にしっくりと馴染み、交われば二度と離れたくなくなるくらいの一体感を感じた。

そんなふうに感じる女性はこの世で彼女ただ一人だ。

一生腕の中に包み込んで離してはならない存在であり、どんな事があっても生涯をともにしたい唯一の存在であるのは間違いない。

風花のためならなんでもしてやりたいと思うし、インテリアコーディネーターとしての力をフルに発揮できるよう、サポートは惜しまないつもりだ。

むろん、仕事に関してはきちんと公私を分ける。チャンスは提供するが、それを活かせるかどうかは風花自身の努力次第という点は変わらない。

だが、風花ならきっとやれると信じているし、彼女の仕事ぶりを見てそう確信した。

（クライアントに寄り添う姿勢や、じっくり向き合って本当の気持ちを引き出す能力は素晴らしかった。「加賀谷コーポレーション」の社長の立場からしても、ぜったいにほしい稀有《けう》な人材だ）

しかし、二人が真剣交際していると明かすのは、風花のインテリアコーディネーターとしての実力を社内に知らしめてからにすべきだ。

今後の事を考えると、そのほうが彼女自身のためにもなるだろうし、適切な時期が来るまで内密にしておくのが最善だと判断する。

いろいろと考えを巡《めぐ》らせながら、仁はスマートフォンを手にして画面に風花の顔写真を表示させた。それは彼女を別荘に招待した時のもので、まだ眠っているところを隠し撮りしたものだ。

これを見るたびに、風花に会いたくてたまらなくなる。

もともと人とは一定の距離を保つのが常だった自分が、風花に限っては初対面で同じベッドで寝られるほどの居心地のよさを感じた。

それはもう、彼女こそが運命の相手だとしか言いようがない。

知れば知るほど愛おしく、ぜったいに人に渡したくなかった。

もはや四六時中一緒にいられたらどんなにいいかと思うくらいだが、あまりに性急に事を運ぶのもどうかと思うし、風花には彼女自身の会社や仕事がある。

二人の未来のために、今できる事は何か——そう考えると、自《おの》ずと答えは出てくる。

恋人としての関係を深めるのはもちろん、風花がインテリアコーディネーターとして大成するように導き、公私ともに彼女を支える存在になる事だ。

風花と、一生をともにしたい。

仁は改めて心でそう願うと、スマホの画面に映る風花の頬にそっと唇を寄せるのだった。

◇　◇　◇

「加賀谷コーポレーション」では、毎年国内に住む人を対象にプレゼントキャンペーンを行っている。規模や内容はその年によって違っており、今年は個人宅の一部屋を希望どおりにコーディネートするというものだ。

それにかかる費用は、すべて「加賀谷コーポレーション」が負担するが、今回は大幅なリフォームは行わず既存の部屋を使ってのコーディネートとする。

応募期間は今年の二月一日から同月末まで。テーマは「人に見せたい部屋・招待したい部屋」であり、およそ三百件の応募があった。

その中から厳正な抽選により選び出された当選者一名は、東京近郊に住む小学二年生の男の子だ。

これは「加賀谷コーポレーション」の社内コンペとも連動しており、参加する者は一次審査としてあらかじめ自分の思う「人に見せたい部屋」のコーディネート案を提出する。

対象者は「加賀谷コーポレーション」で働く者全員で、現場に関わっていなくても応募は可能だった。

提出された案の中から選ばれた数名がコンペの二次審査に進み、今度は実際に当選者と顔を合わせて、その希望に沿った新たなコーディネート案を作成し、プレゼンテーションを行う。

当選者はその中から一名を選び、それが社内コンペの最終審査となる。

勝ち残った一名の社員は社内コンペの優勝者となり、キャンペーンの施工《せこう》責任者として現場にあたるという段取りだ。

そして四月最初の金曜日である今日、いよいよ社内コンペの一次審査の結果が発表される。

風花は今日もパーソナルリノベーション事業部でのデータ作成の仕事をしていたが、ランチから戻るなり直属の上司である有村から突然内線で呼び出しを食らった。

『今すぐに、G会議室に来て』

いったい何事かと十五階にあるG会議室に行くと、有村が腕組みをして窓際の席に座っていた。

彼女の顔には、一目でわかるほど明らかな怒りの表情が浮かんでいる。

「あなた、いったい何様なの？　社長にどんなふうに取り入ったのか、ここでぜんぶ白状しなさいよ！」

突然怒りをぶつけられ、面食らったままその場に立ち尽くした。

もしや、仁と付き合っている事がバレてしまったのでは……

一瞬そんな考えが頭をよぎったが、そもそも有村が自分達のプライベートを知るはずがない。

どうしたものかと黙っていると、有村がイライラした様子でテーブルを拳《こぶし》でドンと叩いた。

「なんとか言いなさいよ！　なんで派遣の分際でコンペの二次審査にいけるのよっ」

「えっ？　それって……」

有村が言うには、ついさっき彼女も出席していた部門長会議で、社内コンペの一次審査の結果が発表されたらしい。

通過した四名のうちに有村も入っており、残りの三名のうちの一人が風花だったようだ。

「本当に、私が選ばれたんですか？」

「そうよ！　どうして派遣の分際で社内コンペに応募なんかしてるわけ？　おまけに一次審査を通るとか信じられない！」

「加賀谷コーポレーション」が主催するキャンペーンの件は、ここで働くようになる前から知っていたし、毎回どんな内容のものかチェックしていた。

今回の社内コンペについても仁から話を聞かされていたし、アルバイトや派遣を含む社員全員を対象としていると正式に発表されていた。

『うちで働いている者なら誰であろうと応募できる。力試しのつもりで、出してみたらどうだ？』

仁にそう言われて、風花は自分なりに精一杯考えてコーディネート案を提出したのだ。

「ぜったいに何か裏がある。そうでしょ？」

「裏なんてありません。ここで働く者ならアルバイトでも派遣でも応募できると聞いて――」

「だからって、正社員以外の者が応募する？　そんな事したのあなたがはじめてよ！　裏がなかったら、どうして審査を通るの？　派遣枠でもあるわけ？　それとも、何かしら社外的なアピールをするためにあなたが駆り出されたとでもいうの？」

休みなくまくし立てられ、質問攻めにされた。しかし、有村の問いは根拠のない憶測ばかりで答えようがない。

「もしかして、社長の弱みでも握ってるの？　それとも——」

有村が風花の全身に視線を走らせたあと、フンと鼻を鳴らして口元を歪《ゆが》めた。

「あなたに限って、色仕掛けでどうこうするとかはないわね」

失礼な言い方をされて、さすがにムッとした。だが、ここで反論したら、余計に話がおかしな方向に向かいそうで黙っておく。

「審査は社長以外の役員がしてるし、そのうちの一人をたらし込んだりしたのかしらね？　なんにせよ、派遣の分際でこれ以上出すぎた真似はしない事ね！」

もう一度拳《こぶし》でテーブルを叩くと、有村は立ち上がって部屋を出ていってしまった。

一人残された風花は、大きくため息をつきながらテーブルに手をついてもたれかかる。

有村には初日から厳しくあたられていたし、その後も何かと冷遇されていて決していい関係を築けているわけではなかった。だからといって、裏があるだのたらし込んだだのと、端《はな》から不正をしたと決めつけるなんてあんまりだ。

それにしても、驚いた！

審査に出すからには、それなりに自信を持って応募した。けれど、ここには各種コンテストで賞を取るような優秀な人材が揃っているし、まさか自分の案が一次審査を通過するなんて思いもよらなかった。

喜びの感情が沸々《ふつふつ》と湧き起こり、風花は心の中で雄叫びを上げながら拳《こぶし》を握りしめる。

（せっかくチャンスをもらったんだから、二次審査も頑張ろう！）

風花は足取りも軽く会議室を出て、廊下を歩き出した。すると、通りすがりにある部署の社員達がチラチラとこちらを見てくる。

有村の声は普段より大きかったが、会議室の壁は防音材が使われており、外に漏れていないはずだ。もしかすると、コンペの結果がすでに知れ渡っているのかもしれない。

「野元さん！　コンペ一次審査通過おめでとう」

ふいにそう声を掛けてきたのは、人事部の林だ。用事で他部署に来ていたようで、タブレットを片手に話し込んでいたらしい。

林の声をきっかけにして、周りにいる人達が一斉に風花を見た。

「ありがとうございます。あの、もう発表があったんですか？」

「正式な発表はこれからだけど、さっき部門長会議で結果が公表されたのよ。それで、各部の部長を通して一気に噂話が広まったって感じで」

「そうだったんですね。でも、派遣の私が応募してよかったのかなって――」

「いいに決まってるじゃない。うちは実力主義の会社ですよ。ねぇ？」

林がそばにいる男性社員を振り返った。彼は一瞬言葉に詰まった様子を見せていたが、すぐに頷いて同意する。

「もちろんだよ。そうじゃなきゃ『実力主義』の社訓を掲げてる意味がないしね」

周りを見ると、周囲にいる人達が一様に頷いている。有村から頭ごなしに否定されたあとだけに、そんな反応が嬉しかった。

用事を終えた林とともにエレベーターホールに向かい、操作盤の前で立ち止まる。しかし、三基あるエレベーターは、いずれも到着までに時間がかかりそうだ。

「階段で下りちゃう？」

林にそう言われ、風花は彼女と一緒に非常階段のドアの中に入った。少しひんやりするそこは、シンと静まり返っている。

「さっき、有村チーフに呼び出されてたでしょ。大丈夫だった？」

階段を下りながら、林が心配そうな顔を向けてくる。

「はい」

有村にはいろいろ言われたが、話せば告げ口をするようで気が引ける。風花が黙っていると、林が小さく笑って肩をポンと叩いてきた。

「きっと、いろいろ言われたんでしょうね。有村チーフって社内コンペの常連で、社員食堂のコーディネートもそうだけど、これまでに何度も優勝してるの。上昇志向が人一倍強いし、そのせいでよく人と衝突してるわ。たぶん、それが彼女なりのモチベーションを保つ秘訣なんだと思うの」

なるほど、怒りを原動力にする人はいるし、有村もきっとそういうタイプなのだろう。

「怒らせると厄介だし扱いにくいんだけど、実力はあるから周りもあまり強く出られないのよね。やりにくいとは思うけど、応援してるから頑張ってね」

「ありがとうございます」

林に励《はげ》まされ、風花はにっこりと笑みを浮かべた。

生きていると程度の差こそあれ、辛い出来事に遭遇して、元気がなくなったり落ち込んだりする。けれど、風花は普段からなるべくそんな感情を引きずらないように心掛けていた。どうしようもない事で悩んでいる時間があるなら、今できる事をやって少しでも前に進むべきだ。

パーソナルリノベーション事業部に戻ると、有村は外出中で不在だった。しかし、すでに部署の全員がコンペの結果を知っていたようで、それぞれから声を掛けられる。

「おめでとう！　頑張ったわね」

「すごいじゃない」

「驚いた！　まさかうちの部署から二人も一次審査通過者が出るなんて」

普段からよく話かけてくれたりランチに誘ってくれたりする人達は、皆風花の二次審査進出を喜んでくれた。しかし、中にはいくぶん複雑な顔をしている人もいる。

風花と有村のほかにも部署内でコンペに参加した人はいたし、悔しく思っている人は少なくないだろう。

ましてや、風花は派遣社員だし気まずさは拭えない。声を掛けてくれた人にはきちんと礼を言い、すぐにやりかけの仕事に取り掛かって、それに没頭する。

そうやって過ごしていると、広田に退勤時刻が来たと教えられた。

「野元ちゃん、時間よ」

「あ、本当だ」

時計を確認して、やりかけていたデータ作成を切りのいいところで終わらせる。帰り支度をしていると、広田がいつも引き出しに忍ばせているチョコレートの小袋をひとつデスクの上に載せてくれた。

「はい、これどうぞ。野元ちゃん、仕事熱心だね。データ作成ばっかりで肩凝《こ》るでしょ」

「ありがとう。確かに肩は凝《こ》るかな。でも、データ作成は資料が面白いからぜんぜん苦じゃないの」

初日から気さくに話しかけてくれる彼女とは日に日に仲良くなって、今では休みの日に一緒にウィンドウショッピングに出かける事もあった。その時にいろいろと会社の事やプライベートな話も聞かせてもらっている。

エレベーターで二階に降り、そこからエスカレーターで地上に降りた。社屋を出て駅に向かい、ふと改札横にあるベーカリーカフェが目に入る。

(ちょっと寄り道して帰ろう)

そう思い立って店内に入り、トレイとトングを持ってパンを物色する。

棚の上から売上ナンバーワンのチョココロネとシュガードーナツをトレイに取り、カウンターでホットコーヒーを注文した。

外が見える窓辺のカウンター席に座り、さっそく砂糖たっぷりのドーナツにかぶりつく。

（うんまぁ〜い）

日常的に甘いものを食べるわけではないが、疲れた時はやはり糖分が欲しくなる。食べながらタブレットで本業のメールチェックをして、少し前に「ＦＵＫＡ」で受けた仕事の件で調べ物をした。

依頼は叔母の代からの顧客で、婦人服の専門店を営んでいる五十代の女性店主からのものだ。

『部屋のアクセントになるランプが欲しいの。ちょっとレトロっぽくて、飾ると目立つやつがいいわ。色は赤とか紫とか……。いろいろな色が混ざっているのもいいわね』

はじめはかなり漠然とした要望だったが、くわしく話を聞くうちに依頼主の望みが浮き上がってきた。それを煮詰めた結果、アールヌーボーっぽくて、ステンドグラス調のやや大きめのランプに絞り込んで探し始めている。

東京に出て以来暇を見つけてはインテリアショップや雑貨屋巡《めぐ》りをしていたし「ＦＵＫＡ」を開業してからは、いくらか伝手《つて》もできた。そこに希望どおりの商品がないか問い合わせると同時に、インターネットを駆使して検索をかける。

いくつかいいものが見つかったが、値段的に予算オーバーなのが惜しいところだ。もう過度な値引きはしないと決めているし、その辺りの兼ね合いが難しい。

（一度、叔母さんにも問い合わせてみようかな）

風花は画面を見ながらドーナツを平らげ、すぐにチョココロネを手に取って大口を開けた。

何気なく正面を向くと、目前の窓の外に人が立っている。

「え⁉」

思わず声が出て、目を大きく見開く。屈《かが》むようにしてこちらを覗き込んでいるのは、仁だ。

彼は風花と目を合わせたあと、店の入り口から中に入ってきた。会社の最寄り駅だし、誰かに見られないとも限らない。

辺りをキョロキョロと見回して、社員らしき人がいないのを確認する。

「お疲れ様。寄り道して買い食いか？」

ニヤついた顔の仁が、隣の席に腰を下ろした。

「仁――じゃなくて社長、お疲れ様です。こんなところで何をしてるんですか？」

「出先から帰ってきたところだ」

「今日は車じゃなかったんですね」

「ちょっと気になる物件があったものだから。それに、たまには歩かないと身体がなまるからな」

仕事中の彼は運転手付きの車で移動しているが、会社で取り扱う物件を視察するためにあえて電車で移動して、周囲を歩き回る事があると聞いている。

それにしても、あれほど鍛《きた》え上げた身体をしているくせに、なまるだなんて……

ついそんな事を思ってしまい、仕事中に不謹慎だとすぐに頭の中で自分を叱り飛ばした。

「そ、そうですか」

「そういえば、コンペの結果はもう聞いたか？」

「はい、先ほど有村チーフから」

「そうか。一次審査通過おめでとう。よくやったな」

「ありがとうございます。まさか私が通過するとは思ってなかったので、本当にびっくりしました」

「二次審査も心してかかってくれ。期待してるぞ」

「はい。……あの、社長が実際に審査するのは、二次審査からでしたよね？」

「そうだ。なんせ数が多いから、一次審査に関わる時間が取れなくてね」

聞くところによると、一次審査については、毎回コンペ事務局としてチームを組んだ副社長以下の役員が審査員を行っており、仁は基本的に結果を聞くのみになっているらしい。

「安心しろ。間違っても依怙贔屓《えこひいき》なんかしないから」

軽く笑われ、ちょっとだけ心配していた事が綺麗さっぱり消えていった。

「それに、コンペ事務局のメンバーは全員建築の専門家だ。皆プライドを持って仕事をしているし、むろん忖度《そんたく》なんかするような者は一人もいない」

仁曰《いわ》く、実力主義を掲げる会社だけあって、「加賀谷コーポレーション」で役員まで上《のぼ》り詰めた人達は皆、真に優秀で現場に精通している者ばかりであるらしい。

「社員は全員それを承知しているし、だからこそ彼等に選ばれた君は、胸を張って二次審査に挑んでくれていいんだ。――ところで、それはなんだ？」

持っていたチョコロネを指され、今更ながら口の縁についた砂糖を空《あ》いているほうの手で払った。

「チョココロネです。え……もしかして食べた事ありませんか？」

「ない。貝みたいで、面白い形だな」

「半分食べますか？　はい、どうぞ」

チョココロネを半分に割り、片方を仁に差し出した。

今のところ大丈夫だが、こんなところにいたら誰に見咎《とが》められるとも限らない。

風花は手の中のパンを大急ぎで口に入れ、咀嚼《そしゃく》して呑み込みながら席を立った。

「私、先に行きますね。じゃ、ごゆっくり」

立ち去ろうとする風花を、仁が手を伸ばして通せんぼする。

「ちょっと待ってくれ。今夜、久しぶりに家に行っていいか？」

恋人として付き合い始めて以来、二人は時間を合わせてはデートを重ねていた。しかし、多忙な仁は仕事関連のイベントで休日が潰れてしまう事が少なくない。片や風花も、派遣の仕事をしている今、土日は本業の仕事を集中してこなさなければならなかった。

そんな事情もあり、ここのところ思うように会えない日々が続いていた。

「いいですよ」

つい前のめりに返事をしてしまい、にわかに頬が熱くなった。久しぶりに一緒に過ごせるのが嬉しくて、自然と頬が緩む。

「じゃあ、仕事が終わり次第行かせてもらう。何か適当に買っていくから、ただ待っていてくれたらいい」

「はい、わかりました」

先に店を出る仁を見送り、もう一度辺りを見回してみる。

(誰にも見られてないよね？　さて、急いで帰って仕事を片付けなきゃ)

風花は帰宅するなり、本業でやり残していた雑務をこなす。

仁がここに来ると思うと、それだけで胸がドキドキしてじっとしていられない。チラチラと時計を見ながら、仁を迎え入れるべく部屋を整える。

午後六時過ぎに仕事を終えたとのメッセージが送られてきて、午後七時前にチャイムが鳴り、大急ぎで一階に下りた。入り口前に立っている仁を中に招き入れ「いらっしゃい」と声を掛ける。

「お出迎え、ありがとう。だが、そんなに急ぐと階段から転げ落ちるぞ」

そう言って笑う顔が優しくて、見ているだけで心がふやけてしまいそうになった。

「だって、こんなふうに会うのって久しぶりだから――」

階段を上《のぼ》りながらあとをついてくる仁を振り返ると、うしろにいた彼が一段下まで追いついてきた。目の高さが同じくらいになり、自然と見つめ合う格好になる。

顔を近づけられたと思ったら、もうキスが始まっていた。一気に頭に血が上り、足元がふらついてしまう。

「おっと、危ない。とりあえず上に行こうか」

仁に背中を支えられるようにして階段を上《のぼ》り、三階に到着する。

唇に残るキスの余韻を、こっそり舌でなぞっていると、部屋の真ん中で立ち止まった仁の腕に身体を取り込まれた。

「ここならもう危なくないな」

仁が屈《かが》み込むと同時に風花がつま先立ちになり、ぴったりと唇が重なる。ゆっくりではあるけれど、舌が絡み合う濃厚なキスだ。

それに夢中になっていると、背後でガサガサという音が聞こえてきた。同時に背中の下に何か当たっているのに気づき、キスを終わらせてうしろを振り返る。

「これ、途中で買ってきたんだ。たまにはこんな夕食もいいだろう？」

音の正体は、仁が持っているビニールの手提げ袋だった。彼は来る途中でピザとチキンを買ってきてくれたようだ。

「わ、美味《おい》しそう！」

具沢山のピザと数種類のソースがついたチキンは、つい最近日本に参入してきた有名店のものだ。

普段は健康志向の仁だが、時々無性にジャンクなものが食べたくなるらしい。それらに用意しておいたサラダを添え、買い置いていたオレンジジュースとともにいただく。

食べながら話すのは、やはりコンペの事だ。

一次審査を通過した四名は男女半々で、男性の一人は有村同様コンペの常連で過去二度ほど優秀賞を取った事があるらしい。

ピザとチキンを綺麗に食べ終え、順番に手を洗った。食後にドリップバッグのコーヒーを淹《い》れ、それを持って二階に行く。

はじめて会った夜を含めて、仁がここに来たのはこれで三度目だ。彼はかねてから二階の倉庫を見たがっており、今夜はようやくその要望に応《こた》えられる。

「どうぞ。ゴチャゴチャしてるけど」

壁のスイッチを押すと、天井《てんじょう》に設置されたペンダントライトが点灯する。シェードが天然素材の貝殻でできているそれは、十四面体の立体型ランプだ。天井《てんじょう》にはそのほかにもライトが数個あり、それぞれの光度で倉庫内を照らし出している。

「お邪魔するよ。……ほう……いろいろと揃ってるな」

仁が最初に目を付けたのは、ドイツ製のホールクロックだ。それは、生前風花の両親が現地に行って買い付けたもので、二メートル近い高さがあった。

文字盤には花をモチーフにした絵が描かれており、天使や雲などの彫刻されたボディは重厚感に満ちている。

「これ、今は止まってるけど、ちゃんと動くのよ」

こたつの上にコーヒーを載せたトレイを置き、時計のそばにいる仁の横に立つ。

「ふむ……素晴らしい逸品だな」

「そうでしょう？　でも、未だに行き先が決まらないの。なぁんて言っても、ここにあるものは両親の形見みたいなものだから、なかなか手放せないんだけど」

「本当にいいものは持っているうちに愛着が湧いてくるからな。手放したくなかったら無理に手放さなくてもいいんじゃないか？」

仁が風花の肩を抱き、顔を傾けて目をじっと見つめてくる。

「ふふっ……そうなると、ここはいつまでも片づかないままになっちゃうな。でも、いいよね。ここにずっと残ってるものはみんな私の宝物だもの」

ひととおり倉庫内のものを見て回り、二人してこたつに入る。

仁が持参したタブレットに、今日の夕方に社内に公開された一次審査を通過したコーディネート案を表示させた。

風花は彼とともに、それぞれに特徴あるコーディネートをひとつひとつ見ていく。

「わぁ……みんないいなぁ。特に有村さん、センスの塊《かたまり》って感じ」

「彼女はうちのエースの一人だからな」

仁のタブレットには過去のコンペの審査記録も保存されており、ひとしきりそれを見ながら話をする。そのほかに、ここ数年の一次通過者が手掛けた仕事のデータを見せてもらった。

「さすが『加賀谷コーポレーション』ね。ほかとは違う決定的な新しさがあるわ」

同社が取り扱う不動産はビルや店舗から個人宅と多岐にわたる。見せられた仕事はどれも目新しく、その中でも有村のものは特にクオリティが高く目を引くものが多い。

仁が評価するのもわかるし、あれほど自信に満ちた態度を取るだけあって、彼女に抜きん出た才能があるのは明らかだ。

ふと仁の顔を見て、以前彼と有村が並んで立っていた時の事を思い出す。彼女は仁と並んでも釣り合いがとれるほどの美人だし、いつ何時も堂々とした態度を崩さない。

有村にとって風花などライバルにもならない存在なのだろうし、それは彼女の普段の言動にも如《にょ》実《じつ》に表れている。

確かに自分はポッと出の派遣社員に違いないが、二人ともコンペの一次審査を通過したのだ。

軽んじられるのは仕方がないとしても、あれこれと難癖をつけて理不尽な態度を取られるのは納得がいかない。悔しいし、有村にだけは負けたくないと思う。

仁の隣に自信を持って立つためにも、なんとしてでもコンペで勝ち残らなければならない。

考えてみれば、こんなふうに特定の誰かに対して強い闘志を燃やすのははじめてだ。

風花は無意識に自分の胸に手を当て、表情を引き締めた。

「どうした？　急に怖い顔をして」

仁が風花の頬に手を伸ばし、指先で顎《あご》をすくう。軽くキスをされ、いつの間にか眉間に刻んでいた縦皺《たてじわ》がスッと消え失せた。

「私、有村さんに負けたくないの。彼女は、私なんかよりずっと経験を積んでるし実績もある。それでも、彼女にだけは負けるわけにはいかない……。恋人として堂々と仁の隣に立つためにも、なんとしてでもコンペに勝って彼女を見返したいの」

風花は、いつの間にか今自分が思っている事を素直に口に出していた。

にわかに恥ずかしくなり、うつむいてもじもじする。

「偉そうな事を言ってごめん。でも、仕事に対する熱意だけは本気——きゃっ……」

膝立ちになった彼が風花をラグの上に押し倒してきた。

「じ、仁？　ちょっ……ん、んんっ……」

唇にキスをされたあと、首筋に舌を這《は》わされた。カーディガンの前を開けられ、下に着ていたカットソーの裾《すそ》から手を差し込まれる。

久しぶりだからか、早くも胸の先が硬くなり指先で摘《つま》まれただけで身体の奥に火が点《つ》く。

「ど、どうしたの？　仁ったら急に――」

「急にじゃない。本当は、ここに来た時点で……いや、昼間ベーカリーカフェで風花にチョコココネを半分もらった時から、ずっと風花とこうしたかったんだ。でも、コンペの件とか伝える事をきちんと話し終えるまでは我慢しようと思ってた。だが、もう限界だ」

再び口づけられ、睫毛《まつげ》が触れ合う距離で彼と見つめ合った。唇の隙間を舌でそろそろとなぞられ、たちまち頬が紅潮する。

「あんっ！」

カットソーの裾《すそ》をブラトップごと首元までたくし上げられ、乳房に何度となくキスをされる。

「風花は偉そうでもなんでもないし、なんとしてでもコンペに勝ちたいと思う熱意は十分に伝わった。それに、恋人として堂々と俺の隣に立つためにもっていうフレーズに、グッときた」

仁が呟き、顔を上げて上目遣いに風花を見た。胸の先をペロリと舐《な》め上げられ、跳ねた腰がこたつの天板にぶつかる。

「意外と負けず嫌いなのがわかって気持ちが揺さぶられたし、昼間は風花が思っていた以上に優しくて人柄がいいってわかったし――」

「ひ、昼間……？」

「ベーカリーカフェで風花は半分にしたチョココロネの大きいほうを俺にくれただろう？　実質あれは半分じゃなかったし、風花のほうにはチョコがほとんど残っていなかった。相変わらずのお人好《よ》しだが、それがまたたまらなく可愛い――」

乳房を掌《てのひら》で押し上げるように揉まれ、硬く尖らせた舌で乳嘴《にゅうし》を弾くように愛撫《あいぶ》される。淫《みだ》らな行為を目《ま》の当たりにして、風花は胸を大きく上下させて息を荒くする。

「だって、仁にたくさん食べてもらいたいと思って……。あの店のチョココロネは売上ナンバーワンみたいだったし――」

彼の囁《ささや》きと愛撫《あいぶ》に身も心も浮き立ち、淫《みだ》らな気持ちでいっぱいになる。

「だからって、あそこまで人に分け与えるか？　少なくとも俺の周りにはいないし、女性に限っては分けるという概念がないどころか、もらう事しか考えていない者ばかりだった」

「ひぁっ……！」

乳嘴《にゅうし》の周りに円を描くように舐《な》め回され、こたつの中で身もだえる。

「あの時、たまらなく風花が愛おしくなった。外にもかかわらず、今すぐキスしたいのを我慢するのが大変だったよ」

「……たった、あれだけの事で……？」

「たったあれだけの事が、胸に響いたんだ。人は無意識の行動に人柄が出る。前はただのお人好《よ》しだと思っていたが、それだけじゃなくて心根が優しくて綺麗なんだって思い知らされたよ」

真摯《しんし》な目で見つめられ、これまでで一番優しく甘いキスをされる。

鎖骨を軽く噛まれ、跳ねた脚がこたつのヒーターに当たった。その拍子に天板が揺れて、トレイに載っていたコーヒーカップがふたつともひっくり返った。

「わっ！」

半分残っていたコーヒーがトレイの上に零れ、天板が斜めになった拍子に空《から》になったカップがこたつ布団の上を転げ落ちた。

コーヒーが零れたトレイが落ちる前に、仁が天板を元に戻し事なきを得る。

「カバーが無事でよかったぁ。仁、ありがとう。こたつ布団は汚れても構わないけど、これは祖母が作ってくれたものだから、汚したくなかったの」

風花がホッとしていると、仁がぷっと噴き出して額にキスをしてきた。そして、はだけた胸元を元に戻して、その上にこたつカバーを掛けてくれた。

「ごめん。せっかく、いいムードだったのに……」

「いや、ぜんぜん構わない。こっちこそ、急に押し倒して悪かった」

仰向けになった風花のそばに、仁が片肘をついて横になった。額にかかっていた髪の毛を指先で払われ、額に軽くキスをされる。

「よかったら、風花のおばあさんやおじいさんの話を聞かせてくれるか？」

二人の距離は近く、いつでも唇を重ねられるほど気持ちは高ぶっている。それなのに、隣にいてすごく落ち着く。

仁とこんなふうに、こたつに入りながら語り合えるなんて、少し前までは想像すらできなかったのに――

「話し始めたら長くなるかも」

「いいよ。でも、話しながらうたた寝するのは禁止だ。この間みたいに、風邪を引きそうになったら困るからな」

仁が冗談まじりにそう言って、風花の頬にかかった髪の毛を耳のうしろに撫でつける。

「いくらなんでも、話しながらうたた寝なんかしませんっ」

風花がちょっとだけ怒ったふりをすると、仁が尖る唇をキスで押さえつけた。

笑ってしまうほどの幸せを感じて、風花は唇を合わせたままクスクスと笑い出した。

「キスの途中で笑い出すなんて、よっぽどだな」

仁に笑いながら呆れられ、風花は彼の肩に手をかけながらこっくりと頷いた。

ほかの人はいざ知らず、自分にとって怒りは仕事の原動力にはならない。なるとしたら、今感じているような幸せや人に必要とされているという喜びだ。

「仁、私、コンペで結果を残せるように頑張るわ。今まで、こんなに強く勝ちたいと思った事はなかったけど、自分の中に欲が出てきたのがわかるの」

「それはよかった」

以前の風花なら、派遣という立場を考えて、そもそもコンペへの応募をしていなかったはずだ。

しかし、そんな甘い事を言っていては厳しいビジネスの世界で生き残ってはいけない。まずは自分や自身の能力を知ってもらわなければ、会社を守る事などできないのだ。

生まれ持ったお人好《よ》しの性格は、きっとこれから先も根本的には変わらないだろう。けれど、今後は仕事に対する意識を改め、経営者として彼を見習っていかなければならない。

仁の助言を受けながら会社とともに自分自身も成長させ、彼にふさわしい人間になるのだ。

仁と出会い、風花はいろいろな事に気づかされた。

その事に感謝しながら、風花は仁を力いっぱい引き寄せて彼の唇に気持ちを込めたキスをするのだった。

四月も二週目になり、「加賀谷コーポレーション」の社内には新年度のあわただしい雰囲気が流れている。

そんな中、コンペの一次当選者に招集がかかった。メンバーが顔を合わせた会議室では、今後のスケジュールと、連動しているキャンペーンの当選者の詳細を知らされた。

当選者は菊池剛《きくちごう》という名前の小学二年生の男の子で、住まいは東京都下にある築十五年の一戸建住宅だ。

そして今日、風花達は剛と顔合わせをするべく彼の自宅に赴《おもむ》いて打ち合わせをする事になっている。

キャンペーンが社内コンペに連動している事は応募ページに掲載されており、作業工程は自社のホームページで公開される事になっていた。

今日の打ち合わせに出席しているのは、菊池親子とコンペの一次当選者の四人であり、そのほかにカメラマン役の広報部社員が一名同行している。

場所は菊池家のリビングで、今日を含めた打ち合わせには毎回母親が同席する予定だ。

まだ小学生という事もあり、剛の希望の大半は彼の母親を介して風花達に伝えられた。

おおよその話し合いを終え、進行役の有村が剛の母親に確認をする。

「では、剛君がコーディネートを希望するのは自分の子供部屋。見せたい、招待したいのはご自身のお父様という事でよろしいでしょうか」

剛の父親は、現在海外に単身赴任中で今年の年末に帰国するとの事だ。剛はそれを楽しみにしており、久しぶりに会う父親を新しくなった自分の部屋に招待したいと思い応募してくれたらしい。

「はい、それでよろしくお願いします。それでいいのよね？　剛」

剛の母親が、隣ではにかんでいる我が子に微笑みかける。

「うん。それでいい」

「わかりました。今後の段取りとしましては、私達四人がそれぞれに案を出して、そのうちのひとつを剛君に選んでいただきます。ご了承いただいているとおり、これは当社のコンペと連動しており、剛君が選んだ案を作った者がコンペの優勝者になりますので」

有村がテーブルを挟んで正面に座っている剛に、念を押した。剛は若干たじろいだ様子で、隣に座る母親を見上げる。

「有村チーフ、あまり圧をかけちゃ剛君が怖がるよ」

彼女同様、コンペの常連であるエクステリア事業部の山崎《やまさき》が口を挟む。彼の言葉にムッとした様子の有村が、即座に山崎を振り返った。

「別に圧なんてかけていませんよ。ただ、自分の選択がどれだけ重要なものかを、お知らせしたまでです」

有村の顔は笑っているが、目が明らかに怒っている。

普段から言い方がきつめな彼女だが、さすがに小学二年生相手に真顔で必要以上のプレッシャーを与えるのはどうかと思うが……

「剛君、大丈夫だよ。気に入ったものを気楽に選んでくれたらいいんだから。それに、お母さんも選ぶのを手伝ってくれるから平気だよ」

もう一人の男性社員である建設事業部の向井《むかい》が、すかさずフォローをする。

通常は当選者単独でどの案がいいか決定するようだが、今回に限っては剛がまだ子供という事もあり、彼の母親も審査をする事になっていた。

若干気まずい雰囲気が流れる中、風花はさっきからずっと居心地悪そうにしている剛ににっこりと笑いかけた。

「剛君、お父さんが帰ってくるの、楽しみだね。剛君が素敵な部屋を作れるよう、お姉さん達も一生懸命お手伝いするから、一緒に頑張ろうね」

風花が話しかけると、剛はぱあっと明るい顔になって元気よく「うん」と答えた。

「お父さんはフィンランドにいるんだ。その国にはサンタクロースが住んでいるんだよ。お父さんはクリスマスの頃に帰ってくるから、僕は二階の僕の部屋で、お父さんのために、おかえりなさいのパーティを開きたいんだ」

何度かつっかえながらも、剛は父親に対する想いを自分の口で語ってくれた。

「主人が単身赴任を終えて帰国すると知って、剛はすごく喜んでいるんです。なんせ、一緒に住むのは幼稚園の年中さんの時以来ですから」

今後は、一次通過者それぞれが個別に剛と打ち合わせをしながら、彼の希望どおりの部屋作りの案を作り菊池親子の前でプレゼンテーションをする。その中から剛がひとつを選び出すのが五月のゴールデンウィーク明けの予定だ。

当然それはコンペの二次審査と連動しており、その時点で優勝者が決定する。

菊池家を辞《じ》した時には、すでに派遣の退勤時刻を過ぎていた。風花は帰社する四人と駅の構内で別れて、一人別方向の電車に乗り込んだ。

(剛君のお父さんが帰ってくるクリスマスまで、あと八カ月とちょっとか……。剛君、あんなに楽しみにしてるなんて、きっとお父さんが大好きなんだろうな)

菊池家は、周りには同じような外観の家がずらりと並んでおり、建物はすべて同一のハウスメーカーが建てたものだ。家並みには統一感があって、それはそれで素敵だが、やや没個性になってしまっている。

二階にある剛の部屋は八畳の広さで、家具やおもちゃなどを除けば、なんの変哲《へんてつ》もない窓付きの部屋だ。

中はきちんと片付けられていて、本棚の絵本も大きさや高さ順に揃えられている。剛にこっそり訊《たず》ねたら、いつも母親が掃除をして整理整頓をしてくれているらしい。

(まずは、剛君ともっといろいろと話してみないと)

今日は大人達が大勢いたし、剛はかなり緊張した様子だった。母親がそばにいる安心感はあったようだが、彼の作りたい部屋に対する気持ちはほとんど聞けなかったように思う。

インテリアコーディネーターが仕事をする上でまず大事にすべきなのは、クライアントといかに上手くコミュニケーションをとるか、だ。

なんせ、相手は小学二年生だ。今度彼に会うまでに、いろいろと質問を考えておこう。そして、話を聞く時は大人の常識や概念に囚《とら》われないよう頭の中を柔軟にしておかなければならない。

(子供って発想が自由だし、大人じゃ思いつかないようなアイデアを、いっぱい持ってたりするんだよね。まずは、それを引き出して……ふふっ、なんだかすごく楽しみだな)

風花は電車に揺られながら、小学二年生だった頃の自分を思い出した。そして、僅《わず》かに残る父親との時間を丁寧に拾い上げていくのだった。


それから十日後、風花は剛と再度打ち合わせをするために菊池家を訪れた。

今回来たのは風花一人。有村達ほかの一次審査通過者は、すでに剛との個別の打ち合わせを終えており、風花は序列的に最後に順番が回ってきたのだ。

約束の日時は、先方の都合に合わせて日曜日の午後二時になった。

（静かでいいところだな）

菊池家の住む町は、駅から徒歩十二分の住宅街にある。前回は五人一緒に社用車で来たが、今日は駅から徒歩で十二分の道のりを実際に歩くつもりでウォーキングシューズを履いてきた。

剛の父親が、家族の暮らす家に帰るまでの道のりをそぞろ歩く。

子供はおろか結婚もしていない風花だが、クライアント家族の気持ちになって歩いているうちに、祖父母の事を懐《なつ》かしく思い出した。風花が二人に会いたいと思う気持ちは、きっと剛が父親を待ちわびるそれと共通している。

コンペの結果も大事だが、剛の父親を想う心にできる限り寄り添った部屋を作り上げたい。

離れ離れに暮らしていた父親と再び一緒に住めるようになった最初のクリスマスを、一生忘れられないものにするために、自分はどんな努力も厭《いと》わないつもりだ。

約束の時間ぴったりに菊池家のインターホンを押し、出迎えてくれた親子に挨拶《あいさつ》をした。

母親はにこやかに応じてくれたが、なぜか剛の元気がない。

こっそりわけを聞いてみると、どうやら連日の打ち合わせで疲れ切ってしまったみたいだ。

「皆さん、とても熱心でいろいろと聞いてくださっているんですが、剛はもともとちょっと人見知りなところがあるので――」

個別の打ち合わせの初日は有村で、日を改めて山崎と向井がそれぞれ一時間程度話し込んでいったようだ。打ち合わせの回数は各自一回と決まっており、ほかの者達はすでに案を練り始めている。

「結局、自分からはあまり話さないまま打ち合わせが終わってしまって。はじめはとてもやる気だったのに、今はもう人任せになっている感じなんです」

「あの、できれば剛君と二人でお話しさせてもらってもいいですか？」

剛の母親に頼んではみたものの、彼が拒否すればおそらくほかの三人と同じような事しか聞けないだろう。

少し待っていると、意外にも剛はすぐに風花の誘いに応じてくれた。そして、自《みずか》ら自分の部屋に招き入れ、話がしたいと言ってくれたのだ。

「じゃあ、お母さんは下にいるわね。何かあったら、呼んでくださいね」

剛の母親が部屋を出ていき、風花は部屋の真ん中にある丸テーブルの前に腰を下ろした。そして、バッグからスケッチブックとカラーペンを取り出して、テーブルの上に広げた。

「さあ、剛君。これから一緒に、剛君の部屋をどんなふうにするか考えようか」

大判のスケッチブックと五十本近くあるペンの束を見て、剛が目を丸くする。

「まずは、剛君が自分の部屋に置きたいものとか、こんなのがいいなぁと思った事をここに描いてみてくれるかな？」

風花が頼むと、剛がキラキラと目を輝かせた。

「なんでもいいの？」

「もちろん、だって、ここは剛君の部屋だもの。剛君が一生懸命考えた部屋で、お父さんをびっくりさせちゃおう！　お姉さん、頑張ってお手伝いするから一緒に頑張ろうね」

そう話す風花の顔を、剛が嬉しそうにじっと見つめる。そして、ホッとしたような表情を浮かべて、もう一度「うん」と言った。

「あぁ、よかった！　僕、いろいろアイデアを考えてたんだけど、ほかの人達は僕じゃなくてお母さんとばかり話して帰っちゃったんだ。お姉さんは、前に来てくれた時も一緒に頑張ろうって言ってくれたでしょ？　だから僕、お姉さんが来てくれるのを待ってたんだよ！」

話を聞いてみると、どうやら剛はほかの三人には上手く自分の思った事を伝えられなかったようだ。

「剛君は、この部屋で、お父さんのために、おかえりなさいのパーティを開きたいって言ってたよね。そのためには何が要《い》るかな？」

風花がペンの束を渡すと、剛がニコニコ顔でそれを受け取ってくれた。いろいろな色ペンを使って剛が描いたのは、どれもクリスマスに関係するものばかりだ。

「剛君は、この部屋をクリスマスっぽい部屋にしたいの？」

風花が訊《たず》ねると、剛がおずおずと頷いてペンを置いた。

「うん。ダメかな？」

「ううん、ダメじゃないわよ。すごくいいと思う」

「ほんとに？　ほかの人の時は、こういうのはクリスマスの時だけのものだし、お母さんも今は時季外れだって言うんだ」

剛がためらいがちにそう言い、風花を見る。

「それで、部屋はもっと違う感じにしておいて、クリスマスが近くなったらツリーとか飾ればいいでしょって。でも僕がやりたいのは、そうじゃないんだ」

剛の母親は、彼に普段使いの子供部屋を作る事を勧め、ほかの三人も同意見だったようだ。

「お母さんは、だいたいいつも僕より先に話すし、みんな僕じゃなくてお母さんのほうを見るんだ。だから僕、いろいろ考えてたことも話せなくって、それがちょっと嫌だったんだ」

前回の打ち合わせでも、剛はほとんど話していなかったし、そんな彼の考えを代弁するのが母親の役割のようになっていた。

剛は母親の言うように人見知りな面があるかもしれないが、じっくり話を聞けばいろいろと話してくれる。せっかく応募してくれたのだから、剛の気持ちが最優先だ。

「そっか。じゃあ、剛君の思っている事をもっと聞かせてもらっていいかな？　ゆっくりでいいし、上手く言えなくても大丈夫だから、こんなふうにしたいっていうアイデアを言葉や絵にして教えてくれる？」

剛が頷き、さっそくペンで何かを描き始める。その都度色を変えながら描き上げたのは、サンタクロースやトナカイ、雪だるまやソリなどのクリスマスに関する絵だ。

「僕はお父さんと一緒にクリスマスがしたくって、お父さんが帰ってくるのを待っている間もそうしていたいんだ。まだぜんぜん冬じゃないけど、お父さんが帰ってくるまで、ずっとクリスマスの前の日みたいにしてたいんだよ」

剛の顔を見れば、一生懸命思っている事を伝えようとしているのがわかる。彼は、まだ八カ月も先のクリスマスを、こんなにも楽しみにして待ちわびているのだ。

「クリスマスの前の日って事は、クリスマス・イブだね。剛君は、お父さんが帰ってくるまで、ずっとクリスマス・イブみたいにしていたいのかな？　気分も、お部屋も——」

「うん、そんな感じ！」

「じゃあ、剛君は、クリスマス・イブみたいな部屋を作って、そこで、お父さんのための、おかえりなさいのパーティを開きたいんだね？」

「そうだよ！」

「よぉし、わかった！」

風花が右掌《てのひら》を剛の前に差し出すと、剛が「イェーイ！」と言ってハイタッチに応じる。

剛は、頭の中でいろいろと考えていたが、思うようにそれを表現できなかったみたいだ。それがやっとまとまって、ひとつになった。

剛の案を聞きながら、風花はそれをイラスト化していく。それに色を塗ってハサミで切る係は剛だ。それから二人してそれを部屋のどこに置くか考える。

子供の発想は実に面白く、風花が思いつかないような突飛なアイデアが出てきたりした。

「クリスマスまで、あと何日くらいあるの？」

「だいたい二百四十日かな。そうだ、その日までカウントダウンできるようなものを作ろうか」

相談して候補に挙げたのは、日めくりカレンダーやプロジェクターを使って壁に数字を映し出すものだ。

「そんな事ができるの？　だったら部屋をプラネタリウムみたいにもできる？」

「できるわよ」

あれこれと話し合い、どうにか形がまとまった頃に、剛の母親がお茶を持って部屋にやってきた。

晴れ晴れとした顔をしている我が子を見て、彼女は驚いた様子を見せる。

「この子がこんなに楽しそうにしてるの、久しぶりに見ました。いったいどんな話をしてたの？」

「まだ秘密〜！」

剛が嬉しそうに母親に笑いかける。その顔を見る大人二人も、自然と笑顔になった。

「じゃあ、またね！」

別れ際、剛が風花に手を振りながらそう言ってくれた。

次に剛と会えるのは「加賀谷コーポレーション」で行われるプレゼンテーションの時だ。それが済むと早々に審査期間に入り、結果次第では剛に会うのはプレゼンテーションの時が最後になる。

そして、コンペに勝ち残った一名のみが、再度剛に会って実際にコーディネートに取り掛かれるのだ。

剛との打ち合わせは大いに盛り上がったものの、だからといって彼が自分の案を選んでくれると決まったわけではない。それに、最終決定には彼の母親の意見も関わってくる。

いずれにせよ、自分にできる事を全力でやり遂《と》げるのみだ。

「うん、またね！　剛君」

風花は剛に手を振って、にっこりする。

そして、これからまとめ上げるコーディネート案の事で頭の中をいっぱいにしながら菊池家をあとにし、大股で駅への道を歩き始めるのだった。

四月もあと数日を残すのみとなった土曜日、「加賀谷コーポレーション」の十五階にあるA会議室で、社内コンペの二次審査が実施された。

審査する側として集まったのは、剛と彼の母親のほかにコンペ事務局の面々。それに社長の仁が加わり、かなり張り詰めた空気の中で風花達四人によるプレゼンテーションが行われた。

順番は個別の打ち合わせの時と同じで、風花は最後だった。ほかの三人の案はそれぞれに工夫をこらしてあったが、予想どおり特に目を引いたのは有村の案だ。

白と紺を基調にした有村のコーディネート案は、遊び心がありながらも彼女らしいきっちりとまとまった印象を与える。

日本の子供部屋の多くは白いが、有村は壁を四面とも紺色にペイントし、そこを夜空に見立てていくつもの星をちりばめて空間を広く見せる演出が見事だ。

山崎と向井は、それぞれに部屋をキャンプ場や遊園地のようにデコレートしている。三人の案に対する審査員の反応も上々で、殊《こと》に剛の母親は終始にこやかな表情でスクリーンに見入っていた。

一方、剛はたくさんの大人に囲まれて若干緊張している様子で、スクリーンを見る以外はずっと目を伏せてテーブルの上に載せた自分の手をじっと見つめている。

風花の番になり、用意してきた案をスクリーンに映し出した。

壁はあえて白いままで、机や棚などの家具はすべて白で統一した。部屋のあちこちには剛と打ち合わせをした時に出た様々なグッズが並んでおり、ひと言で言えばカラフルで物が多いコーディネートだ。

子供部屋は、どうしても物が多くなりがちで、ややもすればゴチャゴチャした印象になってしまう。そのため、インテリアを配するにも必ずすっきりとした抜けを作るのが必須だが、風花の案にはそれがない。オマケに部屋はクリスマス感が満載で、いささか時季外れでもあった。

悉《ことごと》くイレギュラーで、まとまりに欠ける。

プレゼンテーションを終えて席に戻った時、有村が小馬鹿にしたようにフンと鼻を鳴らしたのも、きっと物が多い風花の案を、とんでもない失敗作とみなしたからだろう。

肝心の剛は、結局一度も笑顔を見せず、風花達審査される側とは一度も目を合わせないまま退室していった。今後はコンペ事務局が、菊池親子の意向を取り入れながら、審査を進めていく。

結果が発表されるのは、プレゼンテーションの次の週だ。

(剛君、誰の案を選ぶのかな……。やっぱり、有村さんの案？　天井《てんじょう》から天体がぶら下がってたりして、かっこよかったもんなぁ。それに、剛君のお母さんの考えもあるだろうし……)

コンペで発表されたコーディネート案は、すでに社内で公開されており、社員達はそれぞれに優勝者の予想をしている様子だ。

下馬評《げばひょう》はさておき、審査員の反応から予測すると、有村が優勝者候補の第一位だ。二位、三位はともかく、コンペが終わった直後の雰囲気からすると、おそらく最下位という不名誉な称号は風花の案につけられるのではないかという可能性が高い。

とにもかくにも、あとは結果を待つのみ。

コンペの参加者は通常の業務に戻り、それぞれに自分の案がどう評価されるか気になる日々を送っていた。待ちに待った結果発表当日の午後二時、社員全員に送られてきたメールには、優勝者の名前が太文字で掲載されていた。

「コンペ優勝者　野元風花」

それを見た時、風花は思わず席を立って声を上げそうになった。

目を見開いて画面を凝視していると、広田が座っている椅子ごと近づいてきて風花に体当たりをする。

「野元さん、おめでとう！　すごーい！　私、野元さんのコーディネート案、いいと思ってたのよ。季節外れだとかゴチャついてるって意見もあったけど、子供部屋ってそんなもんでしょ？　要はその部屋を使う本人がいいなぁって思う部屋が一番なのよね」

広田が今言った言葉こそ、風花が案を考える時に念頭に置いていたものだ。

大人が納得するコーディネートではなく、剛が望む部屋作りを。

万人受けする案よりも、剛の気持ちに沿ったオンリーワンの子供部屋を提案する事を優先させた。

「ＦＵＫＡ」で請け負った仕事ならまだしも「加賀谷コーポレーション」のキャンペーンを兼ねた社内コンペで出す案としては、かなりの冒険だった。

だが、結果的に選ばれたのは風花のコーディネート案だった――

「はぁ？　何よこれ……ぜんぜん納得いかないんだけど」

デスクについていた有村が、そう言うなり床を蹴るようにして椅子から立ち上がった。

その音に驚いて、その場にいた全員が有村を見る。

ピンと張り詰めた空気の中、彼女と視線がぶつかり、これまでに見た事もないほどの敵意に満ちた目で睨《にら》みつけられた。一瞬、何か言われるかと思ったが、有村は無言のまま風花の横を通り過ぎて、どこかに行ってしまった。

すでに退勤時刻が過ぎており、風花はすれ違う社員達から「おめでとう」と言われたり、好奇の目を向けられたりしながら「加賀谷コーポレーション」をあとにした。

駅構内に入り電車に揺られながら、ようやくコンペの勝者になった事を実感する。

（やった！　私の案が採用された……！）

父親を交えてのクリスマスパーティを楽しみにする剛の目は、キラキラと輝いていた。

風花は彼の顔を思い出しながら、菊池一家のために部屋作りができる事に心からの喜びを感じている。

今後、間違いなく有村からの風当たりは強くなるだろう。けれど、また剛の笑顔が見られると思うと嬉しくてじっとしていられないほど気分が高揚している。

自宅の最寄り駅に着き、商店街を抜けていつものように道の途中にある地蔵尊《じぞうそん》に手を合わせた。

再度歩き出してしばらく経ったのち、バッグの中のスマートフォンに電話がかかってきた。

誰かと思って画面を見ると、発信者は仁だ。

『コンペ優勝、おめでとう。本当は発表されてすぐに言いたかったんだが、あいにく会議中でできなかった』

「ありがとう。っていうか、今どこにいるの？　明日まで大阪に出張って言ってたよね？」

『ついさっきまで大阪の支社にいて、今はこっちの取引先に向かう途中だ』

発表前に結果を知っていた仁は、さすがにフライングはできなかったものの、風花に祝いの言葉を言いたくてウズウズしていたらしい。

「選ばれて、すごく嬉しいわ。自分なりに納得して出した案だったけど、かなり冒険した自覚もあったから優勝は無理かもって思ってた」

『確かに、あれはインテリアコーディネートの基本的な考えに沿わない案だった。だが、本来子供の発想は、そんな基本なんてそっちのけでどこまでも自由だし、そうあるべきだ。今回の結果は、そのいい具体例になったな』

通話を終えて、ふと横を見ると、ちょうど公園入り口の石碑《せきひ》の前だ。

思い返してみれば、ここで仁に出会ってから風花の人生は大きく動き出した。

彼との出会いは、もしかするとお地蔵様が自分にもたらしてくれたものだったのかもしれない。

時刻は午後三時半。

まだ剛は学校で授業中だし、彼の母親もパート勤務を終えて帰宅するまでには時間がある。

（剛君に電話したら、はじめになんて言おう？）

風花はそんな事を思いながら石碑《せきひ》にタッチして、軽快な歩調で公園の前を通り過ぎるのだった。

コンペの結果が発表されてからの風花は、派遣社員としてのデータ作成業務をする傍《かたわ》ら、菊池家に通い詰めて子供部屋のインテリアコーディネートを実行に移し始めた。

予想していたとおり、有村からの風当たりは一段と強くなり、明らかに急ぎではない雑用を言いつけられたり、近くを通り過ぎる時に舌打ちをされたりしている。

けれど、それくらい想定内だったし、この程度の事でへこたれてなどいられない。

風花は剛と話し合って微調整を加えながらコーディネートを進め、予定どおり五月下旬に無事完成した。出来上がった部屋は今後「加賀谷コーポレーション」のキャンペーンページに掲載される事になっている。

「ようやく完成したな。あの部屋を見て、風花の案を採用して正解だったと確信したよ」

掲載に先立ち、仁とコンペ事務局のメンバーが菊池家を訪ね、剛に子供部屋を見せてもらう機会が設《もう》けられた。

風花はそれに同行するよう言われ、改めて部屋に置かれた雑貨や剛とともに作ったクリスマス関連のグッズの説明をする。

「僕の部屋、すごいでしょ？　友達みんなが、褒《ほ》めてくれるんだよ」

同席した剛は、プレゼンテーションの時とは打って変わって口数も多く、部屋の出来栄えを心から喜んでくれている様子だ。

「野元さんに、お願いしてよかったです」

剛の母親も笑顔でそう言ってくれたし、喜ぶ親子を見てコンペ事務局のメンバーも正しい人選をしたと満足した様子だった。

実力で今の地位に就いている彼等に認められた事は、風花にとって大きな自信になった。それに「加賀谷コーポレーション」という大企業の仕事に携《たずさ》われた経験は、今後自分がどんなインテリアコーディネーターを目指したいのかをわからせてくれるきっかけになったように思う。

菊池家から帰社する際、風花は来た時と同様に社用車に同乗させてもらったが、乗ったのは仁とは別の車だった。しかし、菊池家を出たのちに、さりげなく近づいてきた仁に「今夜、仕事が終わったら迎えに行く」と囁《ささや》かれた。

驚いて周囲を見回してみたが、幸い誰にも気づかれていない様子だ。

まさか、仕事中にデートの誘いを受けるとは思いもしなかった。

仕事を終えて帰宅した風花は、菊池家で過ごした時間を振り返りながら、ソワソワと落ち着かない気分で「ＦＵＫＡ」の事務仕事をして仁を待った。

『コンペが無事終わったお祝いに、食事に行こう』

そう言って仁が連れていってくれたのは、彼のいきつけだという個人経営の和食店だ。

そこは知る人ぞ知る名店のようで、対応するのは一度に一組の客のみであるらしい。

店内は白木のカウンター席のみで、内装のデザインは至ってシンプルだ。しかし、テーブルや椅子の配置など、どこから見ても考え尽くされたコーディネートがされている。

仁が教えてくれた話によると、壁は匠《たくみ》の左官が自然の土を使って仕上げたものであるようだ。店の造りに目を奪われたあとは、店主が提供する旬のものを使った懐石《かいせき》料理を堪能した。

かつて誰もが知る和食店の料理長をしていたという老齢の店主は、仁とかなり親しそうだ。

前から彼の人脈の広さには感心していた風花だが、仁は風花が思っていた以上に人との距離を測るのが上手い。

見た目はクールで、時としてちょっと冷たい印象を与える彼だが、菊池家では常に剛の目の高さに合わせて彼と話していた。人見知りの剛が、あれほど早く仁と打ち解けたのにも驚いたが、それ以上に彼が子供に対してあんなに優しい顔をするとは思いもよらなかった。

剛と話す時の仁は表情が豊かで、時に同い年の子供同士のようにカードゲームの話に興じたりしていた。

彼の経営者としての手腕はもとより、高いコミュニケーション能力には、ほとほと感心する。社長である前に人としての共感力が高く、相手の心を掴む術《すべ》に長《た》けている。社内で孤高の存在と思われているのも、立場を考えた上で仁がセルフプロデュースしている結果だろう。

そんな彼と一緒にいられる自分は運がいいし、仁がそばにいるだけでいつも以上にポジティブになれるから不思議だ。

もっとも、募《つの》る一方の彼への想いで、何かと心が揺れる事はあるが……

「少しドライブをしようか」

仁に誘われて、食後はドライブデートに出かけた。

時刻は午後十時過ぎ。昼間は混み合う首都高も、今の時間なら快適に車を走らせる事ができる。

東京に来てからもうずいぶん経つが、仁の運転する車の助手席から見る夜景は、いつにも増して煌《きら》びやかに見える。できる事なら、このまま彼と夜を過ごしたい――

そう思うものの、明日は水曜日で通常どおりの出勤日だ。

会話を楽しみながらドライブコースを外れ、車は風花の自宅の最寄り駅近くに差し掛かった。てっきり、そのまま送ってくれるものだと思っていたが、仁はなぜか反対方向に車を走らせる。

まだ、どこか行くところがあるのだろうか？

そんな事を思いながら窓の外の景色を眺めているうちに、車が「加賀谷コーポレーション」の本社の近くを走っているのに気づいた。仁と他愛ない世間話をしながら、窓から見える本社ビルを眺めていると、建物の駐車場入り口の近くで車が減速した。

「え？　もしかして、会社に用事があるの？　忘れ物でもした？」

風花が訊《たず》ねると、仁がハンドルを左に切りながらニヤリと笑った。

「忘れ物じゃない。風花にちょっと言わなくちゃいけない事があってね」

車が地下駐車場に入り、役員専用のエリアの一画に停まる。

「話？　だからって、なんで会社なの？」

「来ればわかる。とにかく、一緒に来てくれないか？」

仁が運転席から出て、助手席のドアの前に来た。彼にドアを開けてもらい、差し出された手を借りて車の外に出る。

「こんな事して、大丈夫なの？　一応、監視カメラとかもついているだろうし……」

「加賀谷コーポレーション」の本社には、昼夜を問わず警備員が常駐しており、時折各フロアを巡《めぐ》回しているのを見かける事があった。そうでなくても、エレベーター内など建物の中には、あちらこちらに監視カメラが設置されている。

「そうだな。人の安全を守るのはもとより、情報漏洩《ろうえい》防止にも気をつけなきゃならないからね」

「そうじゃなくて……いいの？『加賀谷コーポレーション』の社長がこんな時間に会社に来て、一介の派遣社員と腕を組んで歩いてるなんて知られたら――」

「別に構わないよ。それに、ここの警備を頼んでいる会社の社長とは懇意だし、俺が夜こんなふうに会社に来るのなんてしょっちゅうだから、見かけても当たり前にいるとしか思わないだろうな」

仁が涼しい顔でそう答え、風花を伴って建物の中に入る。

会話は成り立っているがなんとなく煙《けむ》に巻かれているような気分だし、そもそもこんな時間にしょっちゅう会社に来るなんて、いったい何をしに来ているのだろうか？

（もしかして、女性を連れ込むためとか？）

親しく接していて時々忘れそうになるが、仁は天下の「加賀谷コーポレーション」の社長だ。いくら会社であっても、ある程度好き勝手できるだろうし、こっそりホテル代わりに使っていても誰も文句は言わないだろう。

望めばたいていのものは手に入る彼にとって、自分は少しの間エロティックな時間を過ごすのに都合のいい存在なのかもしれない――

急に口数が少なくなったのに気づいたのか、仁が風花の背中にそっと掌《てのひら》を当てて気遣わしそうな笑みを浮かべた。

「ここに君を連れてきたのは、見せたいものがあるからだ。言っておくけど、今は勤務時間外だし、会社にいるからって、敬語で話すのはやめてくれよ。ほら、ここじゃなくて、こっちだ」

「え？　だって、エレベーターはここでしょ。まさか、階段を使うつもり？」

手を引かれ、エレベーターホールを過ぎて非常ドアを開けて中に入る。

本気で非常階段を上《のぼ》らされるのかと思いきや、仁はまっすぐに進み、壁の一角にあるもうひとつのドアを開けて風花を中に引き入れた。

「ここって、何？　なんでここにもエレベーターがあるの？」

そう広くないスペースの中には、エレベーターが一基設置されている。今入ってきたドアもそうだが、開錠は仁の持っているカードキーによるものだ。風花がキョロキョロしていると、エレベーターのドアが開き、彼に中に入るよう促《うなが》される。

「これって……」

「これは、俺専用のエレベーターだ。止まるのは一階と最上階のみで、この存在を知っているのは俺と警備会社の社長、それと警備担当者くらいだ。ここは俺が設計して建てたビルだからね。アメリカの映画で男の子がこっそり秘密基地を作って遊んでるのを見かけるだろう？　気持ち的には、あれと一緒だ」

エレベーターが止まり、仁に手を取られたまま外に出る。

そこは床や天井《てんじょう》、四方を囲む壁もすべて白く、なんの装飾も施《ほどこ》されていない。

前方に見えるドアは社長室と同じもので、ここも同じカードキーで開錠できるようになっている。

「さあ、中にどうぞ」

導かれてドアを通り抜けると、前に見える壁は、すべてガラス張りになっている。その向こうに見える景色は、昼夜の差こそあれ、以前社長室で見たのと同じだ。

「えっと……ここって、十八階だよね？　こんなスペース、なかったはずだけど……」

「俺の執務室には一度、来た事があったね。あの部屋の構造を覚えてるか？」

そう問われて、風花はその時の記憶を頭の中に呼び起こした。

「もちろん。二等辺三角形の建物の鋭角に当たるところにあって、左右の壁は全面調光処理がされた窓ガラスで、外の景色が一望できた。それに、天井《てんじょう》がびっくりするくらい高くて、すごく開放感があったわ」

「よくできました。あの時は、時間がなくてじっくり見てもらえなかったが、部屋に入る前の左側に壁があっただろう？」

「ああ……確かに、あったわね」

「それが、さっきのエレベーターがある場所だ。俺達は、それを使ってここに来た。そこに階段があるのが見えるだろう？　つまり――」

「わぁっ……！　つまり、ここって社長室の上？　下と階段で繋がってるって事よね？」

風花は仁の説明を遮《さえぎ》って、驚きの声を上げた。

頷いた彼が示した階段に近づくと、吹き抜けになっている階段の手すり越しに、社長室を見下ろす事ができた。

「何これ……すごい……！」

やけに天井《てんじょう》が高い社長室だとは思っていたが、まさか上に隠し部屋があるとは思いもよらなかった。

「実質、ここって建物の十九階になるの？」

「いや、一応は社長室とは階段で繋がっているから、中二階という感じかな。ここは俺のプライベートスペースとして使っている。社長室には必要に応じて役員を呼ぶ事もあるが、俺以外はこの部屋の存在は知らないし、今まで誰一人ここには入れていない」

「誰一人？」

「ああ、そうだ」

てっきり女性を連れ込むために使っているのかと思ったが、そうじゃなかったのか……

風花は我知らずホッとして、表情を緩めた。それを見咎《とが》めたらしい仁が、ふいに顔を覗き込んでくる。

「その顔は、また余計な気を回していたんだろう？　例えば、俺がここに女性を連れ込んでいるとか――」

「そっ……そういうわけじゃないけど……。なんて、確かにちょっとだけそうなのかなって思ったのは認めるわ」

風花が諦めて彼の指摘を認めると、仁がいかにも嬉しそうににんまりと笑みを浮かべた。

仁は人の表情を窺う事にかけては、天才的であるらしい。執拗《しつよう》に目をじっと見つめられて、風花はプイと横を向いた。

それにしても、都会のど真ん中なのに、オフィス街という事もあり夜ともなるとかなり静かだ。社長室の照明は消されており、部屋を照らすのは外から入ってくる月明かりと周囲にあるビルの航空障害灯などが発する薄明りのみ。

都内にあるシティホテルのエントランスで似たような構造のフロアを見た事があるが、会社の社長室がこんなふうになっているなんて驚きだ。おまけに、天井《てんじょう》の一部が円形のガラス張りになっており、夜空を眺められるようになっている。

「どうだ、なかなか面白いと思わないか？」

「面白いわ。ここの階段、下からは見えないようになってるの？」

「柱の陰に隠れてるから、よほどデスクに近づかなければ見えないな。それに、階段自体もガラス製だから圧迫感もない」

階段はらせん状になっており、さほどスペースがなくても設置できる構造になっている。よく見ると、階段は仁が言うとおり透明な強化ガラス製だ。

「ほら、こっちだ」

背後から来た仁に再び腕を貸され、まるで舞踏会にでも来たみたいに部屋中をエスコートされる。

部屋の広さは、およそ五十帖《じょう》はありそうだ。左手にはアイランド型のキッチンスペースがあり、右手の窓際には少々変わった形のベッドらしきものが置かれている。

そのほかにあるのは楕円形のラグの上に置かれた一人掛けのソファとテーブルのみ。

一見して高級リゾートホテルの一室のようでもあり、それでいて個人の家のような落ち着いた雰囲気も感じられる。

「ここも、仁がデザインした部屋なの？」

「そうだ。だけど、別荘よりもラフな感じだし、家具はあちこちから自分の好きなものを持ってきた寄せ集めだ。たとえば、あのベッドだが、ちょっとデザインが変わってるだろう？」

「あれって、やっぱりベッドなの？　変わってるって言うか、舟だよね？」

風花は仁を急《せ》かして、ベッドに近づいた。

それは外枠の部分が真鍮《しんちゅう》製で、本体の色は深いアクアブルーだ。全体のフォルムは、まるで中世を舞台にした映画に出てくるような海賊船のようで、ヘッドボードの上には船の舵を取る舵輪《だりん》が据えられている。足元の船首部分を見ると、アンティーク調の望遠鏡までついていた。

「これ、実際に使えるの？」

「もちろんだ。見てみてもいいよ」

仁に許可されて、風花はベッドの足元に腰かけて望遠鏡を覗き込んだ。暗いからよく見えないが、遠くにあるビルが目の前に迫り、手を伸ばせば届きそうだ。

さらに遠くを見ると、公園の木々が街灯の灯りで浮き上がって見えた。

「すごい……。これって、どれくらいの倍率があるの？」

「二百倍だ。ちょうど月が出てるから、見てみたらどうだ？」

仁がそばに来て、望遠鏡を上に向けてピントを合わせてくれた。覗いてみると、三分の一程度欠けた月が見える。

「わぁっ！　月の模様が見える！　ねえ、凸凹《でこぼこ》してるのって、クレーターだよね？」

「そうだ。よく見えるだろう？」

田舎《いなか》にいた頃は、夜ともなると空には星がたくさん出ていたが、こうして望遠鏡を使って空を見たのはこれがはじめてだ。

風花が望遠鏡で月を見て一人騒いでいると、仁が背後からゆったりと身体を抱き寄せてきた。

「楽しいか？」

「ええ、とっても」

「それはよかった。暗いからわかりにくいが、さっき言ったようにこの部屋は俺が好きな家具を思いつくままに取り寄せて作った部屋だ。もちろん、ただやみくもに並べたわけじゃないし、ある程度配置は考えた」

耳元でそう言われて、背中に熱いさざ波が起こった。彼の引き締まった腕の筋肉を感じて、自然と頬が熱くなる。

「昭和初期のおもちゃを扱う店で買ったブリキのおもちゃや、旅先で買った切子グラス。通りすがりの骨董屋で見つけた潜水服の頭部分に、象とガゼルの置物——あれは、友人のインテリアアーティストからプレゼントされたものだ」

仁が指す方向にある壁に埋め込み式の棚には、彼が集めたというものがランダムに並んでいる。

「風花が出したコンペの二次審査の案を見て、楽しいなと思った。一見まとまりがないように見えるが、あの部屋の持ち主である剛君にとっては、そうじゃない。あの雑多な感じは、剛君と話し合って決めた結果なんだろう？」

「ええ、そうよ」

「子供の自由な発想っていいよな。大人の考えを一瞬で吹き飛ばす面白さとパワーがある」

「そうね。次から次へとアイデアを出してくれるから、追いつくのが大変だったなぁ。でも、その発想力はすごいと思ったし、一緒に考えている間はずっと楽しかったわ」

「それだ。その、楽しいと思う気持ちこそが大事なんだと思う」

頬にキスをされ、胸元をギュッと抱きしめられる。

刺激を受けた乳房が彼の腕の中で柔らかに形を変えて、先端がピンと尖るのがわかった。

息がだんだんと乱れてきて、目がとろんとしてくる。

「この部屋をじっくり見たらわかるとおり、ここは俺の完全なるプライベートスペースだ。剛君が風花の手を借りて自分だけの部屋を作り上げたのと同じで、俺はこの部屋に一番の愛着を感じる。言わば、大人になった今の俺にとっての子供部屋みたいなものだ」

幼少期を孤独の中で過ごした仁にとって、ここは憩《いこ》いの場なのだろう。そして、この部屋がある会社は彼が作り上げた大切な宝物だ。

「――って事で、ここに俺以外の者が足を踏み入れるのは、風花がはじめてだ。間違っても女性を連れ込んだりしていないから安心していい」

「なっ……なんでまたそんな事――」

「ベッドがシングルで、ソファが一人掛けなのを見てホッとしたみたいだったから」

右肩を引かれ、身体をねじった姿勢で仁と正面から目を合わせた。

したり顔で見つめられて、風花はまた彼の視線から逃れてそっぽを向く。

「そうやって人の顔を見て、何を考えているのか探るのはやめて」

「別に探ってない。考え事をしている風花の表情を見てるだけだ」

「ああ、そう」

ああ言えばこう言う。彼は明らかに風花をからかって遊んでいる。

とはいえ、彼が自分の表情を見るだけで考えている事がわかるなら、なおさら彼に顔を見られては困る。

なぜと言って、自分でもびっくりするくらい、顔がにやけているから。

『ここに俺以外の者が足を踏み入れるのは、風花がはじめてだ』

その言葉を、これほど嬉しく感じるなんて、まるで正真正銘の恋人みたいではないか――

（まあ、一応恋人として付き合ってはいるんだけど……）

仁から申し込まれて、風花が彼と付き合い始めてから、あと少しで三カ月になる。

その間にいろいろな事があったが、彼のおかげで仕事もプライベートも前よりもずっと充実している。

単発とはいえ「ＦＵＫＡ」としての仕事も入るようになっているし、有村との関係がギクシャクしている事を除けば、派遣の仕事も概《おおむ》ね順調だ。

「加賀谷コーポレーション」で働いているうちに、風花はこれまでの仁の実績を知り、会社をここまで大きくした経営手腕を垣間見るようになった。

会社の規模は天と地ほども違うが、同じ経営者として仁から学ぶ事はたくさんある。

彼を想うのと同時に、仁を尊敬し憧れる気持ちはますます大きくなった。

仁という人のすごさを知るにつれ、ますます彼に惹かれていく。

彼の魅力に囚《とら》われて、何もかもさらけ出して仁にすべてを捧げてしまいたいという衝動に駆られる事もしばしばだ。

けれど、風花はもう二十八歳であり立派なアラサー女子だ。

いくら夢のような日々を送っていても、頭の隅には常に現実的な考え方をする自分がいる。

今は恋人同士でも、将来はどうなるかわからない。

『俺は風花を裏切ったりしない』

彼はそう言ってくれたが、その気持ちが永遠に続く保証なんてどこにもないのだ。

「ふむ……やけに深刻な顔をして、今度は何を考えているんだ？　せっかく二人きりでいるのに、一人で考え込むなんてつれないな」

「え？　あっ……ごめん……ん、ふ……」

背中を抱き寄せられ、唇に熱烈なキスをされる。そのままベッドの上に押し倒され、互いの手を借りながら双方とも何ひとつ身につけていない格好になった。

船の形をしたベッドは狭くはないが、二人が並んで横になると少々窮屈《きゅうくつ》な感じがする。けれど、今のように重なって抱き合っていると、不思議とちょうどいい。天井《てんじょう》の窓を見上げると、ちょうど月が、ぽっかりと浮かんで見えた。

「こうしていると、なんだか本当に海に浮かぶ船の上にいるみたいね」

風花が呟くと、仁が肘をついて上から顔を見下ろしてきた。

「まさに、そんな気分になりたくて、このベッドをここに置いたんだ。こんなふうに空を見上げていると、自分が海賊船の船長になったみたいで、すごく気分がよくなる。子供の頃、ごっこ遊びをしなかったか？　俺にとって、ここは童心に戻れる大切な場所なんだよ」

仁が昔を思い出しているような顔をする。彼が微笑んでいるのを見て、風花も自然と口元に笑みを浮かべた。

「ごっこ遊び、よくやったわ。私も、うちの倉庫に行くと子供の頃の事をよく思い出すの。家具を見るうちに、いろいろと想像が広がるのよ」

仁のほうに顔を向けると、すぐに唇にキスが下りてくる。

「あそこには想像力を掻き立てられるものが、たくさんあるからな」

「ここも、すごく素敵……。仁が海賊船の船長なら、私は海賊にさらわれて囚《とら》われの身になった姫君？　……なぁんて、こんな格好じゃ、お姫様だか村娘だか、わからないわね。……あっ……！」

ふいに乳嘴《にゅうし》を指先で摘《つま》まれ、背中が浮き上がった。乳房へのキスを合図に、この上なくロマンティックでエロティックな、ごっこ遊びが始まる。

「姫……こうして姫の柔肌に口づけができるなんて、夢のようだ」

胸の先にカプリと噛みつかれ、舌で乳嘴《にゅうし》を捏《こ》ねるようにねぶられる。たちまち身体中の産毛《うぶげ》が淫欲で総毛立ち、あられもない声を上げた。

舌先で乳嘴《にゅうし》を爪弾《つまび》くように愛撫《あいぶ》されて、今すぐに仁とひとつになりたくてたまらなくなる。

「仁っ……」

両脚を高く掲げ、彼の腰につま先をすり寄せる。自然と上向いた秘裂に、仁の硬いものが触れた。

もう片方の乳房を掌《てのひら》で揉み込まれ、先端を指先でクニクニと嬲《なぶ》られる。

頭のてっぺんがカッと熱くなり、淫《みだ》らな考えで頭の中がいっぱいになってしまう。

「仁じゃないだろう？　今は船長って呼んでくれ。俺の愛しいお姫様……」

「んっ……ん――」

唇にねっとりとしたキスをされ、脳味噌が蕩《とろ》けた。

ごっこ遊びは最高のシチュエーションだ。今この時を最高のものにするために、風花はわずかに残っていた羞恥心《しゅうち》や理性をかなぐり捨てて、彼の身体に縋《すが》りついた。

「船長……私のすべてをあなたのものにして……。私のぜんぶを奪ってほしいの……お願い……」

情欲で胸がいっぱいになり、声が震える。

仁がヘッドボードから避妊具の小袋を取り出し、風花の目の前で封を切った。

挿入の準備が整い、仁の手に両膝を掴まれて大きく左右に押し広げられる。

彼を待ち望んで濡れそぼったそこが、見下ろしてくる彼の視線に晒《さら》されてヒクヒクと蠢《うごめ》く。

勝手に後孔がキュンと窄《すぼ》まり、蜜窟から新たな愛液が溢《あふ》れ出す。

「……ねえ、早く……焦《じ》らさないで……」

懇願して縋《すが》りつく指が、彼の肩に食い込む。一刻も早く、ひとつになりたい。

品位ある姫君は、自分をさらった者の手に落ちて、我が身を捧げたいと熱望しているのだ。

「可愛いお姫様だな。ぜんぶ食らい尽くして、今すぐ俺だけのものにしてやりたい」

仁が呟き、唇をゆっくりと舌先でなぞった。

硬い切っ先が、濡れそぼる秘裂を縦に撫で下ろす。蜜窟に至る緩やかな下り坂を先端で、ねっとりと愛撫《あいぶ》される。

今にも入りそうで、入らない。風花は焦《じ》れて、仁の腰に脚を絡みつかせた。

「そんなに挿《い》れてほしいなら、望みどおりにしてやる。俺の形を奥に刻んで、片時も忘れられないように――」

「あぁあっ！　あっ……ああああ――」

一気に入ってきた屹立《きつりつ》が、熱くなった中を掻きながら一番奥をズンと突いた。

甘い衝撃が脳天を突き抜け、身体が砂糖菓子のようにほろほろと崩れてしまうような感覚に陥《おちい》る。

「姫っ……そんなに締め付けると――」

仁が呻《うめ》き、僅《わず》かだが風花から身体を離そうとする。

風花は咄嗟《とっさ》に彼の背中に腕を回し、全力で彼にしがみついた。

「嫌……離れないで……。お願い……」

風花は仁に懇願し、彼を離すまいとして下腹にグッと力を込めた。

仁がまた呻《うめ》き、眉間に深い縦皺《たてじわ》を刻む。

一瞬、怒らせてしまったのかと思った。けれど、唇に貪《むさぼ》るようなキスをされ、蜜窟の中で屹立《きつりつ》が硬く腫《は》れ上がって容量を増すのがわかった。

「可愛い女だ……。本当に可愛い……」

海賊船の船長を気取る仁が、風花に熱い視線を送ってくる。

彼の熱い視線に焼かれて、風花は悦《よろこ》びに慄《おのの》いて唇を震わせた。

緩やかだった腰の動きが徐々に速くなり、隘路《あいろ》を内側から押し広げる仁のものが蜜窟の中で激しく行ったり来たりする。

聞こえてくる水音が、たまらなく淫靡《いんび》だ。

夢中で唇を合わせ舌を絡め合う。このまま彼とのキスに溺《おぼ》れて息絶えてしまいそうだ。

強すぎる快楽のせいで頭の中が朦朧《もうろう》とし、つま先から込み上げてくる愉悦《ゆえつ》の波に全身が呑み込まれていく。

身体がベッドから浮き上がるほど強く突き上げられ、目を閉じた途端、天地がわからなくなった。

同時に仁の腕に上体をきつく抱きしめられ、ビリビリと痺《しび》れるような快感の渦《うず》に身体ごと呑み込まれて息が止まる。

「……あっ……ぁ……」

内奥《ないおう》が繰り返し震え、屹立《きつりつ》をギリギリと締め上げる。

腹の奥で屹立《きつりつ》が爆《は》ぜ、何度となく脈打ってたくさんの精を放つ。

一気に押し寄せる絶頂の波に溺《おぼ》れて、風花は仁の腕の中で声のない悲鳴を上げた。

身体を強く揺すぶられ、顎《あご》を上に向かせられた。心配そうな顔で見つめてくる仁の顔が、間近に迫ってくる。

「はっ……ぁっ……」

呼吸を止めていた事に気がついて、思いきり息を吸い込んで肺をいっぱいにした。身体が離れ、仰向けになった仁の胸に頭を預けるようにして横になり、彼の身体にぐったりともたれかかる。

「大丈夫か？」

優しく気遣われて、息を整えながらかろうじて頷いた。

天井《てんじょう》を見上げると、さっきまで煌々《こうこう》と輝いていた少し欠けた月が霞《かす》みがかって見える。

「月が綺麗だな。今まで見た中で、一番綺麗な月だ」

「そうね。私も、これほど綺麗な月を見るのははじめてかも……」

ふと、かつて日本を代表する文豪が『アイ・ラブ・ユー』を日本語に訳す時に「月が綺麗ですね」とでも訳しておけば足りると言ったという逸話を思い出した。研究が進み真偽を問われているとはいえ、博識な仁の事だからそれを知らないはずがない。

しかし、だからといって彼が逸話を踏まえて口にしたと決めつけ、それを真に受けて迂闊《うかつ》に喜ぶのは軽薄すぎる。

（もう、いっその事告白してしまおうかな）

今なら、ごっこ遊びの最中だし、愛の言葉を口にしてもおかしくはない。

冗談と受け止められてもいいから、本当の気持ちを彼にぶつけたい――そう思った風花は、少し上体を持ち上げるようにして仁の顔を見た。

「仁――」

待ち構えていたように唇を重ねられ、それから先の言葉が言えなくなる。今までで一番優しくて甘いキスが終わり、風花はいつの間にか閉じていた目蓋《まぶた》を上げて今一度仁と目を合わせた。

「愛してるよ、風花」

「……えっ？」

今まさに言おうとしていた「愛してる」の言葉が、自分ではなく仁の口から発せられた――

驚いてポカンとする風花の頬に、仁が微笑みながらキスをする。

「愛してるって言ったんだ。もちろん、冗談じゃなく本気だよ。念のために言うけど、ごっこ遊びの一環として言ってるわけじゃない。俺は風花を本当に愛してる。風花の優しさや可愛らしさ……健気《けなげ》で人一倍お人好《よ》しなところも、ぜんぶ愛おしいよ――」

「んっ……」

再び唇を奪われ、強く抱きしめられる。

夢じゃないだろうか――

そう思うものの、絡んでくる熱い舌の感触や、頬を伝う涙が現実に起こっている事だと教えてくれた。

「仁っ……私も愛してるっ……！　仁の事、ずっと前から愛してたの」

「本当か？」

「本当に決まってるわ。だって私、仁とはじめて会った夜から、仁の事が気になって仕方がなかったのよ。でも、自分とじゃ釣り合わないってわかってた。だから連絡をしなかったのに、まさか仁から私を引き寄せてくれるなんて思ってもみなくて、すごく嬉しかったの」

彼への想いと、それが通じた事の喜びに胸が詰まり、言葉が嗚咽《おえつ》に変わった。

「俺のほうこそ、ありがとう。嬉しすぎて、世界中にいるあまたの神々に感謝したい気分だ」

仁が天井《てんじょう》を仰ぎ、祈るように目蓋《まぶた》を下ろして微笑みを浮かべる。

風花は、目を開けた仁と見つめ合いながら微笑みを交わした。

「俺は、今までこれほどまっすぐな愛情を向けられた事がなかった。両親を含め、誰一人俺という人間を本当には愛してくれなかったからな。でも今、風花が俺を心から想ってくれているのがすごくよくわかるよ」

「だって、本当にそうなんだもの。……仁も、私を心から想ってくれてる？」

「当たり前だ」

一旦治まっていた仁のものが、再び硬くなっていく。

ニッと笑う彼の顔には、もう一度姫君を甘く食らおうとする海賊の表情が浮かんでいる。

風花は、押し倒してくる仁の背中に腕を回すと、彼を引き寄せて自分から唇を重ねるのだった。

翌日の朝、目が覚めると、先に起きた仁が朝食を用意してくれていた。

「簡単なもので悪いけど」

そう言って出された白いプレートには、カットしてこんがり焼いたフランスパンとポーチドエッグのほかに、グリルした数種類の野菜が載せられている。

「簡単どころか、これってカフェで食べるおしゃれなモーニングみたい！」

風花が目を丸くして驚くと、仁が小さく笑い声を漏らした。

「どうぞ、冷めないうちに召し上がれ。それと、今日着ていく洋服は用意しておいたから、それを来て出社すればいい」

仁にオレンジジュース入りのコップを手渡され、一口それを飲んだ。冷えたジュースが胃袋に落ちるのを感じながら、小さく深呼吸をする。

「ありがとう……。ごめんね、何から何まで用意してもらっちゃって」

「謝る事はない。足腰が立たないほど可愛がって、しまいにはセックスの途中で疲れ果てて寝落ちするまで攻め立てたのは俺だから」

「ごふっ！」

あまりにもあからさまな言われ方をされて、食べているものが喉に詰まりそうになった。

あわててオレンジジュースで口の中のものを飲み下し、赤くなった頬を掌《てのひら》で扇《あお》ぐ。

昨夜、一度目の絶頂を味わったあと、すぐにまた抱き合って何度となく身体を重ね合わせた。

気がつけば朝になっており、ついさっきシャワーを浴び終えたばかりだ。

「昨日は、もともとここに泊まってもらうつもりだったし、着替えもあらかじめ用意しておいたんだ。風花のサイズはちゃんと把握してるから、たぶんぴったりだと思う」

仁が両手を使って、風花の身体の線を空に描いた。

「私、そんなにセクシーな身体つきじゃないわよ」

「いや、ものすごくそそられるし十分セクシーだよ。今日が出勤日じゃなければ、朝イチでベッドに押し倒していたくらいだ」

さりげなくそんな事を言いながら、仁が朝食を口に運ぶ。今朝の彼は黒のTシャツと薄手のスウェットパンツ姿で、風花にも同じものを貸してくれている。

風花が着ると、かなりダボダボだが、生地《きじ》が柔らかで抜群に着心地がいい。それ以前に、普段彼が着ているものを借りるなんて、いかにも恋人同士っぽくて油断すると頬が緩みそうになる。

時刻は、午前七時。朝食を食べ終えて、仁が用意してくれたワンピースを着てみた。

それは、見るからに上質な生地《きじ》で作られており、びっくりするほど風花の身体に合っている。

「これ、どこで買ったの？　なんだか、ものすごく高そうなんだけど……」

値段の事を言うのは無粋だと思ったが、これほど高級そうなものを用意されては聞かないわけにはいかなかった。

もし一括で支払えないようなら、分割にしてもらえるよう頼まなければならない。

「そんなに高額じゃないし、俺からのプレゼントだ。コンペで優勝したんだから、それくらいのお祝いはさせてくれ――それに、せっかく風花のサイズに合わせてオーダーしたものだから、受け取ってもらわないと困るよ」

「オ、オーダー？　って、まさか、わざわざ作ったって事？」

「そうだ。いつもスーツを頼んでいるテーラーに風花の写真を見せて、イメージに合うものを作ってもらったんだよ」

あんぐりと開けた口が塞がらないまま、今一度生地《きじ》の手触りを確かめてみた。

これは、ぜったいに高い！

風花が顔を上げると、仁の手が伸びてきて顎《あご》をクイと上に押し上げてきた。自然と閉じた唇に、チュッとキスをされる。

「とても似合ってるし、サイズもぴったりだ。さて……そろそろここを出たほうがいいな」

ここから出社するわけにもいかず、面倒だが一度車で会社を出て適当な場所で降ろしてもらう事にする。支度を終えて地下駐車場に向かい、会社から離れて通りすがりのパーキングエリアで停車した。駅からすぐの場所にあるから、出社時間までには少し余裕がある。

途中にあったコーヒーショップでテイクアウトしたコーヒーを手渡され、シートベルトを外してひと口それを飲んだ。

ふいに欠伸《あくび》が出て、口元を掌《てのひら》で隠した。

「眠いか？」

「ううん、大丈夫。でも、今夜は少し早めに寝ようかな」

「そうしたほうがいい。だけど、近いうちにまた付き合ってもらうよ。今度は、別の場所で夜を過ごそう」

「別の場所？」

仁が言うには、彼は都内にいくつか物件を所有しており、そこをすべて自宅として使用しているようだ。それとは別に、気が向けはひと月単位でホテル住まいもするのだという。

「ホテル住まいは快適だよ。だが、自宅にしろホテルにしろ、ずっといると飽きてしまうんだ。だから、適当にローテーションを組んで住み歩いてる」

話を聞きながら、風花は密かに目をパチクリさせた。いったい彼は、どれほどの資産を保有しているのやら……。自分とのギャップを感じたのか、身体がふいにぶるりと震えた。

「ああ、そうだ。発表する前に耳に入れておくが、過去に何度か取引のあるクライアントから新しくリノベーションの仕事を請け負ったんだ。それを、風花に担当してもらう事になったから、よろしく頼むよ」

仁がそう言って、コーヒーの入ったペーパーカップを軽く持ち上げるしぐさをする。

「今日にでもパーソナルリノベーション事業部に話が行くだろうから、詳細は有村チーフから聞いてくれ」

「……えっ⁉」

さらりとそう言われたが、今の話は軽い感じで引き受けられるものではない。

「加賀谷コーポレーション」が請けたリノベーションの仕事を、派遣社員の自分が担当するなんて、普通に考えたらあり得ない話だ。

「ちょっと待って！　なんで私？　正社員を差し置いて派遣の私が担当するなんて、おかしくない？　第一有村チーフが……」

風花があわてるのを見て、仁が宥《なだ》めるように肩をポンと叩いてくる。

「これは、会議をした上で正式に決めた事だ。もちろん、俺がゴリ押ししたわけじゃない。コンペ事務局のメンバーを含む役員で話し合って、野元風花にならせられるという意見で一致したんだ」

「で、でも……」

ただでさえ風花を敵視し、よく思っていない有村だ。

彼女がこの件を快《こころよ》く受け入れるとは到底思えないし、これまで以上に怒りを買う事間違いなしだ。

『まぐれで優勝した派遣が、偉そうにしちゃって』

『あれは子供相手に、ままごとみたいな案を出して、それがたまたまウケただけ』

コンペ以来ずっと冷遇されているが、この頃はわざわざ他部署から呼びつけた社員相手に愚痴を言う体《てい》で、間接的に嫌味を言われている。

そんな状態で気分よく仕事ができるはずもなく、何かと口実を設《もう》けて倉庫にノートパソコンを持ち込んでそこで仕事をする事もあった。そんな状態で新規の仕事を任されるなんて、有村が怒り狂うのが目に見えるようだ。

「派遣の立場で、やりにくいのは重々承知している。だが、コンペの結果を踏まえて人選をすると、風花が一番の適任者なんだ。もしこの仕事を見事やり遂《と》げられた暁《あかつき》には、『加賀谷コーポレーション』の提携会社として正式に『ＦＵＫＡ』にオファーさせてもらうつもりだ」

思いがけない申し出を受けて、風花は瞬《まばた》きをするのも忘れて仁の顔を見つめた。大企業である「加賀谷コーポレーション」と提携すれば、もう仕事が来なくて困る事はなくなるだろう。

依頼される仕事の規模も大きくなるだろうし、万年赤字経営ともオサラバできるかもしれない。

それに、今の自分にはコンペの成功で得た自信と、インテリアコーディネーターとして仁から寄せられる信頼がある。

彼に出会い、風花はお人好《よ》しで押しに弱い自分を改め、進むべき道を見つけつつあった。

今まで以上にクライアントに寄り添い、もっと大規模な仕事を手掛けられるほどの実力を身につけたい。そして、亡き両親の墓前に胸を張って「ＦＵＫＡ」での仕事を報告できるようになってみせる——！

そのためにも、周囲の顔色を窺って目の前のチャンスを逃がすような事はしたくなかった。

「どうだ、やってくれるか？」

一応、こちらの意向を聞いてくれてはいるが、仁の顔には「当然引き受けるだろう？」という期待と信頼が浮かんでいる。

風花は背筋をシャンと伸ばすと、こっくりと頷いた。

「はい。喜んで、お引き受けします！」

風花が答えると、仁がにっこりと顔を綻《ほころ》ばせた。

「そう言ってくれると思ってた。風花なら立派にやり遂《と》げてくれると信じてるよ」

指先で頬を撫でられ、くすぐったさに肩をすくめた。

見つめ合ううちに、どちらともなく唇を寄せ合い、キスを交わす。

出勤前にふさわしくない行為だとわかっていながら、風花は自分からはどうしても唇を離す事ができなかった。


それから二時間後——

十五階の会議室に呼ばれて離席していた有村が、パーソナルリノベーション事業部に戻ってきた。

その顔を見れば、彼女が今朝仁から知らされた新規の仕事の件を聞かされたのだと察しがつく。

むろん、事前に話を聞いているのは内緒だが。

素知らぬ顔でデータ作成の仕事を続けていると、いつの間にか離席していた有村から広田経由でG会議室に来るようにと言われた。

「わざわざ呼び出すなんて、今度は何かしらね」

以前、コンペの件で有村が風花をG会議室に呼び出した件は、ほとんどの社員の知るところになっている。

広田曰《いわ》く、有村は美人で優秀なインテリアコーディネーターには違いないが、周りに認められて評価されるたびに、少しずつ傲慢《ごうまん》になって人に対する当たりもきつくなっているとの事だ。

殊《こと》に「パーソナルリノベーション事業部」の長としてチーフと呼ばれるようになってからという

もの、それを鼻にかけたような態度を取って下の者から敬遠されるようになっているらしい。正式に仕事を任されたからには、胸を張ってやり遂《と》げる気でいるが、有村からは今まで以上に冷遇されるだろうし、これに関しては正直気が重い。

風花が渋い顔をしていると、広田が背中をポンと叩いて元気づけてくれた。

「たぶん、ネチネチ嫌味でも言うつもりなんじゃないかな。でも、そんなのスルーしちゃえばいいわよ。大変だろうけど、みんな応援してるから頑張って！」

話を聞いていた様子の周りの社員達が、一様に頷いてくれた。

「わかった。ありがとう」

風花は皆に見送られ、廊下を歩き出した。そして、どんなに嫌味を言われようと、ぜったいに負けないと腹を決めて会議室に向かうのだった。


その週の土曜日、風花は久しぶりに親友の里穂を自宅に招き、お茶を飲みながらお喋《しゃべ》りを楽しんでいた。

話題は、もっぱら「加賀谷コーポレーション」での仕事の様子であり、有村との一連の出来事を聞いた彼女は憤慨《ふんがい》して鼻の頭に思いきり皺《しわ》を寄せる。

「有村チーフって、本当にいけ好かないし人間としてレベル低すぎ！　そういう人種は、こっちがどうやったって仲良くなれるはずないし、油断してるとつけ込まれて何をされるかわかったもんじゃないんだから」

確かに、あそこまで敵意を剝《む》き出しにされては取り付く島もないし、何をしても二人の関係が今よりもよくなるとは思えない。

事実、パーソナルリノベーション事業部の担当役員である副社長から新規案件の話を聞かされた有村は、風花をG会議室に呼び出して辛辣《しんらつ》な言葉を浴びせかけてきたのだ。

『私を差し置いて派遣のあなたが担当になるとか、あり得ないんだけど！』

そう言われても返事のしようがない。

気まずさに黙ったままでいると『何よ、その偉そうな態度は！』と怒鳴られて、そこから延々とパワハラそのものの罵声《ばせい》を浴びせられた。

「風花、もっと怒っていいんだよ？　あなたが人一倍優しくてお人好《よ》しなのは知ってるけど、もっと強く出たほうがいいわ。派遣元として『加賀谷コーポレーション』の人事部にクレームを入れてもいいレベルよ」

「この件に関しては、自分でなんとかするからクレームを入れるのは待って。もう前みたいにお人好《よ》しな私じゃないし、きちんと自分で対処して結果を出すつもりだから」

理不尽な言いがかりをつけてくる人は、どこにでもいる。

つけ込まれる隙を与えるつもりはないが、むやみに応戦すれば火に油を注《そそ》ぐ事になりかねない。

「そっか、わかった。陰ながら応援してるから、頑張ってね。それはそうと、加賀谷社長との仲はどうなってんの？」

仁との関係について唯一知っている里穂にだけは、今までの経緯をすべて明かしているし、相談にも乗ってもらっていた。昔から異性にモテて恋愛経験豊富な彼女は、風花にとってアドバイザー的な存在でもある。

訊《たず》ねられるまま社長室の中二階で過ごした夜の事を話すと、里穂はいきなりソファから立ち上がった。

「ちょっと待って！　それじゃもう加賀谷社長と正式な恋人同士になったたって事？　おめでとう！」

「ありがとう」

諸手《もろて》を挙げて祝福され、風花は照れながら素直に礼を言った。まだ始まったばかりの恋だが、仁との関係を大切に育《はぐく》み、手を取り合って前に進んでいきたいと心から願っている。

「すごく素敵な話ね！　ドラマチックだし、絶対的な運命を感じさせるわ〜。これはプロポーズも秒読みじゃない!?」

「プ、プロポーズ？」

「だって、愛し合っているなら結婚するでしょ？　今時はいろいろな形があるけど、やっぱり好きな人とは結婚したいよね〜。加賀谷社長と結ばれるなんて、とびきりの玉の輿《こし》じゃないの〜！」

一人大騒ぎをしている里穂を尻目に、風花はあの夜の事を頭の中で再現した。

もし本当に仁がプロポーズしてくれたら、自分は迷う事なく申し出を受けるだろう。誰もが驚くほどの格差婚になる事への懸念はある。だが、それを吹き飛ばすほどの結果を出して、仁の妻として恥ずかしくない自分になれるよう努力すればいいだけの話だ。

むろん容易ではないし、今すぐに実現できる事でもない。けれど、一度こうと決めたら自分を信じて突き進むだけだ。

「今度加賀谷社長に会ったら、そこらへんを確かめてみなさいよ」

「確かめてみるって、どうやって？」

「そうねぇ……。風花の事だから、下手に探ったり、駆け引きとかしないほうがいいと思う。ただストレートに聞けばいいんじゃない？　相手に結婚する気があるのかないのか、はっきりしたら、今後の方向性も決まるだろうし」

「……確かに」

里穂と別れてから、風花は改めて二人の関係について熟考する。

仁は恋人として付き合うと決めた時に、遊びではないと言ってくれた。その時、不安がる風花に対して、彼は『まだ何か不安に思ったりする事はないか？』とも言っていた。

あの時に、聞けばよかった。けれど、愛を確かめ合ったからと言って、いきなり結婚に結び付けるのは時期尚早《しょうそう》では？

仁からの愛は、彼の言動から本当である事がわかる。

しかし、愛し合うすべての人が結婚を選択するわけではないし、それを望む自分と彼の気持ちが同じとは限らない。

いずれにせよ、仁にこれほど本気になってしまったからには、結婚の事は遅かれ早かれはっきりさせなければいけないのは確かだ。

けれど、それよりも前に、やるべき事がある。

彼と結婚したい気持ちはあるが、今はまずインテリアコーディネーターとして実績を作るのが先だ。二人の未来に結婚があろうとなかろうと、少しでも仁にふさわしい自分にならなければ――そうでなければ周りは納得してくれないだろうし、何より自分自身が許容できない。

逆に、そうなった暁《あかつき》には、こちらからプロポーズしてもいいのでは？

道のりは決して楽なものではないし、新たな一歩を踏み出したばかりだ。けれど、風花はそんな気持ちで目の前の仕事に全力を尽くそうと決心する。

新しく任された「加賀谷コーポレーション」での仕事に、菊池家の子供部屋のアフターケアと「ＦＵＫＡ」で請け負った小さな仕事達――。どれも大事だし、全力で取り組まねばならない案件だ。殊《こと》に、新規の仕事には「ＦＵＫＡ」の未来もかかっている。

今後行われるであろうクライアントとの顔合わせを前に、風花は今が人生の踏ん張り時だと心のたすきを締め直し表情を厳しくするのだった。

六月になり、いよいよ新規に任された仕事のクライアントと初顔合わせをする日が決まった。

当日の午後一時に、風花は今回の件でチームを組む営業部の女性一人と、パーソナルハウジング事業部の男性二人と地下駐車場で待ち合わせをした。

クライアント宅は都心から車で一時間半の場所にあり、移動は男女に分かれて車二台で行く事になった。

風花と同乗するのは坂下《さかした》という四十代でお喋《しゃべ》り好きの課長だ。背が高く、ちょっと強面《こわもて》だが、笑うと一変して人懐《なつ》っこい顔つきになる。

運転を買って出た風花は、彼女を助手席に乗せて男性達よりも少し遅れて出発した。

「今回のクライアントは、坂下さんとは長い付き合いと聞きました」

「そうなのよ～。私がまだ新人だった頃からだから、もう二十年以上の付き合いになるわ。たくさん不動産をお持ちなんだけど、今回はずっと放置したままだったご実家をリノベーションして今住んでいらっしゃるマンションから引っ越しをしたいって――」

クライアントの名前は松山千枝子《まつやまちえこ》という七十代の女性で、現在都内の高級マンションで一人暮らしをしている。

十五年前に亡くなった夫はいくつもの会社を経営していたらしい。今回依頼されたのは、まだ夫の事業が成功する前に夫婦がコツコツ貯めたお金で購入した中古物件で、築百年以上経つ平屋の一軒家だ。

昨今は独居老人が増える一方だが、松山もその一人だ。子供は二人いるが、すでに独立してそれぞれに家庭を持っており、いずれともあまり行き来はないらしい。

健康だが特別趣味があるわけでもなく、夫が残した資産を持て余しているのだ、と。

「もともと気難しい人なんだけど、年々それに拍車がかかってるの。それでも、ずっとうちの会社に依頼してくださってるんだから、それなりに信頼関係は築けてるし、実のところ私がたまに顔を出さないと寂しいみたいで。本当は可愛らしくて、いい人なのよね～」

坂下が豪快に笑い、風花もつられてぷっと噴き出した。

今日はじめて会ったにもかかわらず、なぜか坂下には親しみを感じる。そんな不思議な魅力を持つ彼女だからこそ、気難しいクライアントの信頼を得ているのかもしれない。

「でも、私は営業だから現場仕事に関しては専門外。あとは実際に図面を作ったり設計をしたりする担当者と連携を取りながら工事を進めていくんだけど、仕事をする上でチームワークって大事よねぇ」

「確かに、そうですね」

「FUKA」は個人経営ではあるが、当然、仕事をする上で施工《せこう》業者との連携は必須になる。

「チーム内の連携が取れてないとクライアントに迷惑をかける事になるし、トラブルの原因にもなるわ。だから、コミュニケーション能力が大事なの。でも、ただベラベラ喋《しゃべ》ればいいってもんじゃないのよ。真摯《しんし》に対応して、いかにして相手の懐《ふところ》に入るか——。クライアントに嫌われちゃおしまいよ。あ、その先の信号を左ね」

そう指示されて、風花はハンドルを左に切る。

坂下が言うには、以前有村がまだ別部署にいる時に松山の所有する不動産売買の件で彼女とチームを組んだ事があったようだ。

当時から優秀なインテリアコーディネーターだった彼女は、自信を持って自分の案を松山に提案した。けれど、結果的にそれは採用されなかったようだ。

「有村チーフ、真面目だし仕事のできる人なんだけど、ちょっと我《が》が強いところがあるでしょ？それで松山さんの機嫌を損ねちゃったのよね。その時は、もう一人コーディネーターがいてくれたからまだよかったんだけど――」

　有村の案も決して悪くはなかったようだが、最終的に決まったのは別の担当者が提案したものだったようだ。

　有村の件があってから、松山はほかの担当者ともろくにコミュニケーションを取らなくなり、間に入った坂下は伝達役をする羽目になって、かなり大変だったらしい。

「人間だから性格とか感性とか、合わなかったりするのは、もうしょうがないのよね。でも、仕事である以上、折り合いをつけていかなきゃならない。うちは仕事を請け負う側なんだから、当然一歩引かなきゃならないんだけど、あの時の有村チーフは頑《がん》として譲らなかったのよ。これ、内緒なんだけど、それ以来松山さん案件では有村さんはＮＧになっちゃったの」

「……そうなんですね」

「でも、勘違いしないでね。それが理由で今回の案件が野元さんの担当になったってわけじゃないから。この間のコンペの結果、私も見させてもらったわ。それで、野元さんなら松山さん案件の担当を任せられるって思ったの。だから、自信を持って取り組んでちょうだい」

「はい、わかりました」

「ただし、くれぐれも松山さんと距離を縮めようとして焦らないようにね」

　坂下のお喋《しゃべ》りは続き、聞き役に徹しているうちに、松山邸に到着した。

　およそ百六十平米の土地に建つ五十坪の日本家屋は、昔ながらの瓦《かわら》屋根が印象的な外観だ。

　しかし、管理はしていたものの空《あ》き家状態が長く、全体的に寂しげな雰囲気が漂《ただよ》っている。

「千枝子さ〜ん。『加賀谷コーポレーション』の坂下です〜」

坂下が親し気な様子でインターホン越しに、松山に呼びかける。彼女の誘導が上手かったからか、いつの間にか男性陣の車を追い越してしまったようで、駐車スペースに停まっているのは自分達の車だけだ。

すぐに応答してくれた千枝子が、廊下を歩いてくる音が聞こえる。

格子戸が開き、中から小柄な年配女性が顔を覗かせた。

「千枝子さん、こんにちは。こちら、先日お話ししたパーソナルリノベーション事業部の野元風花さん。今回のリノベーションの担当者ね。彼女、なかなか有能だから期待してもいいですよ〜」

松山は坂下を見て一瞬笑顔になったものの、風花と目が合った途端顔から笑みが消えた。

「どうも。松山です」

（焦らない焦らない。無理に距離を縮めようとしないで、ゆっくりと……）

風花は自分にそう言い聞かせながら、丁寧に挨拶《あいさつ》をして玄関の中に入った。

坂下が男性陣に連絡を入れると、到着するまであと少しかかるらしい。

「ちょうどいいわ。千枝子さん、男性陣が来る前に、先にこの間話してくれた希望を聞かせてもらってもいい？」

頷いた千枝子が家の中を案内しながら、時折足を止めてぽつぽつと要望を口にする。

「裏庭に花壇を作りたいの」

「青を差し色にしたい」

「これを機に断捨離《だんしゃり》をして、家の中の荷物を減らしたい」などなど――

提示された要望は二十項目にも及び、中には風花が直接着手できないものも多くあった。

けれど、インテリアコーディネーターは、クライアントが望む快適な住空間を作るのが仕事だ。まずはすべての要望を聞いて、それを形にしたのちに細かなすり合わせをしていく。

坂下のように、相手からの信頼を得られたらある意味こっちのもの。

あとはクライアントが納得いくまで打ち合わせを重ね、ともに完成を目指すのだ。

「承知しました。では、さっそく資料を作って出来上がり次第お持ちします」

ちょうど十分経った頃、家の駐車スペースに車が停まる音が聞こえてきたが、その頃にはおおかたの話を聞き終えていた。あとは具体的な費用や工期についての話し合いとなり、風花は千枝子の許可をもらい一人で家の中をゆっくりと見て回る事にした。

資料として事前に家屋内外の写真を渡されているが、自分なりの視点で写そうと持参したカメラを構えながら家中を練り歩く。

6DKの部屋のうち、土間のダイニングキッチンのほかはすべて畳敷きの和室だ。

南側にある玄関の右手から伸びる縁側は幅広で、角を曲がって北側の庭まで続いている。水回りの設備は古く、あちこちに段差があるため足元が暗いところだと転ぶ危険性もあった。

(古いけど、どっしりして立派な家……だけど、周りに建物が少なくて、ちょっと寂しい感じだな)

周囲には空《あ》き地が多く、おそらく住む人がいなくなって取り壊されたために今のようになったのだろう。だいぶ向こうに大型のマンションが見えるが、ここからだとかなり距離がある。近くには小学校があり、前を通る道が通学路になっているが、時間のせいか今は子供の声ひとつ聞こえてこない。家の裏側に回り込むと、荒れ放題の庭があった。

中央にはヤマボウシの大木があり、生い茂る葉で庭の大半に影を落としている。立ち止まってしゃがみ込み、土の状態を調べてみると、昨日の雨のせいかまだかなり水分が残っていた。

「野元さ～ん」

「はぁい！」

坂下が呼ぶ声に振り向くと、驚いた事に少しうしろに千枝子がこちらを向いて立っていた。びっくりして声が出そうになるも、すんでのところで抑え込んで、にこやかにお辞儀をする。

「あちこち見せていただいて、ありがとうございました」

顔を上げると、もうすでに千枝子は立ち去ったあとだった。

（あ……もしかして、ご機嫌を損ねたんじゃ……）

許可を得たとはいえ、ここは夫婦の思い出が詰まった家だ。それなのに、つい無遠慮にあちこち見て回り写真に収めてしまった。自分の失態を悔いつつ坂下と合流し、松山邸をあとにする。

帰りの運転を引き受けてくれた坂下が、鼻歌まじりにハンドルを握る。

「松山さん、今日は結構機嫌よくて助かったわ」

「そうなんですか？　私は、てっきりご機嫌を損ねてしまったのかと……」

結局風花には一度も笑顔を見せてくれなかったし、有村同様ＮＧを出されてしまうのではないかと恐れていた。だが、坂下が言うには千枝子は風花に期待をしてくれているらしい。

「じっくり見て回ってたのが気に入ったんじゃないかな。とにかく、頑張っていい家にしてあげて」

すでに退勤時刻は過ぎていたため、ついでに自宅まで車で送ってもらった。

帰宅後は、さっそく松山邸の画像を見ながら完成イメージをスケッチブックに描きはじめる。

青色の小物や雑貨のデータを集め、それを各部屋に配置していく。

(うーん……これでいいのかな……。もう一度松山さんに話を聞きに行ったほうがいい気がする)

イメージは一応出来上がったが、果たしてこれでいいのか今ひとつ確信が持てない。

まだ打ち合わせを一度しただけだし、いずれにせよ千枝子が納得するまで話し合いは重ねるつもりだった。

風花はさっそく坂下に再び同行を頼んだが、彼女にはほかにいくつか抱えている案件があって予定の調整ができない。仕方なく一人で行く事にして、アポイントを取り再度松山邸を訪れた。

約束の時間は土曜日の午後三時。ちょうどおやつの時間という事もあり、手土産《みやげ》に父母の代からの顧客が営む和菓子屋であんころ餅を購入して持参する。

「あら、あんころ餅」

「坂下に好物だと教えてもらったので。ちょっとした賄賂《わいろ》です。なぁんて……」

あえて軽い感じでそう言うと、千枝子が口元を少しだけ綻《ほころ》ばせた。

二度目に会った千枝子は、初回よりも少しだけ打ち解けた様子を見せてくれている。坂下からは、あまり気負わずに素のままで行けとアドバイスされたが、どうやらそれが成功したみたいだ。

二人で家の中を見て回りながら持参したスケッチを見せ、必要に応じて修正を加える。

集めてきた青色の雑貨類の画像を見てもらっている時、千枝子がふと顔を上げて風花を見た。

「この焼き物、いい色ね。うちの主人、青が好きだったの。だから、なんとなく家の差し色は青がいいなって」

「そうだったんですね。それ、すごくいいと思います」

賛同されて嬉しかったのか、千枝子が目尻を下げて微笑みを浮かべた。家の中にはほとんど家具が置かれていないが、壁際の茶箪笥《ちゃだんす》の上には夫婦のツーショット写真が置かれている。

(きっと、仲のいいご夫婦だったんだろうな)

それからも花壇作りや部屋の採光について話し、最後に千枝子の亡き夫が長い年月をかけて集めたものを収納した六畳間を見せてもらう。そこには古書や木彫りの置物、ぐい呑みなどのガラス製品や鹿の首の剥製《はくせい》などがところ狭しと置かれていた。

「これは、かなりの数ですね」

「見苦しいでしょう? ほんと、ガラクタばかりで」

「いいえ、見苦しくなんかないですよ。ご主人の思い入れがあるものばかりでしょうし、ひとつひとつが綺麗に磨かれていますね」

ガラクタと言いつつも、千枝子がそれらを大切に管理しているのがわかる。彼女はこれを処分したいと言っているが、それが千枝子の本音とは思えない。

「私の家の二階も、こんな感じで亡くなった両親の集めた物が溢《あふ》れてます。でも、どれも大事だし手放せない物ばかりで」

風花は両親や祖父母の話を交えながら、倉庫にある大量のインテリアについて話した。

千枝子はじっと耳を傾けてくれていたが、ふいに思い詰めたような顔でそばにあった信楽焼《しがらきやき》のタヌキの置物をポンと叩いた。

「主人の集めた物は、どれも私にはよさが理解できない物ばかり。このタヌキだって、ぜんぜん趣味じゃないわ。だからもういっそぜんぶ処分しようと思ったんだけど……。本当は捨てたくなんかないの。だって、ぜんぶ主人との思い出が詰まっているんだもの」

聞けば、それらはすべて夫婦で行った旅先で買い求めたものであるらしい。

まったく自分の好みに合わない。けれど、見るたびに亡き夫を思い出して寂しさが募《つの》り、涙が出る。正直、持て余しているし、部屋に飾ろうにもどこにどう置けばいいのかわからないのだ、と。

「だったら、一緒にどこに飾るか考えていきましょう。さっき申し上げたとおり、青で家の統一感を出せば、多少物が多くても雑多な感じは出なくなると思います。それに、どこに何を置こうか考えるのって、なんだかワクワクしませんか？　松山さんも、一緒にワクワクしましょう」

そう言う風花の顔をまじまじと見つめたあと、千枝子がこっくりと頷いて白い歯を見せて笑った。

「そうするわ。あと、私の事は下の名前で呼んでくれるかしら」

「もちろんです！　すごく光栄です！」

これほど短時間で千枝子との関係を築けたのは、当然坂下がいろいろと配慮してくれたおかげだ。

風花は心の中で彼女に感謝しつつ、引き続き千枝子と打ち合わせを続けた。

「あの気難し屋の松山さんに、下の名前で呼ぶように言われたのか？　それはすごい」

松山邸を訪れた日の夜、風花は帰宅途中に仁から連絡をもらって彼と「加賀谷コーポレーション」の近くで待ち合わせをした。

彼の車に乗り、一緒に食事をしようと誘われる。予約してあると言って連れていかれたのは、都内随一の高級シティホテルだ。

「私、こんな格好なのに……困るわ」

風花は少なからずたじろいで、スニーカーを履いた足先をすり合わせた。

今日の風花は、動きやすさを考えてブルーのシャツブラウスに白いコットンパンツ姿だ。

「大丈夫。ホテル内のレストランには行かないから」

彼にエスコートされて、地下駐車場から直接上階に向かうエレベーターに乗った。到着した階はエグゼクティブフロアだ。

緋色の絨毯《じゅうたん》が美しい廊下を行き、突き当たりの部屋の中に招き入れられる。

「ここ、いわゆるスイートルームってやつじゃ……ん、んっ……」

入るなり壁に背中を押さえつけられて、唇にキスをされる。ブラウスのボタンを引きちぎる勢いで胸元を開けられ、右手で左の乳房を鷲掴《わしづか》みにされた。

「仁っ……ま……って……。んんっ……。食事……するんじゃないの？」

「そうだが、風花とこうして会うのが久しぶりすぎて我慢できない」

仁の掌《てのひら》の温もりと熱烈な愛撫《あいぶ》に、乳嘴《にゅうし》が硬く尖るのがわかる。こうして肌を触れ合わせるのは社長室の上で抱き合って以来だし、互いに飢《う》えていたのはまごう事なき事実だ。

それが証拠に二人ともすでに息が上がっているし、絡み合う舌をいつまでも離せない。

仁が左手で着ているものを次々に脱ぎ捨て、半裸になる。

腰を太ももで動けなくされているうちに、コットンパンツのジッパーを下ろされ下着ごと開けっ放しになっていたクローゼットに放り込まれた。

指の腹で秘裂の濡れ具合を確かめられ、両方の踵《かかと》が浮き上がる。膝を両腕に抱え込まれたと思ったら、もう彼の腰の上で足首が交差していた。

「会いたかった。出張に行っている間も、ずっとこうしたくてたまらなかったよ。風花は？　少しは俺を想っていてくれていたか？」

「うん」

短くそう答えるなり、彼の唇の中に舌を入れ、見つめ合いながら何度となくキスをする。

少しどころか連日想っていたし、ベッドに横になるなり頭の中が仁と抱き合った時の記憶でいっぱいになった。

彼がそうすると言ったとおり、身体の奥に仁の形が刻まれ、片時も忘れられなくなっている。

仁がニッと笑いながら、切っ先で蜜窟の入り口に狙いを定めた。

もうじき、彼が身体の中に入ってくる——

挿入を期待するあまり呼吸が浅くなり、舌が彼のキスを求めて唇の縁を舐《な》め回す。

それをじっと眺めていた仁が、唇に噛みつくようなキスをしてくる。

同時にずぶっと屹立《きつりつ》を身体の中に埋め込まれて、全身の血が一気に湧き上がった。

「仁っ……あ、あぁあああっ……！」

立て続けに強く腰を振られて、身体が彼の腕の中で激しく上下する。

奥をズンズンと突かれながら喉元に緩く噛みつかれ、仁の肩に掛けた手を強く握りしめた。

まるでこの上なく獰猛《どうもう》で危険な淫獣に蹂躙《じゅうりん》されているような悦楽《えつらく》を感じる――

食らい尽くされ、何もかもを奪い尽くされ、頭の中が真っ白になって身体がどこかに飛んでいきそうになった。

「風花……まだだ。……まだ足りない。もっとだ――」

背中が壁から離れ、仁と繋がったままドアのそばを離れ、部屋の奥に連れていかれた。

歩くたびに身体の奥に振動が伝わり、子宮に続く膨らみを切っ先で繰り返し押し上げられる。風花は仁の身体に手足をきつく巻き付かせたまま、絶頂を迎えた。

「っ……あ……ん、っ……ぁはんっ……あ――」

唇がわなわなと震え、頭ががっくりとうしろに倒れた。

全身の力が抜け落ちると同時に、身体が反転して広々としたベッドの上で四つん這《ば》いの格好になる。肩まで落ちていたブラウスをブラジャーと一緒に引き剥《は》がされると同時に、両方の肘ががくりと折れて上体をベッドの上に伏せた姿勢になった。

薄く開けた目蓋《まぶた》の先には、全面ガラス張りの壁がある。その向こうに見えるのは、高層階から見下ろす煌《きら》びやかな都会の夜景だ。

そこに浮かぶように、自分達の痴態が映っている。

風花はそれをうっとりと見つめながら、無意識に仁に捕らえられたままの腰をくねくねと揺らめかせた。

「仁っ……」

今イッたばかりなのに、もっとシてほしくてたまらない。

仁に骨まで食い尽くされて、彼と本当の意味でひとつになりたい。ガラス越しに仁と目が合い、彼の強い視線に晒《さら》された身体がビクンと震えた。

仁の口元に優美でサディスティックな笑みが浮かび、蜜窟の中で彼のものが硬さを増す。それを感じ取った内奥《ないおう》がジュンと潤《うる》み、蜜壁がさらなる愉悦《ゆえつ》を期待してキュンキュンと痙攣《けいれん》する。

「風花……いやらしすぎるぞ」

尻肉に指をグッと埋め込まれ、咎《とが》めるような口調でそう言われた。

そろそろと腰を引かれ、蜜窟の入り口ギリギリまで屹立《きつりつ》を引き抜かれる。

「やぁ……だっ……ダメッ……。抜いちゃ……嫌ぁ……」

熱く硬いものを奪われたくなくて、風花は首を横に振りながら懇願した。それを離すまいとして蜜窟の入り口がキュッと窄《すぼ》まり、話す唇から顎《あご》に向かってつうっと唾液が伝い落ちる。

仁の息遣いが荒くなり、肩で息をしているのがわかった。

彼の右手が太ももを撫でたあと、秘裂の中をゆるゆると撫で回す。たまらずに声を上げると、指先で花芽を摘《つま》まれてクリクリと嬲《なぶ》るように愛撫《あいぶ》される。

風花は背中をしならせて声を上げ、無意識に腰を動かして屹立《きつりつ》を中で行きつ戻りつさせた。

「あぁんっ！　ああっ……あ……」

立てた膝が崩れるほどの快楽を感じて、風花は身をくねらせながら嬌声《きょうせい》を上げた。

あれほど頼んだのに、仁が無情にも双臀《そうでん》を押しやるようにして腰を引いた。

仁のものを奪われた寂しさに拗《す》ねた声を上げると、ふいに身体が反転してベッドの上で仰向けになる。

上から覆いかぶさってきた仁の目に見据えられ、その目力の強さに一瞬で骨抜きになった。

もはや挿入されているいないにかかわらず、彼とこうしていられるだけで至福だ——

風花がそんな想いで胸をいっぱいにしていると、片方の脚を持ち上げられ、ゆっくりと仁のものが中に入ってきた。

「あ……あ……」

蜜窟が屹立《きつりつ》の先の膨らみを含み、硬く張り詰めた淫茎を半分ほど呑み込んだ。愛液を湛《たた》えた襞が挿入の悦《よろこ》びにいっそう潤《うる》み、今度こそ離すまいとして縋《すが》り付く。

仁の腰が緩く動き始め、唇を合わせるたびに抽送《ちゅうそう》が速くなる。

最奥《さいおう》を何度となく突かれ、身体全体がまばゆいほどの光に包まれたようになった。

「……じ……んっ……」

彼にこんなふうに抱かれるなんて、幸せすぎて夢の中にいるみたいだ……

風花は下腹で屹立《きつりつ》が繰り返し脈打つのを感じながら、自分でも気づかないうちにこめかみを悦《よろこ》びの涙でしっとりと濡らすのだった。

◇　◇　◇

「とにかく、たまらないんだ」

風花をホテルのエグゼクティブスイートに連れ込んだ数日後、仁は「加賀谷コーポレーション」の代表取締役副社長であり信頼できる友人でもある辰見吾郎《たつみごろう》の自宅を訪ねていた。

ひとつ年上の彼とはアメリカの大学在学中に知り合い、起業する時に副社長就任の打診をして承諾してもらった。

陽気でお気楽な性格だが抜群のビジネスセンスを持ち、なおかつ建築のプロでもある彼は、今や「加賀谷コーポレーション」になくてはならない存在だ。

現在は妻子持ちのよき家庭人である辰見だが、過去には様々な恋愛遍歴を重ねており、日頃から女性の事ならなんでも知り尽くしていると豪語している。

その真偽はともかく、彼は仁にとって唯一女性関係の相談ができる相手でもあった。

「お前がそんな事を言うなんて、すげぇな。いったい相手はどんな女性だ？　コンピューター並みの頭脳を持った才女か？　それとも、超絶グラマラスボディのエロい美女か？」

辰見に興味津々の目を向けられ、仁は黙ったまま首を横に振った。

「賢くてエロいけど、才女とかグラマスボディって感じじゃない。だけど、とにかく愛おしいんだ。可愛くて甘やかしたくなる。一生大事にしたいと思うし、ぜったいに離したくない。四六時中抱きしめてイチャついていたいし、彼女の事を考えただけで……」

「ヤりたくなる、か？　ぶふっ！」

辰見が噴き出し、くつくつと忍び笑いをする。

「おい、何が可笑《おか》しいんだ！」

仁は、しかめっ面《つら》をして辰見の横腹に緩く拳骨《げんこつ》を食らわせた。

「だ、だって、お前がそんなふうになるなんて、喜ばしいと言うかなんと言うか……」

辰見はなおも可笑《おか》しそうに顔を歪《ゆが》め、仁を見ながら嬉しそうに目を細めた。

「なんにせよ、いい事だ。俺はマジで心配してたんだぞ。お前が一生本気の恋愛をしないまま偏屈ジジイになるんじゃないかって。ああ、よかった。これで俺もいろいろとおせっかいな事をせずに済む」

「ご心配ありがとう。俺も、お前のおせっかいから解放されて嬉しいよ」

セレブ女子を集めた合コンを企画されたり、玉の輿《こし》を狙う女性と無理矢理二人きりにさせられたりと、過去仁は辰見のせいで何度も困った状況に陥《おちい》りそうになった。

実のところ、そのせいで余計に女性という存在が疎《うと》ましくなっていた。

しかし、ある意味そのおかげで、ろくでもない女性を察知する能力や、近づいてくる前に適当にあしらう術《すべ》を身につけられたと言えなくもないのだが。

「で、お前をメロメロにした女性って、どこの誰だ？」

辰見にしつこく訊《たず》ねられたが、仁は時期が来たら話すと言って譲らなかった。

話したいのは山々だが、辰見はコンペ事務局のメンバーであり、当然風花の事も見知っている。

彼の性格上、今仁の相手が風花だと知れば、大騒ぎするに決まっていた。

そうなると何かと面倒だし、せめて二人の結婚が決まるまで内緒にしておこうと決めた。その代わり、風花への想いが深まったひとつのエピソードとしてベーカリーカフェで彼女に分けてもらったチョココロネの件を話す。

「なるほどな……じゃあ、その女性はチョココロネで天下の加賀谷仁を射止めたのか」

「いや、それが決め手ってわけじゃないんだが——」

「じゃあ、なんなんだよ？　それっぽっちしか教えてくれないなんて、ケチくさいぞ！」

「まあ、そう怒るな。そのうち、きちんと紹介するから」

二人の仲は順調そのもの。

互いに想い合っているのは明白だし、頃合いを見計らってプロポーズしようと思っている。

タイミングとしては、今風花に担当してもらっている「加賀谷コーポレーション」での仕事が終わったあとがいいだろう。

「約束だぞ！」

辰見がニヤニヤ笑いながら、仁の肩をバンと叩く。

「ああ、約束だ」

仁は辰見に笑い返すと、今夜にでもまた風花に連絡をしてデートの約束を取り付けようと計画するのだった。

◇　◇　◇

「終わった……！」

六月も中旬になり「加賀谷コーポレーション」で働くようになって以来、継続して進めていた過去資料のデータ化の仕事が、ようやく終了した。あとは、共有のファイルにアップして有村に最終チェックをしてもらうだけだ。

風花の小さな呟きを聞きつけ、広田が座っている椅子ごと近づいてきてにっこりと笑いかけてくる。

「お疲れ様〜。ねぇ、ランチ一緒に行かない？」

部内では前後半数ずつに分かれて昼の休憩を取っており、風花はいつも後半にランチを取っている。広田は前半のグループに入っていたが、時折仕事の関係で別の時間になる事もあった。

派遣された当日、風花は社員食堂の入り口で有村に詰問《きつもん》され、その後仁に誘われてランチをともにした。その一連の出来事はすぐに会社中に広まり、風花の存在はほとんどの社員が知るところになっている。

そんな事もあり、風花が社員食堂を利用するのは広田が誘ってくれた時のみ。いつもは一階のコーヒーショップや駅の改札横のベーカリーカフェで済ませたり、おにぎりを持参して会社の建物内にあるフリースペースで食べたりしていた。

今日はちょうど、おにぎりを持って来ておらず、どうしようかと思っていたところだ。

前半のランチタイムが終わり、風花は広田とともに部署を出て社員食堂に向かった。

「何かと大変だったけど、無事終わってよかったね」

「うん、これで一段落ついたから、ようやくほかの仕事に集中できる」

ほかの仕事とは、言うまでもなくコンペで勝ち得た菊池家の子供部屋と、松山邸のリノベーションのふたつだ。

菊池剛の部屋については一応完了しているが、本当の意味ではまだ終わっていない。

なぜかと言うと、剛が部屋を見せたい相手は現在海外におり帰国するのは今年のクリスマスの頃だからだ。異例ではあるが、風花は会社の了承を得て今も時折剛に連絡をして部屋のメンテナンスを行っている。

一方、千枝子とは一度一人で松山邸を訊《たず》ねて以来、何度も打ち合わせを重ねていた。

それに並行して、あちこちのインテリアショップはもとより各種工房や園芸店を訪ね歩き、インターネット上でも千枝子の好みに合いそうなものを探し回っている。

先日は、部屋の壁紙のサンプルと食器と照明に関する資料を持参して、いくつか気に入ったものを千枝子にチョイスしてもらっていた。

彼女の新しい家のイメージは、だんだんと形になってきており、千枝子自身の表情も前に比べて格段に明るいものになってきている。

「それにしても、有村チーフも陰険よねぇ。ごめんね、表立って何もできなくて」

「そんな……私なら大丈夫だから――」

幸い、有村は最近別の仕事で忙しくしており、外出や離席中である事が多くなった。それでも意味もなく嫌な態度を取られるのには変わりないし、存在自体がストレスになっているのは確かだ。

「だってさぁ――」

当初、広田は風花と同じ後半のランチグループにいたが、急に前半に入るよう言われ一緒に昼休憩を取れなくなった。広田曰《いわ》く、それは風花と親しく話すようになったのを有村が見咎《とが》めたからであり、少しでも嫌がらせをしたいがためのしょぼい策略であるらしい。

「小学生の虐《いじ》めっ子じゃあるまいし、いくら美人で仕事ができても性格が悪すぎるわよ。だけど、相手によって態度をコロコロ変えるから一部の男性社員には受けがいいのよね。こうなったら、とっとと寿《ことぶき》退社でもしてくれたらいいのに。でも、狙う相手が高望みすぎて話にならないって噂だけど」

聞くところによると、有村の狙いはハイスペックな男性に限られており、一番のターゲットが仁であるらしい。しかし、今のところ有村の努力は一向に報われておらず、広田が言うところの悪あがきを続行中なのだという。

コンペや新規の仕事の件もあり、有村が風花を敵視するのは当然の流れだ。しかし、まさか風花が仁と付き合っているとは思いもよらないだろう。

仁は社員食堂の一件以来、時折パーソナルリノベーション事業部内の様子を風花に訊《たず》ねてくる。けれど、風花は有村からの地味な嫌がらせについてはいっさい言っておらず、今後も言うつもりはなかった。話せば仁に余計な心配をかけそうだし、所詮《しょせん》派遣の身だ。

松山邸での仕事の結果次第では「ＦＵＫＡ」との提携を考えると言われてはいるが、身体的に傷つけられているわけでもないし、必要以上に波風を立てたくはないという思いもある。

ランチを終え、自席に戻ると外出していた有村が、すでに帰社してデスクに着いていた。

データ作成の仕事が完了した事を報告し、彼女の指示に従って共有ファイルにアップする。

「じゃ、あとはご自由に。その前に、倉庫から持ってきた資料はぜんぶもとの位置に戻しておいて」

有村からそう言われて、風花は自席に戻り残っていた数冊のバインダーファイルを持って地下倉庫に向かった。有村は基本的に風花には話しかけないし、今のように会話は必要最低限だ。別にそれで困らないし、彼女から与えられた仕事が完了した今、同じ部署内にいても以後の関わりはもっと希薄になるだろう。振り返ってみれば、終わるまでにちょうど四カ月かかってしまった。倉庫に資料を戻し、自席に戻るべくエレベーターに乗り込む。

派遣終了まで、あと二カ月。その後どうなるかは、自分のインテリアコーディネーターとしての腕にかかっている。

翌日出社すると、すでに有村が来ていたが、挨拶《あいさつ》をしても顔を上げないままスルーされた。

席に着き、ノートパソコンで「菊池邸・子供部屋」と名前をつけたファイルを開き、スケジュール表を開き進捗を確認する。

クリスマスまで、あと半年と少し——

剛の部屋に設置したプロジェクターは、カウントダウン形式で壁にクリスマスまであと何日あるかを表示できるようになっている。

ベッド横の壁いっぱいに貼った緑色の画用紙はクリスマスまでのカレンダー仕様になっており、剛が毎週一枚ずつクリスマス関連の絵を描いて張り付ける事になっていた。

彼とはメールアドレスを交換しており、普段のやり取りはパソコンを通じて行っている。

毎週月曜日に剛からのメールが届くが、彼はカレンダーにサンタクロースやプレゼントの箱の絵を貼り付けて、引き続き父親の帰りを心待ちにしている様子だ。

「あれっ？」

デスクの引き出しを開けて松山邸に関する資料を出そうとして、そこにあるはずのファイルがない事に気づいた。

それには、これまでに千枝子に見せたサンプルや資料が入っており、彼女がどれをチョイスしたかチェックしたメモ書きも一緒に収納していた。

朝一で千枝子を訊《たず》ねる時など、ファイルは必要に応じて持ち帰ってもよい事になっている。

昨日は会社の引き出しに入れたまま退社し、今はじめてファイルを入れていた引き出しを開けた。

念のためバッグの中や別の引き出しを探してみるも、やはりファイルは見当たらなかった。

「どうかした？」

デスクの引き出しを片っ端から開けているのを見て、広田が声を掛けてくれた。

事情を話したが、当然ながら彼女がファイルの行方《ゆくえ》を知るはずもなく、結局見つからないまま退社時刻を迎えてしまう。

（いったい、どこに行ったんだろう？）

しまう時は必ず引き出しに鍵をかけているし、ファイルが勝手にどこかに行くはずもない。

首を傾げながら駅に向かい、自宅に向かう電車に乗る。

明日はまた千枝子と打ち合わせをする予定だし、資料がないと困ってしまう。一応資料を作った時のデータはパソコンに残してあるし、それを使う事はできなくもない。

けれど、千枝子はデジタルな資料よりもアナログを好むし、実際に現物を見たり触ったりしてもらいたくて作ったものだけに、どこへ行ったのか気になって歩いていても気もそぞろだ。

いつものように商店街を出たところにある地蔵尊《じぞうそん》に手を合わせ、自宅に帰り着く。あるはずがないとわかっていても、ついファイルがないかと家の中を探し回り、無駄に疲れてしまった。

翌日は通常どおり出社して、デジタルなデータを持って松山邸に向かい、打ち合わせを済ませて直帰する。

帰りに壁紙の発注を予定していた会社の販売店に向かい、担当してくれている女性スタッフを呼び出してもらって、注文の手続きを取ろうとした。

しかし、事前に話をしていたにもかかわらず、在庫がないと言われた。

「事前にお話させていただいて、在庫も十分あるから大丈夫だとおっしゃっていましたよね？」

「そうなんですが、急に大量の注文が入りまして――」

要は、急に在庫がなくなり注文はできないという事だ。同社の別の販売店に連絡をしてもらったが、そちらでも完売していて、すでに生産も終了していると言われてしまう。

「申し訳ありませんが、ほかの商品をご検討いただけませんでしょうか」

済まなそうにそう言われたが、壁紙については千枝子と話し合って早々に決定しており、部屋のコーディネートもそれに合わせて進めていた。

壁紙が変わるとなると、ほかのものも再考する事になるし、それだけ時間がかかりあとの作業にも影響が出る。

販売店内にいても埒《らち》が明かず、風花は対処法を考えるべく店を出た。

ちょうどランチタイムでもあり、通りすがりの喫茶店に入ってホットコーヒーを頼んだ。

店内には静かなクラシック音楽が流れており、まばらにいる客達はそれぞれに本を読んだりスマートフォンを弄《いじ》ったりしている。

運ばれてきたコーヒーをひと口飲み、焦る気持ちを落ち着かせた。

（大丈夫。きっとなんとかなる。なんとかしてみせる……！）

いろいろな事が急に上手く行かなくなり戸惑ったが、今まで仕事を続けてきた中で、何度かハプニングは経験しているし、こんな時こそ冷静になるべきだ。

風花はタブレットでさっき訪れた販売店のホームページにアクセスし、企業情報のページを表示させた。そこからオンラインショップのページを見つけ出し、祈る気持ちで千枝子が望む壁紙を探した。

（あった！）

サムネイルで表示された花模様の壁紙画像をクリックし、在庫と注文の可否を確認する。

（できる……よかったぁ！）

風花は心の中で叫び、思わずガッツポーズを取った。その途端、肘がテーブルに当たり大きな音を立ててしまい、周りにいた人達が一斉に風花を振り返る。

「す、すみませんっ」

小声で謝罪しながら頭を下げ、冷静になれと自分に言い聞かせる。

それにしても、さっき販売店で対応してくれた女性スタッフは、どうしてああも簡単にないと断言して探す努力をしてくれなかったのだろう？

疑問に思いつつ喫茶店をあとにして、近くの雑居ビルに入り、静かな廊下を見つけ出した。

それからすぐにオンラインショップの問い合わせ窓口に連絡をし、在庫があるのを確認すると、そのまま注文を確定した。

じきに退勤時刻になる事もあり、デスクには戻らず直帰する。

自宅に帰り着くなりラグの上に倒れ込み、しばらくの間そのままじっとして動かずにいた。

身体はさほど疲れていないが、神経がすり減って動く気が起こらない。

うつぶせの状態でボーッとしていると、お腹がぐうと鳴った。

(そういえば、お昼食べてなかった。お腹空《す》いたな……。駅横のベーカリーカフェのチョココロネ食べたい……)

そうはいっても、これからやるべき仕事があるし、わざわざ店まで買いに行く時間はない。

こういう時、甘え上手な彼氏持ちの女性なら「仕事の帰りに、買ってきて～」などと気軽に頼んだりするのだろう。

以前、仁に甘えてみようと考えた事もあったけれど、結局はできないままだ。

甘え下手な自分をちょっとだけ呪いながら、風花はのそのそと起き上がって食べるものを求めてキッチンに向かうのだった。


その二日後、今度は注文してあとは受け取るだけになっていた信楽焼《しがらきやき》の青いフクロウの置物が入手できなくなった。

それは、玄関に飾るための高さ約三十センチの焼き物で、発注先は地方に住む個人のクリエイターだ。商品は千枝子とネット販売の画像を見て探し出し、大きさや質感などはオンラインで打ち合わせをした際に確認してもらっている。

『すみませ～ん。実は、販売価格の三倍の値段を出すから、どうしても欲しいという人が出ちゃいまして～』

一点ものだし、すぐにできるようなものでもなく、焼き物だから作っても出来上がりには微妙な違いがあるだろう。

すぐに千枝子に連絡を入れて事情を話すと、仕方がないからフクロウについては別のものを探す事になった。当然、心から謝罪したし、千枝子は残念がってはいたが大丈夫だと言って許してくれた。

けれど、原因はなんにせよ顧客の要望に応《こた》えられなかったのは、こちらの不手際だ。面目次第もないし、どうにか千枝子が納得のいく別のものを探そうと必死に代わりのものを探す。

しかし、思うようなものがすぐに見つかるはずもなく、時間がある限りネットサーフィンをしたり、骨董品屋や都内で開催されている蚤《のみ》の市を見て回ったりする日々が続いた。

『風花なら立派にやり遂《と》げてくれると信じてるよ』

仁はそう言ってくれたし、ぜったいにやり遂《と》げると自分自身にも誓ったのに――

自分の不甲斐なさを罵《ののし》り、どうしてこうもハプニングが続くのかと憤《いきどお》る。

こうもスムーズに事が運ばないと、さすがに気が滅入ってきた。

「野元さん、一緒にお昼に行かない？　いい場所、取ってあるの」

広田に誘われて社員食堂に向かい、注文した日替わりランチを持ってフロアの奥に進む。

「ここよ」

広田がドアを開けてくれたのは、派遣されてきた初日に仁とランチを食べた防音ガラスに囲まれた正方形の個室だ。礼を言って中に入り、彼女と向かい合わせになって腰を下ろす。

「ここ、人気があるからなかなか座れないって聞いたけど」

「そうよ。だから、最近では予約制になってるの。希望者は、使いたい日の朝に申請するんだけど、今日は少し早く出社して、ここをゲットしたのよ。それはさておき——まあ、先にランチ食べましょ」

広田は何か言いかけたが、とりあえず冷めないうちにこんがりと焼き色のついたチキンソテーを食べ、雑談を交わす。

「ところで、松山邸の件だけど、その後どう？　上手くいってる？」

「うーん、壁紙の件は納品に時間はかかるけど、なんとか間に合いそう。でも、フクロウの置物はまだ代替品が見つからないの」

松山邸に関する件はパーソナルリノベーション事業部の担当役員である辰見副社長に逐一《ちくいち》報告しており、彼の指示のもとに動いている。この件については、彼を通して仁も進捗状況を把握してくれているが、忙しい身ゆえにここ最近会えていない。

「そう……。実はね——」

広田がキョロキョロと辺りを見回してから言う事には、結局見つからないまま行方《ゆくえ》不明になっていた松山邸に関するファイルが、有村のデスクにある鍵付きの引き出しの中にあるのを見た人がいるらしい。

見たのは同じパーソナルリノベーション事業部で主任職に就いている女性で、たまたま有村のデスクのうしろを通りかかった時に、それを目にしたのだという。

「ちょうどその時、有村チーフは電話中で、引き出しが開けっ放しになっていたみたいで。松山邸のファイルって背表紙に赤いチューリップのシールを貼ってたやつでしょう？　それが、はっきり見えたんだって」

「えっ……それって、つまり有村チーフが私の引き出しからファイルを――」

「こっそり盗んで、自分の引き出しの中に隠しちゃったって事ね」

「でも、ファイルをしまってる引き出しには、毎回きちんと鍵をかけてたのよ？」

「それがね、部署内のデスクのスペアキーは、有村チーフが持っているらしいのよ」

それなら、いつだって引き出しの鍵を開けるのは可能だ。けれど、いくら派遣社員に仕事を奪われたからといって、そこまでするだろうか？

まさかの事実に、頭が混乱した。

「呆れちゃうわ。前に小学生の虐《いじ》めっ子って言ったけど、これじゃそれ以下ね。ねえ、もしかして壁紙とフクロウの件も、有村チーフが横槍を入れたんじゃないかな？　だって、あのファイルには松山邸のインテリアに関するあれこれがぜんぶ入ってたんでしょう？」

「あ……うん」

確かに、あれを見れば発注する商品や販売先の連絡先などが、すべてわかるようになっている。

有村は松山邸には、まったく関与していないが、あのファイルさえあれば――

「だったら、調べてみたほうがいいわね。例のフクロウ、今頃有村チーフの家に届いているかも」

憤慨《ふんがい》する広田の声を聞きながら、風花は無言で箸《はし》を置き、唇を噛みしめた。

今聞いた話がもし事実なら、あまりにもやる事が幼稚すぎる。

早急に、事実確認をしなければならない。

風花は広田に断って、先に個室を出た。冷静になりたくて、あえてエレベーターには乗らず、非常ドアを開けて階段を使う。

ファイルを見た主任は、気になってそれ以後もそれとなく有村の行動を監視していたようだ。彼女によれば、おそらくファイルはまだ有村の引き出しの中にある。

そうであれば、ストレートにファイルの所在を訊《たず》ねるべきだろうか？

いや、それだと事が大きくなりかねないし、ほかの部署の人にも聞かれかねない。

あれこれと考えながら席に戻ると、有村は離席中だった。

（どうすればいいの？）

あったに越した事はないが、ファイルがなくても仕事は進められる。しかし、ハプニングだと思っていた壁紙とフクロウの件は、有村の妨害の可能性が出てきた。

ファイルの件はともかく、それらについてはきちんと調べる必要がある。

もし仮に有村がハプニングに絡んでいるとすれば、また同じような事が起きかねない。自分だけならまだしも、顧客が関わっている以上、黙っているわけにはいかなかった。

風花は今一度壁紙の販売店に連絡をして、担当者から在庫がなくなった経緯について詳しく回答してくれるようメールで依頼文を送った。

フクロウのクリエイターについても同様にメールで問い合わせをして、回答を待つ事にする。

しかし、二日経っても返事はなく、再度メール連絡をしても反応がない。

どうしたものかと思いつつその日の仕事を終えて、午後二時になり「加賀谷コーポレーション」の本社ビルをあとにした。

差出人の名前は風花個人であり「加賀谷コーポレーション」の名前は出していない。

返事が来ないのは、つまりそういう事だ。

(仁に相談してみようかな?)

忙しい人だとわかっているから、できる事なら自分だけで解決したかったけれど、今回の件は「加賀谷コーポレーション」の顧客が関わっており、これ以上問題解決を先延ばしにはできないと判断する。

帰宅したらすぐにSNSで仁にメッセージを送ると決め、駅の構内に入ろうとして、ふとベーカリーカフェの看板を見て足が止まる。

ハプニングのせいで思い出す暇もなかったが、チョココロネを食べたいと思ったまま結局食べずじまいになっていた。

(よし、買って帰ろう!)

こんな時こそ、甘くて美味《おい》しいものを食べて元気を出すのだ。

そう思い立ってベーカリーカフェの中に入り、目当てのチョココロネがある場所に向かった。

しかし……

プレートは出ているけれど、棚にはチョココロネがひとつも残っていなかった。

「申し訳ありません。四つ残っていたんですけど、ついさっき完売してしまったんです」

店員にそう言われて、風花は仕方なく手ぶらのまま店を出て電車に乗る。

ドーナツなど、ほかのスイーツ系の商品を買ってもよかったのだが、チョココロネ以外のものには手が伸びなかったのだ。

（まさか、これも有村チーフの……って、さすがにそれはないか）

ため息をつきながら自宅の最寄り駅に着き、商店街をとぼとぼと歩く。気がつけば地蔵尊《じぞうそん》を通り過ぎており、ハタと立ち止まった場所がちょうど公園の前だった。

地蔵尊《じぞうそん》に手を合わせるのは、もはやルーチン化している。やらなければなんとなくスッキリしないし、かといって今から引き返すほどの元気もなかった。

「そんなにしょぼくれて、どうしたのかな？」

ふいに横から声を掛けられ、びっくりして公園のほうを見た。

「仁っ……！　こんなところで何してるの？」

「取引先との話し合いが早く終わってね。時間的にそろそろ帰ってくる時間だろうと思って、ここで風花を待ってたんだ」

近寄ってきた仁が、風花の腰に手を回してきた。正面からやってきた若いカップルが、二人揃って仁を見つめながら通り過ぎる。

「ちょっ……仁はまだ仕事中でしょ？」

「もう今日は直帰すると言ってあるから、問題ない」

離れようとする身体を腕の中に引き戻すと、仁が隠し持っていた紙袋を風花の目の前でぶらぶらさせる。

「あ！　それ、駅横のベーカリーカフェの袋……」

「当たり。途中下車して買ってきたんだ。今日のお土産《みやげ》はチョココロネだ」

「ほんと？　嬉しい！　……って、最後のチョココロネを買っていったの、仁だったの？」

風花が問いただすと、時間的に最後の四つを買っていったのは仁だったようだ。

「それは悪かったな。だけど、俺を介して風花の胃袋に入るなら、それはそれでちょっとドラマチックじゃないか？」

「確かに」

歩く足が自然と速くなり、あっという間に自宅に到着する。鍵を開けるなり駆け上がるようにして三階に向かう。

「お茶、淹《い》れるね。チョココロネだし、コーヒーがいいよね？」

ワクワクしながら先に奥に入った仁を見ると、胸の前に掲げていた紙袋を再度ぶらぶらさせたあと、これみよがしにうしろ手に隠した。

「せっかく会いに来たのに、風花はチョココロネしか目に入っていないんだな。はぁ……寂しいよ」

仁に芝居がかった態度を取られて、風花はあわてて彼のもとに駆け寄った。彼と公園前で会った時から胸のドキドキが止まらないし、自分でもわかるほど頬が熱く紅潮している。

「ぜんぜんそんな事ないわよ？　だって、私——」

ふいに近づいてきた顔が、キスの距離で止まる。てっきり唇が触れ合うと思いきや、すんでのところでストップして、ただじっと見つめられた。

「仁……？」

「キスしてくれ。俺からじゃなく、風花から」

低い声でねだられ、背伸びして仁の唇にそっと触れるだけのキスをした。その途端、身体を抱き寄せられて何度となく唇を重ねられる。キスが終わり、仁がわざとのように自分の唇を舌で舐《な》めた。

「ふむ……いつの間にそんなに焦《じ》らし上手になったんだ？」

「焦《じ》らしてなんかないわ。仁こそ、いつの間にそんなに甘え上手になったの？　……ずるい。私だって仁に甘えたいのに——」

つい本音が出てしまい、あわてて口を噤《つぐ》む。けれど、しっかり仁に聞き咎《とが》められて、顔をじっと覗き込まれる。

「今、なんて？　俺に甘えたいのに、甘えられないって言ったのか？」

「べ、別にそんな……んんっ……！」

背中がうしろに反《そ》り返るほど熱烈にキスをされ、唇が離れると同時にまた目を見つめられた。

「相変わらず、甘えるのが得意じゃないんだな。そこがまた可愛くてたまらないんだが……」

囁《ささや》くようにそう言われ、鼻の頭にチュッとキスをされた。

胸の鼓動がどんどん大きくなり、心臓の音が身体中に響き渡る。

「前も言ったが、俺は風花を甘やかしたいんだ。もちろん、風花から甘えられたいと思ってる。だから、好きなように甘えてごらん。今ならなんでもしてあげるよ」

「ひっ……」

上唇を舌でチロリとくすぐられ、小さく声が漏れた。甘えられるなら、そうしたい。でも、急にそう言われても何をどう甘えていいのかわからなくなってしまう。

「……チョコ……チョココロネ、食べさせて？」

ようやく絞り出した答えが、我ながら間が抜けている。そう思うも、もう言ってしまったものは取り返しがつかなかった。

「いいよ。じゃあ、こっちにおいで」

誘われるままソファに腰を下ろした風花の隣に、仁がぴったりと身を寄せて座った。

彼は袋の中に入っていたウェットティッシュで丁寧に手を拭き、チョココロネをひとつ取り出した。そして、先が細くなった部分を指先でちぎると、それで太いほうのチョコをたっぷりとすくい取る。

なるほど、そうやって食べれば、チョコを均等に食べられるというわけか。

風花が感心してチョココロネの先に見入っていると、仁が視線を合わせて注意を引いてきた。

「ほら、あーんして」

「あーん……むぐっ……うん、おいひぃ……」

咀嚼《そしゃく》しながら喋《しゃべ》ってしまい、お行儀が悪かったとすぐに反省する。仁はといえば、二口目のパンをちぎろうとして少々苦労している。

「うーん、気をつけないとチョコがはみ出そうだな。このまま齧《かじ》ったほうが、いいかもしれない」

仁がそう言って、太いほうからひと口齧《かじ》った。すると、細いほうにチョコが押し出され、少しだけ下に落ちてしまう。

「わっ……セーフ！」

ちょうど落ちた先が風花の掌《てのひら》だった。それを口に持っていって食べようとすると、ふいに手首を掴まれて仁に横取りされてしまう。

「私のチョコなのに」

「風花は、俺に食べさせてもらいたいんだろう？　これは落ちたやつだから、俺のだ」

ぺろりと舌でチョコを舐《な》め取られ、くすぐったさに肩が縮こまった。

二口目を口元に持ってこられて、また口を開ける。思っていたよりも大きかったせいか、口を閉じる前にチョコがパンから飛び出て唇の横にくっついた。

「おっと――」

「ん、んっ……」

チョコが顎《あご》のほうに垂れる前に、仁が素早くそれを舐《な》めてくれた。

掌《てのひら》に続き口角を舐《な》め上げられ、これ以上続けると止められなくなってしまう――

風花はチョコのように蕩《とろ》けそうになっている気持ちを引き締め、仁の胸を両方の掌《てのひら》で押さえストップをかけた。

「待って！　仁に相談したい事があるの。そっちで甘えさせてもらってもいい？」

思い詰めた顔をする風花を見て、仁が即座に頷いて唇の端に着いていたチョコを指先で拭った。

「もちろんだ。何かあったのか？」

「……実はね――」

風花は事実をありのままに話し、推測はしていても確定していない事柄については言わないでおいた。しかし、仁は何かしら察した様子で、この件に関しては一旦ぜんぶ自分に任せてほしいと言われる。

「せっかく新規の仕事を任せてもらったのに、面倒な事になってしまって申し訳ありません」

会話の内容が仕事の件だけに、いつものようにため口で話すわけにはいかなかった。

風花は居住まいを正し、仁に向かって頭を下げた。

「いや、この件で風花が謝る事はない。少しだけ待ってくれ。必ず調べ上げてわかり次第連絡をする」

それからすぐに仁が会社に戻ると言って帰っていき、風花は彼に言われたとおり有村についてあれこれ考えるのはやめた。ほかにやるべき事はたくさんあるし、フクロウの代替品だってまだ見つかっていない。ノートパソコンを開いてまた探そうとしているところに、この建物の貸主であり海外に移住した叔母から連絡が入った。

『探してるフクロウとはぜんぜん違うけど、青くてちょっといい感じのやつが見つかったわよ』

「ほんとに？　それ、今すぐに見られる？」

風花は叔母に頼んでビデオ通話に切り替え、実物を見せてもらった。それは、もともと探していたものよりも一回り大きいが、色合いが綺麗で顔立ちも可愛らしい。

「これ、キープしてもらっておいていい？　すぐにクライアントに聞いてみる」

『オッケー。善は急げね。じゃあ、また～』

叔母との通話を終えてからすぐに、風花は千枝子に連絡をして会う約束を取り付けた。叔母には、少し前に彼女の顧客だった婦人服専門店の店主から依頼された、アールヌーボー調のランプも見つけてもらっている。

今回の品はスウェーデン製のものだというが、もし気に入ってもらえたらフクロウはランプ同様、はるばる海を渡って日本にやってくるのだ。

（叔母さん、あいかわらず元気そうだったな）

彼女が五十歳で結婚して海外移住を決めたのは、依頼された仕事を通じて海外に住むデンマーク人のバイヤーと知り合い、あっという間に恋に落ちたからだ。

人は、いつ何時何があるかわからないし、思いがけない出会いにより愛する人に出会う事だってある。

今の自分にとって、仁は間違いなく運命の人だ。

仕事では上手く行かない事続きだが、彼を想うと必要以上にクヨクヨせずにいられた。

仁を愛し彼に愛されている事が、風花の心に平穏をもたらしてくれている。

彼のおかげで強くなれている自分を感じて、風花はますます仁への想いと感謝の念を強くするのだった。

さすが、社会的地位の高い人が動くと、いろいろな事がスムーズに運ぶ。

仁がどんな手段を取ったのか詳細は教えられていないが、彼に壁紙とフクロウの件を任せた結果、双方から即返答があった。ただし、壁紙の販売店の担当者はすでに退職しており、詳細はすぐにはわからないと言われたようだ。

一方、フクロウのクリエイターは、あっさり高額での買取りをした人物の受取先を明かしたが、そこに住んでいた男子大学生曰《いわ》く「宅配便の受け取り代行」という単発のバイトをしただけだという。

結局、双方から有村の名前は出ずじまい。きちんとした証拠がない限り有村はクロではなくグレーだ。人を疑いたくはないがファイルの件もあるし、ハプニングを装《よそお》ったやり方の巧妙さに危機感が倍増した。

仁は引き続き調査を続けると言ってくれているが、いつまた有村の邪魔が入るかわからない状態で仕事を続けるのは不安でしかない。

けれど、有村の件で彼をこれ以上煩《わずら》わせたくなかった。

こうなったら自力でファイルの件を明らかにしたほうが早いのではないだろうか……

広田は引き続き松山邸のファイルの事を気にかけてくれており、それを見たという女性主任も監視を手伝うと言ってくれている。

これまでの間、風花はなるべく目立たないよう仕事だけに注力してきたが、本格的な仕事に取り掛かるようになってからは、必要に応じてほかの社員と話す機会も多くなってきている。

最近では広田以外の社員との距離も縮まり、件《くだん》の主任もその一人だ。当然、皆それぞれに仕事を抱えており、四六時中有村を監視しているわけにはいかない。

それでも、なんとか有村のしっぽを掴むべく、風花は協力を申し出てくれた広田達と連携を取りながら、彼女の行動を監視する事にした。

しかしながら、ここ最近千枝子からの呼び出しが多くなり、風花がじっくりと腰を据えて事務仕事をする時間はそう多くなかった。

けれど、ある時松山邸に行って帰社したところ、有村のデスクの近くで棚の書類を探していた様子の広田が、風花に向かってあわてた様子で目配せをしてきた。

何事かと彼女の視線の先を見ると、有村が鍵付きの引き出しを開けたまま電話応対をしているところだった。

風花は咄嗟《とっさ》にダッシュして有村のデスクに駆け寄った。そして、彼女がハタと気がついて引き出しを閉めるギリギリのところで、どうにかそれを阻止する事に成功した。

「何よ、びっくりするじゃないの！」

有村が、周りを気にして低い声で風花を怒鳴りつける。

「有村チーフ、どうかしましたか？」

そこへ、広田がさりげなく近づいてきて有村の注意を引いてくれた。

風花は、その隙に彼女のデスクのそばにしゃがみ込むようにして背表紙にチューリップのシールが貼ってあるファイルを探した。だが、引き出しの中にあるのは、数冊のビジネス書と化粧ポーチのみ。目当ての松山邸のファイルはもとより、仕事関連のものはひとつも見当たらなかった。

やられた――

有村は、なんらかの方法で風花の動きを察知し、事前にデスク内のファイルを移動させたに違いなかった。しゃがみ込んだまま固まっている風花を見て、有村が口元だけの微笑みを浮かべた。

「何をしようとしたのか知らないけど、いい加減自分の立場をわきまえたほうがいいわよ」

せせら笑うようにそう言われて、風花は唇を噛んだ。

証拠を掴めなかった今、何も言い返す事はできない――

諦めて立ち上がろうとしたその時、有村がデスクの足元に置いているバッグから赤いチューリップのシールが覗いているのを見つけた。

風花は咄嗟《とっさ》に手を伸ばし、それを掴んだまましろに飛びすさるようにして立ち上がった。

「ちょっと！」

有村が焦ったような声を上げて、それを奪い返そうとしてくる。しかし、他部署の社員がちょうど有村を訪ねてきて、その場の張り詰めた雰囲気が強制的に中断された。

「有村チーフ、先日計上された経費の件なんですが――」

近寄ってきたのは、風花も給与の件で一度話した事がある経理部の男性社員だ。彼は自分の用事で頭がいっぱいの様子で、有村が苦虫を噛み潰したような顔をしていても、まったく気にしていない。

「これなんですけどね」

有村が男性社員に捕まっている間に、風花はファイルを持ってその場から離れた。

部署内にいるほかの社員が戸惑った様子を見せる中、広田と女性主任が目で合図を送ってきた。

『もしファイルが見つかったら、とりあえずG会議室に行って』

部署内で騒ぎ立てるのは好ましくないため、風花は事前に打ち合わせていたとおり十五階にあるG会議室に向かった。

あまり広さがないそこは、普段はあまり使われていないようで、だいたいいつも空《あ》いていると聞かされている。

やってきた無人のエレベーターに乗り込み、ファイルをパラパラとめくった。壁紙とフクロウのページで手を止めると、見覚えのないオレンジ色の付箋《ふせん》がつけられている。

（これって……）

そこに書き込まれているのは、壁紙の販売店の女性スタッフと仁が調べてくれた宅配便を受け取るバイトをしただけだと言い張っていた男子大学生の名前だった。その下には、電話番号らしき十一桁の数字が書かれている。

風花は念のためそれをスマートフォンのカメラで写し、保存した。

壁紙とフクロウの件に関しては、まだ確証を掴んだとは言えないけれど、少なくとも有村が風花に黙ってファイルを盗ったのは明らかになった。

G会議室の前に来てみると、ドアは開け放たれたままで誰も使っていない。今頃は広田が総務部に連絡をして、ここの使用申請をしてくれている頃だろう。

中に入りドアを閉めたあと、長テーブルの縁に置いてあるビジネスホンの受話器を取って、小さく深呼吸をする。

「加賀谷コーポレーション」では、社員番号がそれぞれのデスクに設置されている電話の内線番号になっている。

風花が有村に内線をかけると、すぐに応答があった。

「野元です。お忙しいところ申し訳ありませんが、今すぐにG会議室にお越し願えますか？」

耳元で受話器を叩きつけるような大きな音がして、通話が途切れた。

それから間もなくしてノックもなしにドアが開き、鬼の形相《ぎょうそう》をした有村が部屋の中に入ってきた。

「派遣の分際で、よくもこんな事ができたわね！」

「有村チーフこそ、どうして個人の引き出しから勝手に顧客ファイルを持ち出すなんて事ができるんですか？」

言い返されるとは思っていなかったのか、有村がいっそう険しい表情を浮かべる。

「私はパーソナルリノベーション事業部の責任者よ。顧客ファイルを持ち出して何が悪いの？　もともと部内で共有してしかるべきだし、なんの問題もないわ」

有村がフンと鼻を鳴らし、椅子を引いてそこに腰を下ろした。

「では、壁紙とフクロウの置物については？　ここに描かれている男性の名前、フクロウの置物の送付先に住んでいる人の名前ですよね。これについても、問題ないとおっしゃるんですか？」

風花に問い詰められ、有村が小さく舌打ちをした。

「どうして仕事の邪魔をするんですか？　迷惑を被《こうむ》るのは私じゃなくて、会社の大切な顧客ですよ？　私が気に入らないのはわかります。でも、それなら卑怯《ひきょう》な行為で邪魔をするんじゃなくて、正々堂々と仕事で成果を出して私を蹴散らせばいいじゃないですか」

「ったく、うるさいわね！」

有村が突然立ち上がり、ファイルに貼られている付箋《ふせん》を奪い取った。それを手の中で握り潰すと、風花を押しのけるようにして部屋のドアの前まで進んだ。

「問題は、あなた程度の者がうちの仕事を担当してる事よ！　私は、それを正しているだけだわ。ねえ……言っておくけど、加賀谷社長と寝てるのって、あなただけじゃないから」

有村がニッと笑い、風花の顔をじっと見つめてくる。

仁が自分を裏切るなんて、あり得ない。そう信じていても、咄嗟《とっさ》の事ですぐには頭が回らなかったのがいけなかった。

風花が黙ったまま顔を引き攣《つ》らせるのを見て、有村がいきなり近寄ってきて平手打ちを食らわせようとしてきた。

「なっ……何をするんですか！」

すんでのところで有村の掌《てのひら》を避けて、よろめいて背中が壁にぶつかった。

「その言葉、そっくりあなたに返すわ！　まさか、あなた程度の女が、本当に加賀谷社長と寝てるなんて——」

有村の表情からすると、彼女は二人の関係に確信を持てないまま風花にかまをかけてきたようだ。

自分は、まんまとそれに引っかかってしまった！

今更否定しても信じてもらえそうもないし、これ以上彼女を刺激しないほうがいいと判断する。

「この雌豚《めすぶた》……。おかげで、私の将来の計画がめちゃくちゃになったじゃないの。だけど、このまじゃ終わらせない……。ぜったいに、私の思いどおりにしてみせるわ」

ブツブツと独り言を言っていた有村が、キッと顔を上げて風花を睨《にら》みつける。その顔つきは、どこか狂気を孕《はら》んでいるように見えた。

「私には、強い味方がいるの。だから、ファイルの件でこれ以上騒ぐのはやめる事ね。それと、今すぐに松山様の仕事を降りて『加賀谷コーポレーション』から去りなさい。さもないと、加賀谷社長に迷惑がかかる事になるわよ。それに、松山千枝子様にも――」

「なっ……それ、どういう意味ですか！」

自分だけならまだしも、仁や顧客でありなんの関係もない千枝子の名前まで出すなんて、意味がわからない。しかし、有村は答えることなく、風花を忌々《いまいま》しそうに睨《にら》んでくる。

「くれぐれも、私が言った事を忘れないように。言っておくけど、この事は他言無用よ」

そう言い残して、有村は踵《きびす》を返して部屋を出ていってしまった。

ファイルの件は認めさせる事ができたが、新たに生じた問題が大きすぎる。一人残された風花は、開け放たれたままのドアの前で呆然と立ち尽くすしかなかった。

有村から不可解な脅《おど》しを受けて以来、風花は心の動揺を隠しつつ仕事をこなしていた。

折しも仁は地方出張に出かけており、不在だ。

彼に相談しようにもそうできず、千枝子の依頼について悩んでいる間も期限は刻一刻と迫っている。二人に迷惑をかける可能性がある以上、迂闊《うかつ》には動けないし、かといって仕事をストップさせる事もできない。

八方塞がりになって二日目の朝、風花は出勤途中の駅中で人とぶつかって手首に怪我をした。ちょうど階段を下りている時で、咄嗟《とっさ》に両手をついたおかげで転落は避けられたものの、そのせいで右手を痛めてしまったのだ。

念のため病院に行くと、僅《わず》かだが骨にひびが入っていると言われ、二週間はギプスで固定しておく必要があると言われた。幸いそのほかは問題なく、歩けるしさほど痛みもない。

しかし、松山邸の仕事に関しては多少なりとも支障が出る。困っていたところに、担当役員の辰見副社長より完治するまで有村にサポート役をお願いするようにと提案された。

「ですが、松山様は――」

以前の依頼で関わって以来、千枝子は有村をNGにしているはずだ。しかし、その件に関しては、有村が自《みずか》ら千枝子の家に出向き、平身低頭謝って関係を修復したらしい。

その結果、有村は今回の依頼に関わる事を許され、風花のサポート役を買って出たと聞かされた。

プライドが高い彼女が、いったいどうして――

ぜったいに、何か裏がある。むやみに人を疑ったりしない風花だが、今回ばかりはそう思わざるを得ないし、手のひらを返したような有村の態度には不安しか感じない。

しかし、千枝子がいいと言った以上、有村とペアを組まないわけにはいかなかった。

「ところで、いつ『加賀谷コーポレーション』を去るの？　私が言った事、忘れたわけじゃないでしょう？」

彼女の運転で松山邸に向かう道すがら、有村にそう言われた。返事を躊躇《ちゅうちょ》している間に、彼女が再び話し始める。

「松山様って、もうかなりのご高齢よね。あなたは骨にヒビが入るだけで済んだけど、松山様のスカスカの骨だと骨折は免《まぬが》れないわね。お気の毒に」

そう話す有村の顔には、ゾッとするような笑みが浮かんでいる。それを見るなり、風花の頭の中に彼女に関する疑惑が湧き起こった。

もしや、駅中での怪我にも、有村が関わっているのでは――。てっきり偶発的なものだと思っていたが、そうではないとしたら？

有村の口ぶりから察するに、その可能性は限りなく高い。そうであれば、今の発言は、はっきりとした脅迫だ。彼女は自分の思いどおりにするためなら、手段を選ばない。それがわかった今、自分に何ができるだろうか……

松山邸に到着し、打ち合わせを始める前に、千枝子が風花の怪我を心配してあれこれと気遣ってくれた。有村はといえば、終始猫なで声を出して千枝子に取り入ろうとしている。

しかし、千枝子は明らかに表情が硬く、依頼に関わる事を許されたとはいえ、とても有村を歓迎

していると は思えなかった。

彼女がいるせいで、なかなか思うように千枝子と話す事ができない——そう思っていたところに、有村に会社から連絡が入り、彼女が十分ほど席を外した。それでもまだ、普段よりも口数が少ない千枝子の様子に、風花は有村の事を言い出さずにはいられなくなる。

「千枝子さん、私が怪我をしたばっかりに、予定どおりに進められなくなってしまって、本当に申し訳ありません」

「いいえ、あなたは悪くないの。有村さんに頭を下げられて、つい……」

千枝子が言う事には、有村との和解を仲介したのは副社長の辰見だったようだ。役員に頼まれては無下《むげ》に断るわけにもいかず、結局はやんわりと押し切られるようにして有村がサポート役につく事を承諾してしまったのだ、と。

それからすぐに有村が戻ってきて、残りの打ち合わせを済ませ、松山邸をあとにする。帰りも有村の運転する社用車に同乗したが、行きとは違い彼女は終始無言のままで、風花とは一言も話さずじまいだった。

『怪我はどうだ？　あまり無理はしないようにな』

仕事を終えて帰宅したあと、地方出張中の仁から電話連絡が入り、少しだけ話をした。怪我の件はもとより、有村との軋轢《あつれき》を知る彼はいつも以上に風花を気にかけてくれている。彼は引き続き松山邸の件を調べてくれているが、今のところ進展はないみたいだ。

けれど、有村の怖さを知った今、それらの件は十中八九彼女の仕業《しわざ》に違いなかった。

しかし、いずれにせよ忙しい彼を、これ以上巻き込むのだけは避けるべきだ。
仁に隠し事はしたくない――。そう思うものの、彼に被害が及ぶのを避けるために、新たに生まれた問題について話す事はできなかった。

七月も下旬に差し掛かり、風花の派遣終了の期限まで、ひと月を切った。

その日は朝からの雨がずっと降り続いており、天気予報では明日の昼までやまないだろうと予測されている。

そんな中、風花は千枝子から個人的に連絡をもらった。電話口から聞こえてくる声から察するに、何かあったに違いない――

ちょうど土曜日であり、風花は急ぎ松山邸に向かい、千枝子に案内された裏庭を見て絶句した。

「これは、いったい……」

千枝子の希望により、裏庭には花壇ができて、つい先週低木で青い花をつけるカリフォルニアライラックや紫陽花《あじさい》などを植えていた。そのほかにも、季節ごとに花を咲かせる植物もあったのに、すべて見るも無残に引っこ抜かれ、踏みにじられている。

「誰がこんな事を――」

そう言ったものの、それよりも前に頭に思い浮かんだのは有村の顔だ。

千枝子は寡黙《かもく》だが誰かの恨みを買うような人ではないし、おそらく風花が言う事を聞かない事に業《ごう》を煮やした有村の仕業《しわざ》だと思われる。

「今朝起きて庭を見たら、こうなっていたのよ」

風花は不安がる千枝子に寄り添い、彼女の手に上にそっと掌《てのひら》を重ねた。

有村が言った事を恐れ警戒はしていたが、まさかこれほどの事をするとは予想できなかった。

千枝子の骨の話を聞いた時はゾッとしたが、ターゲットはあくまでも自分であり、よもやほかの人に危害を加える事はないだろうと思っていた。

庭の荒れ具合からして、自分の時同様、有村が直接手を下したのではなさそうだ。とはいえ、これは嫌がらせの域を超えているし、明確な犯罪行為だ。

（私だけならまだしも、千枝子さんの花壇にまで手を出すなんて、許せない……）

けれど、問題の渦中にいる自分が動けば、またどこかしらに被害が出る恐れがあった。

風花は、ただ顧客が喜ぶ仕事をしようと心掛けているだけだ。

それなのに、千枝子は新しくできた庭がめちゃくちゃになったのを見て悲しんでいる。

こんなつもりじゃなかったのに――

どうにか今の状況から脱却できないかと考え続けてきたが、もうそんな悠長な事は言っていられなくなった。

問題をここまで大きくしたのは自分であり、もはや自《みずか》ら身を引くしか道はないのではないかと思えてくる。

しかし、あと少しで完成する松山邸のリノベーションを、途中で放り出すなんてできない。

（理由はどうであれ、有村チーフをここまで暴走させてしまったのは私だもの）

こうなってしまったら、もう「加賀谷コーポレーション」との提携は望むべくもないが、せめて千枝子の希望どおりの家を作り上げてから手を引きたいと思う。

いずれにせよ、松山邸施工《せこう》期限の十日後に、風花の派遣契約も終わる。その前に、きちんと仁に有村に関する一連の出来事を話し、今後について話し合う必要があった。

「千枝子さんさえよければ、明日妹さんが来るまで、私が一緒にいます」

庭を荒らされて一人が怖くなった千枝子は、隣県に住む妹に連絡をして明日ここへ来てもらうよう頼んでいる。

「そうしてもらえたら心強いわ」

松山邸に泊まる事になった風花は、今日はじめて笑顔を見せた千枝子の背中を掌《てのひら》で擦《さす》った。

とにかく今は、自分のせいで被害を被《こうむ》った庭を修繕し、彼女の傷ついた心のケアをしなければならない。

風花は一連の出来事で深く傷ついた心を押し殺して、千枝子に微笑みを返すのだった。

◇　◇　◇

『なあ、仁。お前のチョココロネの彼女だが、俺、だいたい見当がついたかもしれない』

辰見がそんな電話をかけてきたのは、仁が出張先のロサンゼルスで、明日の帰国のために荷造りをしている最中の事だ。

『明日の晩、空《あ》いてるか？』

「久しぶりに彼女とデートする予定だから、空《あ》いてない」

『なんだよ～、つれないなぁ』

ここのところ、ずっと会えない日々が続いていた事もあり、明日は風花をディナーに誘おうと思っていた。その時に、以前から調べ続けていた松山邸の壁紙とフクロウの置物について話すつもりだ。調査の結果、松山邸に関するゴタゴタがすべて明らかになった。

結論を言うと、壁紙販売店の女性スタッフと宅配便受取のバイトをしたと言っていた男子大学生は、ゴロツキのような男に脅《おど》されて言いなりになっていただけだとわかった。

ただし、その男はただの実行犯で、裏で糸を引いていたのはパーソナルリノベーション事業部の有村凛だったのだ。

いったいなぜ、彼女がそんな事をしようと思ったのか――

理由はどうであれ、この件に関しては有村に対して厳しい態度を取らざるを得ないと考えている。

「で、誰だと思うって？　俺のチョココロネの彼女は」

本当は辰見の電話に付き合っている暇はないのだが、彼の自信たっぷりの口調が気になり、ついそう聞いてしまった。

『まあ、そう急ぐなよ。まずは、俺がそう思うに至るまでの話を聞けよ』

辰見が言うには、最初にピンときたのは、そうだと思う女性から二人が付き合っている事を匂わせるような言動があった時だったらしい。

仕事上の事もあり、仁は今のところ風花との関係をひた隠しにしている。

むろん、適切な時期が来たらバレても構わないと思っているが、風花はそうではない。ゆえに彼女が辰見にそんな言動を取るとは思えないし、部署の担当役員とはいえ、さほど接点があるとは思えないのだが……

『実際、前から二人がいい感じじゃないかって気づいていたんだよな。彼女は優秀だし、外見も申し分ない。それに、仕事が大好きなお前の事だから、一生のパートナーともなると同業者のほうがいいだろうしな』

優秀で、一生のパートナーになりうる同業者――

どのタイミングでバレていたのかわからないが、辰見は思っていたよりは勘が鋭かったようだ。

『一月にあった取引先のパーティがあったのを覚えてるか？　あの時かなぁ、確信を持って彼女だって思ったのは』

まさにそのパーティがあった夜に、風花と出会い恋に落ちた。それはそうと、どうして辰見が風花と出会った日を知っているのだろう？

『あの夜、どうしてもお前と二人っきりになりたいって言われてさ。俺が恋のキューピッド役を買って出たわけよ。で、あの夜からなんだろう？　お前がチョコロネの彼女と本格的にデキちゃったのは』

「ああ、そうだけど――」

『やっぱり！　お前、あの晩からちょっと雰囲気が変わったから、これは何かあったなってすぐわかったよ。あの時お前と彼女を無理矢理ツーショットにして正解だったろ？　でも、せっかくの夜に使い物にならなくなったら最悪だと思って、お前が酒に弱い事をさりげなく彼女に教えておいてやったんだぜ。俺って、気が利くよな～』

「……は？　おい、それはどういう事だ？」

『この間も、彼女が俺のところに来てさ「少しでも加賀谷社長のお役に立ちたいから、私を野元さんのサポート役にさせてください」って。なんか彼女って、ああ見えて結構健気《けなげ》だよな――』

「ちょっと待て！」

『な、なんだよ？』

仁の剣幕に、辰見がびっくりして素《す》っ頓狂《とんきょう》な声を上げた。話の途中からなんだかおかしなことを言い出したと思ったら、事もあろうに辰見は一番してはいけない勘違いをしている。

パーティ会場で飲んだノンアルコールのカクテルが、途中から味が変わったと感じたのはそのせいだったのだ。恋愛には人一倍長《た》けていると豪語している辰見は、実はただただお気楽な、悪気のない勘違い男だった――！

その事に気づいた仁は、自分のテーブルに両肘をついて唸《うな》り声を上げながら頭をガリガリと掻きむしるのだった。

◇　◇　◇

松山邸の庭が荒らされてから四日後、一週間の海外出張を終えた仁が、その日の夕方に本社に戻ってきた。その間、彼とは何度か電話やメッセージで連絡を取り合っていたが、時差や忙しさもあってゆっくり話せないままになっていた。

『明日の夜、会えるか？　早急に話したい事がある』

昨日もらったメッセージに承諾の返信をして以来、風花は仁と会える時を心待ちにしていた。

彼の顔を見られる喜びはある。だが、その一方で自分のせいで起きてしまった出来事に対して、どう詫びたらいいのか思い悩んでいた。

松山邸の庭は、土日をかけてなんとか更地に戻した。大事《おおごと》にしたくないという千枝子からの申し出により、荒らされたという事実はまだどこにも報告していない。

有村はといえば、以前から決まっていた有給休暇を取得中で、今日まで不在だ。

彼女に連絡を取っていろいろと問いただしたい気持ちはあるが、これ以上自己判断で行動すべきではないと踏みとどまった。

（それにしても、早急に話したい事ってなんだろう？）

気になる事は多々あるが、仕事中の今は松山邸のリノベーションが無事終わる事だけに注力せねばならない。

風花は午前中に松山邸を訪ね、午後は庭を再建するために取引先の園芸店を訪ね歩いた。

「ＦＵＫＡ」の仕事が一段落した事もあって、派遣仕事の終業時間は「加賀谷コーポレーション」の正社員と同じになっている。

仕事を終えて、仁と待ち合わせをしている駅に近いカフェに向かう。しかし、歩いている途中でメッセージをもらい、店に入る前に車でピックアップしてもらった。

「手首の具合はどうだ？」

助手席に座るなり怪我の心配をされ、エンジンをかける前に左の掌《てのひら》で頬を包み込まれる。

「もう痛まないし、平気よ」

「それならよかった」

仁がホッとしたように微笑み、左手をハンドルに戻した。

「とりあえず、俺の家に行こう。近いから、すぐに着く。話はそれからだ」

彼の口調は優しいが、どこか気持ちが急《せ》いているのがわかる。それは、おそらく「早急に話したい事」と関係しており、それは車の中で済ませられる内容ではないのだろう。

（もしかして、別れ話とか……）

以前、元カレから同じようなシチュエーションで別れを告げられた事が頭をよぎった。

まさかとは思うが、ぜったいに違うとも言い切れない。

二人とも、ほとんど話さないまま車は走り続け、都心でも有数の高級住宅街と言われる地域に入った。白い塀に囲まれた邸宅の前で減速し、その先にある駐車場のゲートが自動的に開く。

「え……仁の家って、ここなの？」

「そうだ。普段、あまり使ってないけどな」

白亜の建物は、やや高低差のある土地の角地に建てられており、駐車場は車を八台停められるスペースがある。周囲を走る道の幅は十分に広く、高い建物がないため明るく風通しもよさそうだ。

二階建ての建物の周囲には、正面を除く三方を囲むシェル状の壁が設置されており、外からの視線がまったく気にならない造りになっていた。

（すごい……ここ、いったい土地家屋合わせていくらくらいするんだろう？）

玄関からまっすぐ進むと、中庭に面した吹き抜けのホールがある。床と壁は清潔感溢《あふ》れる白い無垢《むく》材《ざい》が使用されており、天井《てんじょう》までの窓のほかにも外光を取り入れる開口部がふんだんに設《もう》けられていた。部屋の照明は優雅なラインを描くシャンデリアで、その下には三日月のような形状のソファが置かれている。

風花は仁に連れられて、家の中をひととおり見て回った。それだけでもかなり時間がかかったし、ぼんやりしたまま歩いていると、迷子になってしまいそうだ。

一階のホールを見下ろせる廊下で立ち止まり、広々とした大空間を見渡した。

今まで数多くの豪邸の資料を見てきたが、これほど洗練された美しさを持つ邸宅を見るのははじめてだ。

「こんなに立派で素敵なのに、使ってないんだ……」

「さすがに、一人だと広すぎてね。是非欲しいと言う人もいたし売ってしまってもよかったんだが、いろいろと考えながら建てた家だから、なんとなく手放し難《がた》くて……。今思えば、持っていてよかった。結婚して家族で住むにはちょうどいいし、街も住みやすくて静かだ」

「けっ……こん……するの？」

思わずそう呟いてしまい、振り返って仁を見た。ごく小さな声だったのに、仁には聞こえていたみたいだ。

「以前は、そんな気はまったくなかったんだが、いい人が見つかったからね。前から結婚しろとうるさくせっついてくる奴がいて、そいつには本当に迷惑をかけられたし、バカげた勘違いをされたりして、いい加減ウンザリしてたんだがな」

（ああ、やっぱり……）

話とは、やはり別れ話だった——

風花は絶望的な気分になるも、仁からたくさんの事を学ばせてもらい、短いながらも一生思い出に残る時間を過ごせた事には感謝しかない。

風花は泣きたくなる気持ちを堪《こら》え、にっこりと微笑みを浮かべた。

「そうなのね。まずは、おめでとうを言わせて。その人とお幸せに……。それと、これまでいろいろとありがとう。派遣終了まであと少しだけど、仁には本当にお世話になったわ。それと、松山邸の事なんだけど、私、仁に謝らなきゃならない事があって——」

「風花、ちょっと待ってくれ。何か勘違いしていないか？　いや、そうさせるような言い方をした俺が悪い——」

風花の話を遮《さえぎ》ると、仁がふいに身体を引き寄せて、きつく抱きしめてきた。

彼の言葉と行動がちぐはぐなのに戸惑い、風花は仁の胸に抱かれながら顔を強張《こわば》らせる。

「そうじゃないんだ」

風花は、身じろぎもせず仁の目を見つめた。まっすぐに目を見つめ返してくる仁が、めずらしく口ごもっている。

「俺は今、自分でも信じられないくらい緊張しているし、バカみたいにしどろもどろになって言いたい事をどう伝えていいかわからなくなってる。だが、これだけは先に伝えさせてくれ。――風花、愛してる。俺と結婚してくれないか？」

「……へえ？」

これ以上間の抜けた返事はないと言う声が出て、風花はそれきり呆然として黙り込む。

「俺が結婚したいのは風花だ。焦って順番がバラバラになって、誤解させてすまなかった。俺には風花しかいない。もっと早く伝えればよかったのに、頃合いを見計らってなんて考えている間に、辰見に誤解されて、そのせいで風花を――本当に申し訳ない」

抱き寄せていた腕を解くと、仁はおもむろに風花の前で腰を落とし片膝をついた。

そして、下から風花を見上げるようにして目を合わせ、懇願するような表情を浮かべながら右手を差し伸べてくる。

「風花、どうか俺と結婚して一生をともにしてくれ。日に日に愛おしさが募《つの》って、もう一緒に暮らさないと耐えられない。返事を聞かせてくれるか？」

まるで、いつか見た海外の映画のクライマックスみたいだ。頭の中で、いくつもの花火が上がり、大勢の誰とも知れない人々の歓声がどこからか聞こえてくるみたいだった。

「そ、それ……真面目に言ってる？」

「ああ、大真面目で言っている。風花とこの家に住んで、家族になりたいんだ。死ぬほど愛し合って、今生《こんじょう》だけじゃなく来世も、その次も永遠に愛するって誓うから――」

「仁っ……！　私も愛してる！　結婚、したい！　仁と結婚したい……！」

風花が差し伸べた手を掴むと、仁が立ち上がった。

そして、風花の腰に腕を回し、高く抱き上げる。

自分よりも下にある仁の顔を両手に包み込むと、風花は彼の唇に心を込めてキスをするのだった。


ひとしきり想いを伝え合ったのち、風花はソファで仁と身を寄り添わせながら、互いに話すべき事を伝え合った。

風花は、手首の怪我の件や松村邸の庭が荒らされた事――その首謀者が有村である可能性が高いという事実と、彼女に脅《おど》されてそれらを仁に話せなかったわけを、ありのままに伝えた。

仁からは、調査の結果、松山邸に関する問題はすべて有村が裏で糸を引いていた事が明らかになった件や、彼女が言っていた「強い味方」というのが、副社長の辰見だったという驚きの事実を教えられた。

「辰見は有村チーフと俺が恋愛関係にあると勘違いして、まったく悪気なく、俺達の仲を引っ掻き回す手助けをしていたというわけだ。もっとも、彼のいらぬおせっかいがなければ、あの雪の日の夜、俺が風花に拾われる事もなかったんだが——」

「そうだったのね……」

「これからは、二度と風花を悩ませたりしないって誓うよ。風花の事は、俺が一生をかけて守り抜いてみせる」

「私も仁を守るわ。まだ、いろいろと力が及ばないけど、そうできるように頑張る」

「頼もしいな」

唇が重なり、風花は仁の腕の中で満ち足りた笑みを浮かべる。

そう、何も言う事はない——

風花は彼に押し倒されるままにソファの上に仰向けに寝そべり、日付が変わるまで思う存分仁と愛を交わし合ったのだった。


二人がともに歩む未来を確かめ合った次の日、風花は通常どおり出社してデスクの上を片付け始めた。数少ない私物を引き出しから取り出し、小型の段ボール箱に入れていく。

それが済むと、デスクの上のビジネスホンの内線登録から、自身の派遣社員番号を削除する。

心配して寄ってきた広田と女性主任だったが、風花から事情を聞くとホッとした顔になって自分の業務に戻っていった。

それから少しして、有村が何食わぬ顔で出社してくる。

風花は席を立ち、事前に用意していた人事書類を持って彼女のデスクの前に進んだ。

「おはようございます」

風花が挨拶《あいさつ》するも、有村はツンとした様子で顔を上げようともしない。それでも前に立ち続けていると、ようやく不機嫌そうな表情を浮かべながら風花を見る。

「何？」

「人事に提出する書類があるので、有村チーフに先にチェックしていただこうかと」

有村は風花の差し出した書類を一瞥《いちべつ》し、満足そうな顔でニンマリと笑みを浮かべた。

「契約満了前に派遣を辞めるのね。松山邸の件は私が引き継ぐし、菊池家の子供部屋については、ほかに振るから問題ないわ。あなたにしては、賢明な判断ね。これは私から人事に出しておくから、もう帰っていいわよ」

「いえ、まだやる事が残っていますので」

風花は一礼して自席に戻り、私物を入れた段ボール箱をゆっくりと持ち上げた。そして、ずっと空席のままだった広田の隣の席に近づいて、そこに段ボールを置いてにっこりする。

「野元さん、改めてよろしくね」

広田が言い、風花は頷きながら差し伸べられた右手を両方の掌《てのひら》で包み込んだ。

「こちらこそ、よろしくね。皆さんも、改めてどうぞよろしくお願いします」

風花が皆に頭を下げるのを見て、有村が眉間に縦皺《たてじわ》を寄せて椅子から立ち上がった。

そして、風花をはじめとする一同の顔を順に見て、いらだった表情を浮かべる。

「何よ、これ。なんの茶番なの？　野元さん、あなた、どうしてそこに荷物を置いたの？」

有村に訊《たず》ねられ、風花は一歩前に出て首から下げていたネックストラップを指先で摘《つま》んだ。

「私、この度『加賀谷コーポレーション』と正式に業務提携させていただいたんです。とりあえずは今抱えている案件が完了するまで、ここで仕事をする事になったので。あ、有村チーフ、内線が掛かってきてますよ」

風花は有村のデスクを指し、受電するよう促《うなが》した。

キツネにつままれたような顔をしていた有村だが、風花の顔をひと睨《にら》みしたのちに受話器を取る。

「はい、有村です。……はい、副社長室に……わかりました。今すぐに伺います」

通話を終えた有村が、風花を振り返って複雑な表情を浮かべた。

「あなた、何かした？」

有村に話しかけられ、風花は微笑みながら首を横に振った。

「いえ、私は何も。ただ、常に自分のやるべき事をきちんとやろうと努力しています」

「は？　何それ」

風花に向かって捨て台詞《ぜりふ》を残すと、有村が部署を出てエレベーターホールに向かって歩いていく。

そのうしろ姿を途中まで見送ると、風花は皆のほうを振り返った。そして、周りから拍手が沸き起こる中、改めて一礼するのだった。

有村が副社長室に呼ばれた次の日、これまでの悪行がすべて明らかになった結果、彼女は「加賀谷コーポレーション」から懲戒解雇を言い渡された。

もともと部下に対するパワハラが問題視されると同時に、調査により過去個別に行った各種業者との商談で違法なリベートを受け取っていた事実が発覚したのだ。そのほかに、風花に対する脅迫や人を使って怪我を負わせた事実が判明し、余罪についても仁は調査の手を緩めずに今後も厳しく追及していくつもりらしい。

「本当に、申し訳ない！」

仁によって自身の大いなる勘違いを正された辰見は、後日プライベートな席を設《もう》けて風花に迷惑をかけたとして平身低頭で謝ってくれた。

風花は恐縮しつつもそれを受け入れ、彼が二人のキューピッド役を務めてくれた事に心から感謝して礼を言った。

「仁の事、よろしく頼むよ。結婚式には呼んでくれるだろうね？」

気が早い辰見の背中を、仁がどやしつける。大会社のツートップが仲良く揉める姿を見ながら、風花はいっそう「加賀谷コーポレーション」のために尽力しようと気持ちを新たにするのだった。

松村邸の施工《せこう》期限が一週間後に迫った金曜日、風花は現地に赴《おもむ》いて千枝子とともに家具や雑貨類の配置などの最終チェックをしていた。

新設したパーソナルインテリア事業部の第一弾の仕事である事から、今日は「加賀谷コーポレーション」社長自《みずか》ら出向いており、完成後の松山邸をカメラに収めたり、ホームページに掲載する

「お客様の声」を千枝子に聞かせてもらったりしている。

午後になり、実際に千枝子の亡き夫や夫婦の思い出の品を部屋のあちこちに配置していく。

それらは青を基調とした内装に上手く溶け込み、千枝子が望むたくさんの思い出の詰まった家が完成した。

家の裏に植えられていたヤマボウシを綺麗に剪定《せんてい》した結果、裏庭に適度な陽が射すようになった。

そこに植えられたのは、新たに話し合って決めたクリスマスローズやシュウメイギク、ラナンキュラスなどの宿根草《しゅっこんそう》だ。千枝子の追加リクエストにより、その横には彼女の好みの一年草を植えられるように空《あ》きスペースを作ってある。

出会った頃の千枝子からは、家と同じでどこか寂しげな雰囲気を感じていた。けれど、今は以前よりずっと溌剌《はつらつ》としており、リフォーム後にできた洋間で習字教室を開く計画を立て始めているそうだ。

そんなある日、風花は仁の提案により急遽彼を連れて、田舎《いなか》の祖父母に会いに行った。目的は婚約者として仁を紹介するためであり、近いうちに亡き父母の墓参りもして、海外在住の叔母にも仁との事を報告するつもりだと伝えた。

二人に結婚の意志があると知った祖父母は、驚くとともに手を取り合って嬉し泣きをした。

「おめでたいねぇ。それで、結婚式はどうするの？」

祖母に問われて、風花はあらかじめ仁と話し合って決めていたとおり、田舎《いなか》で挙げるつもりだと告げて二人を大いに喜ばせた。

「でも、式場が出来上がるまで待ってくれる？」

田舎《いなか》には広大な土地があちこちに余っているし、「加賀谷コーポレーション」は新たな分野にも事業を拡張しようとしているところだ。

田舎《いなか》で結婚式を挙げれば、足腰が弱い風花の祖父母にも出席してもらえる――そう考えた仁は、あれこれと考えた末に、空《あ》いている土地の中で立地がいい海岸沿いの平地を買い上げ、そこにホテルを併設したウェディング場を建てる計画を立てたのだ。

「仁、本当にありがとう。これ以上の孝行はないわ」

「これくらい当たり前だ。なんせ、風花は俺の命の恩人であり、その命よりも大切な存在だからな」

そう言って笑う仁を見て、風花は感極まって彼に抱きつき、繰り返し胸に頬ずりをした。

役員会議でウェディング場建設が審議された結果、即承認されて早々にプロジェクトが組まれた。選ばれたメンバーの中には坂下もおり、彼女の推薦により風花もプロジェクトの末席に名を連《つら》ねる事になっている。

「ウェディング場建設が決まった今が、ちょうどいいタイミングだと思わないか？」

仁の提案により、二人の仲は社内で公《おおやけ》になった。当然、社内は驚きに包まれて一時騒然となったが、風花のインテリアコーディネーターとしての力量を認められた今、納得のカップルだとして皆に祝福してもらっている。

その驚きが冷めやらぬうちに婚姻届を提出した二人は、晴れて夫婦になり、風花の姓は「野元」

から「加賀谷」になった。

引き続き忙しい日々が続く中、風花は「ＦＵＫＡ」の社長として「加賀谷コーポレーション」の仕事を請け負い、着実に実績を積み始めている。

雪降る夜に拾ったイケメンが生涯の伴侶になるなんて、誰が予想できただろう？

なんにせよ、仁に出会ったおかげで風花の未来が大きく開けたのは間違いない。私生活はもとより、仕事も順調で完全に赤字経営からも脱却できている。

兼ねてから望んでいた「ＦＵＫＡ」の物件を買い取るという夢も、現実味を帯びてきた。

こうなったら、必ずやその夢を自分自身の力で叶えてみせる！

風花はそう心に決めると、天国にいる父母に夢の実現を誓った。


夏が過ぎ、年々短くなっている気がする秋が終わると、街は一気に年の瀬のあわただしさに包まれる。今年の聖なる夜に、風花は仁とともに新居のリビングで天井《てんじょう》に届くほど大きなクリスマスツリーを眺めていた。

「こんなにゴージャスで可愛らしいクリスマスツリー、見た事ないんだけど」

「特別に発注したツリーとオーナメントだからな。ん？　もしかして気に入らない？」

「ううん、そんなわけないでしょ。このまま一年中飾っておきたいくらい。だって、ほら――」

座っていた三日月型のソファから立ち上がると、風花はツリーに駆け寄ってぶら下がっているオーナメントのひとつを掌《てのひら》の上に載せた。

「これ、ミニチュアのチョココロネ！」

落ち着いたシルバーの葉に包まれたクリスマスツリーは、シックで大人の雰囲気が漂《ただよ》っている。

そこにぶら下がる透明なカプセルの中には、本物そっくりのチョココロネが入れられていた。

「チョココロネは、俺と風花の思い出の食べものだからな。ほかにもあるぞ。風花とはじめて会った日の夜に食べた卵を落とした冷凍うどんだろ、社食で食べた鰆《さわら》の味噌焼きに、別荘で迎えた朝のブレックファスト・イン・ベッドのミニチュア版も」

「ふふっ、仁ったら、まるで食いしん坊の子供みたい」

「俺は風花に合わせてこれを考えたんだ。食いしん坊の子供は風花のほうだ」

追いかけてきた仁に背中から抱きしめられ、立ったままキスを交わす。一見ミスマッチなカプセル入りのチョココロネ達だが、二人にとってはこれ以上心にしっくりくる飾りつけはない。

たとえほかの人から見てちぐはぐでも、そこに暮らす人が幸せな気持ちでいられる事こそが一番大事で優先させるべき事だ。

「風花、愛してるよ。風花と出会えて、本当によかった」

仁がしみじみとそう語り、抱き寄せる腕の力を強くする。

「私も愛してる。……ねえ、仁。私ね、仁にふさわしい自分になれたら、自分から仁にプロポーズしようと思ってたのよ」

「ほんとか？　風花からプロポーズ、されたかったな……。今からでも、してくれないかな？」

仁が心底残念そうな顔をしながら、そう頼み込んでくる。

「ふふっ。照れるから、そのうちね」

「ぜったいだぞ。ほら、約束だ」

仁に指切りげんまんを迫られ、風花は笑いながらそれに応じた。この頃の仁は、やけに母性本能をくすぐってくるから困ってしまう。

「そういえば、さっき剛君のお母さんからメールをもらったの。今朝待ちに待ったお父さんが帰国して、一緒にクリスマス・イブを祝ったって」

剛の報告によると、彼が壁のカレンダーに毎週一枚ずつ張り付けていたクリスマスにまつわる絵の数々は、それを見た父親を嬉し泣きさせたようだ。文末には剛の母親からの感謝の言葉が綴《つづ》られており、笑顔の家族写真も添付されていた。

夜遅くなり、日付が変わる頃にそれまでうっすらと雲がかかっていた空が、急に少しだけ明るくなった。部屋の窓辺から見上げた空に、ぽっかりと右半分が欠けた月が浮かんでいる。

「ねえ、前に一緒に月を見たわよね」

「ああ、そうだったな。あの時は、今日の月よりももう少し丸に近かったたな。年内にまた望遠鏡を覗きに行くか？」

「いいわね。……あ、でも今の時期だと新月に近づくから細い月しか見えないかも」

「逆にそのほうがいいかもしれないぞ。一説によると、新月と満月は妊娠率をアップさせるらしいから」

月を見上げる風花の横に立った仁が、身体をぴったりと寄り添わせてきた。折しももうじき排卵日で、二人はすでに妊活を始めている。

「じゃあ、そうしようかな」

そう言って微笑む風花の唇を、仁のキスが優しく塞いできた。

空に輝く星よりもたくさんの愛情が降り注《そそ》ぐのを感じながら、風花はつま先立ちで仁の唇にキスを返すのだった。

この作品に対する皆様のご意見・ご感想をお待ちしております。
おハガキ・お手紙は以下の宛先にお送りください。

【宛先】
〒150-6019 東京都渋谷区恵比寿 4-20-3 恵比寿ｶﾞｰﾃﾞﾝﾌﾟﾚｲｽﾀﾜｰ 19F
（株）アルファポリス　書籍感想係

メールフォームでのご意見・ご感想は右のＱＲコードから、
あるいは以下のワードで検索をかけてください。

アルファポリス　書籍の感想　検索

ご感想はこちらから

道《みち》で拾《ひろ》ったイケメン社長《しゃちょう》が極上《ごくじょう》のスパダリになりました

有允ひろみ（ゆういん ひろみ）

2024年 2月 25日初版発行

編集－本山由美・大木 瞳
編集長－倉持真理
発行者－梶本雄介
発行所－株式会社アルファポリス
〒150-6019 東京都渋谷区恵比寿4-20-3 恵比寿ｶﾞｰﾃﾞﾝﾌﾟﾚｲｽﾀﾜｰ19F
TEL 03-6277-1601（営業）　03-6277-1602（編集）
URL https://www.alphapolis.co.jp/
発売元－株式会社星雲社（共同出版社・流通責任出版社）
〒112-0005 東京都文京区水道1-3-30
TEL 03-3868-3275
装丁イラスト－篁ふみ
装丁デザイン－AFTERGLOW
（レーベルフォーマットデザイン—ansyyqdesign）
印刷－中央精版印刷株式会社

ISBN978-4-434-33457-3 C0093